Une rage d'enfant

DU MÊME AUTEUR

Le Discours de la guerre, Editions de L'Herne, 1967, repris en coll. « 10/18 », 1974. Editions Grasset, 1979.

Stratégie de la révolution en France, Editions Christian Bourgois, 1968.

La Cuisinière et le Mangeur d'hommes. Essai sur l'Etat, le marxisme, les camps de concentration, Editions du Seuil, coll. « Combat », 1975.

Les Maîtres penseurs, Editions Grasset, 1977.

Cynisme et Passion, Editions Grasset, 1981.

La Force du vertige, Editions Grasset, 1985.

Silence, on tue, avec Thierry Wolton, Editions Grasset, 1986.

Descartes, c'est la France, Editions Flammarion, 1987.

Quelques mots sur la parole : Slovo o slovu, de Václav Havel (trad. du tchèque par Barbora Faure), *Sortir du communisme, c'est rentrer dans l'Histoire*, d'André Glucksmann, Editions de l'Aube, coll. « Regards croisés » (éd. bilingue), 1989.

Le XIe Commandement, Editions Flammarion, 1991.

La Fêlure du monde : éthique et sida, Editions Flammarion, 1994.

De Gaulle, où es-tu ?, Editions Lattès, 1995.

Le Bien et le Mal. Lettres immorales d'Allemagne et de France. Editions Robert Laffont, 1997.

La Troisième Mort de Dieu, Nil Editions, 1999.

Dostoïevski à Manhattan, Editions Robert Laffont, 2002.

Ouest contre Ouest, Plon, 2003.

Le Discours de la haine, Plon, 2004.

André Glucksmann

Une rage d'enfant

Plon

ISBN 2-259-20355-8

Pour Annick et Milana

« La nature nous traite comme des enfants malades, dont on refuse de satisfaire les appétits, mais dont on apaise les pleurs par des illusions et des espérances... Elle a poussé si loin l'art de la perspective, qu'elle a peint des Elysées jusque dans le fond de la tombe. »

CHATEAUBRIAND

1

Qui suis-je ?

Où l'on découvre un hurluberlu guère affecté par la perte de ses racines. En a-t-il jamais eu ? Il prend un malin plaisir à jouer de ses identités et se hisse enfant de chœur en invoquant Dame Tartine. Martha lui sauve la vie. De justesse.

J'hésite à user de la première personne du singulier. « Je suis je » me paraît plus facile à dire qu'à penser et la certitude carrée d'un « moi c'est moi » me fut dès l'origine refusée. Les circonstances voulurent que je goûtai une perte d'identité préalable à toute identification : entre trois et sept ans je disposais de deux noms et deux prénoms dont je m'affublais à tour de rôle, non sans prendre plaisir aux coudées franches qu'assurait ce duplice incognito.

L'état civil le plus solide, totalement bidon, valait pour la police, l'école et le monde extérieur. Entre 1940 et 1945, il ne faisait pas bon être né dans une famille émigrée, autrichienne, juive et résistante. L'identité par contre la plus intime, mon authenticité clandestine, me nouait à quatre femmes, quatre mères en vérité, Martha ma mère, sa mère *Grossmutti* (grand-maman), qui devait s'éteindre très vite et dont, qu'elle me pardonne, j'ai oublié le prénom. L'ai-je jamais su ? Deux sœurs, enfin, tellement plus âgées qu'elles jouaient volontiers les mères de substitution.

Alisa, l'aînée, une jeune vestale un peu raide qui, lorsqu'elle était présente, endossait son rôle avec un sérieux d'adulte, la loi morale au cœur et le ciel étoilé des maquis sur sa tête. A dix-sept ans, elle était partie en Résistance avec Jacques, son amoureux, un jeune Français très blond et très beau. Elle commença par distribuer, au péril de sa vie, des tracts pleins de bons sentiments prolétariens destinés aux soldats allemands pour les appeler à la désertion. Puis, constatant la vanité de ses opérations angéliques, elle passa à des coups de main plus sérieux dont elle ne se vanta jamais. Sa belle-mère putative, ne supportant pas que son garçon chéri puisse coucher avec une « putain juive », écrivit à la Milice une lettre pour la dénoncer, inconsciente de livrer du même coup la chair de sa chair. Si l'histoire du jeune couple ne s'est pas arrêtée en plein vol, ce n'est pas que la belle-maman connût quelque remords tardif, non, cela est dû aux scrupules inattendus du chef de ladite Milice qui, pris d'un haut-le-cœur, n'en crut pas ses yeux, fourra la lettre dans sa poche et l'oublia. Il en pinçait pour la dénonciatrice et choisit d'épargner son fils. Quand la guerre fut finie, la peur ayant changé de camp et les vainqueurs vaincus, la mère délatrice se transfigura en communiste modèle et responsable locale de l'Union des femmes françaises. A-t-elle entrepris avec une même fougue la chasse aux putains des Boches ?

Micky, la cadette, était douce comme le sucre. Tous disaient d'elle qu'elle était si jolie, avec ses boucles brunes, ses fossettes et des yeux immenses ouverts sur d'infinies rêveries. Pour ma part, je la trouvais trop fille probablement. Elle avait douze ans et jouait avec ma petite personne comme avec la poupée qu'elle ne possédait pas. A sa décharge, il faut l'avouer, j'étais malgré les privations un fameux baigneur, avec mes joues rebondies et un air boudeur qui ne semblait pas me quitter. Du moins à considérer les rares photographies conservées, mais sont-elles des témoins fiables ? Etais-je fâché ? Je ne crois pas, j'ai gardé pour ces femmes une tendresse éblouie. Martial, oui, je l'étais certainement, et je prenais la pose comme il sied à l'unique mâle de la famille.

Chez nous, même si chez nous était troué aux quatre vents, bâti sur un éternel provisoire, les « hommes » n'étaient que de passage, des personnages rares et précieux auxquels je m'accrochais. Pour découvrir l'image du « grand » que je serais un jour. Certains s'en amusaient, d'autres me trouvaient collant. Reproche qui me semble très abusif, car le temps fuyait trop vite pour que je puisse à proprement parler « coller ». Voilà des gens qui apparaissaient pour disparaître aussitôt, qui s'échappaient, qui m'échappaient, jamais en place, jamais disponibles, et toujours balayés par la chronique des événements. Beaucoup furent engloutis, à jamais perdus, d'aucuns furent retrouvés, des années plus tard, décevants et parfaits inconnus. Le cercle des amis gonflait et dégonflait selon une géométrie variable, suivant les actions en cours, les clandestins à cacher, les armes à distribuer et les tracts à tirer. Je n'ai pas connu dans mon enfance de maison « pour la vie », mais plutôt des bagages sitôt ouverts, sitôt refermés, à peine posés et déjà remportés. Le temps semblait fait de valises bâclées, déballées, bouclées en quatrième vitesse, la vie se cadençait au rythme des départs plus que des arrivées. Pas de foyer, seulement des domiciles, tous incertains, où la consigne immuable était de se fondre, tout petit, discret, recroquevillé comme l'escargot invisible sous sa coquille.

Rien ne fixait le regard de l'enfant, aucune géographie, aucune généalogie. Son unique ligne d'horizon, c'était ces femmes en perpétuel déménagement. Pareille existence hachée menu ne l'étonnait aucunement, ne lui causait aucune gêne ; elle s'imposait comme la règle commune et partagée. L'incertain n'avait rien d'effrayant, il était la norme et la loi. Seuls, immuables dans ce charivari, le gramophone à manivelle et les neuf symphonies de Beethoven en 78 tours balisaient le désordre. Les disques noirs tournaient, dans le grincement des aiguilles, toujours présents, rassurants, seuls liens d'un jour sur l'autre, seuls traits d'union d'un lieu à l'autre. Dans les épreuves comme dans les fuites, ils suivaient à la trace, pas à pas dans les voyages improvisés. Beethoven, c'était le havre, le fil conducteur, le pilier de la tente et le garde-fou. Martha n'aurait pour rien au monde envisagé de l'abandonner, c'eût été le pire des reniements.

En serrant les dents, elle traînait d'une cache à l'autre ces gigantesques albums, qui avaient échappé même à la Gestapo, courbée, sans un soupir, sous le poids de la charge. Les flammes de Beethoven réchauffaient un univers mouvant et dissipaient les ombres de sa solitude.

Plus de père. Mort en 1940. Je n'en faisais pas un drame. Trop jeune certainement pour mesurer la perte. De lui il ne restait rien, pas même une tombe. Seules les filles évoquaient « papa » avec une tendresse qui me laissait perplexe, mais sans emphase, presque gênées de quelques épanchements incongrus. L'heure n'était pas aux débordements, trop de gens mouraient alentour pour risquer son équilibre en lamentations stériles. Le « papa » qui pointait de-ci de-là au détour des conversations restait pour moi un inconnu. On en parlait si peu ! On parlait encore moins de sa mort toute fraîche. Les femmes de ma vie savaient souffrir en secret. Quant à moi, par pudeur ? par respect ? ou par indifférence ?, je ne posais pas de questions. Mais j'étais curieux de ce fantôme encore chaud, tantôt proche, tantôt lointain, qui rebondissait au-dessus de ma tête. C'est en glanant des bribes de propos, lâchés comme par mégarde, que j'appris comment Rubin disparut dans l'océan, noyé entre Calais et Douvres, emporté dans l'explosion d'un paquebot torpillé. Il revenait vers nous, avais-je compris, passager d'un navire bourré d'émigrés germanophones refoulés de Grande-Bretagne, à la recherche d'un accostage impossible. La légende, colportée par les rares rescapés du naufrage, affirmait qu'il se montra très courageux, laissant les canots de sauvetage aux impotents, secourant la veuve et l'orphelin, restant avec un capitaine dernier sur le pont. Une rumeur, plus bassement médicale, tempérait l'épopée, insinuant qu'une maladie des tympans l'avait coulé à pic. On ne put démêler le vrai du faux. On ne retrouva ni corps ni biens. On ne sut jamais si les torpilles assassines étaient allemandes ou britanniques. Ou les deux, le navire étant pris dans un tir croisé. Quant à moi, je nageais dans le flou, sans savoir ce qu'était la mer, ce qu'était un père, ni très bien encore ce qu'était la guerre.

Le va-et-vient entre le petit garçon officiel et l'enfant clandestin nécessitait deux langues. Celle des copains de la rue et de l'école maternelle n'avait rien de maternel, c'était le français, que sa mère écorchait et que ses sœurs, très douées, venaient d'apprendre au lycée et parlaient sans accent. L'allemand restait le seul médium partagé par toutes et tous. Jusqu'au jour de sa mort, l'année de mes quatre ans, la mère de ma mère n'en connut jamais d'autre. C'est, paradoxalement, avec les mots de l'ennemi qu'elle me berçait la nuit tombée.

Le premier souvenir, totalement personnel, qui me revienne se présente sous forme de question. Quelle attitude doit adopter un petit-fils préféré devant le cadavre livide et quelque peu dégoûtant de sa grand-mère ? Ma famille n'étant pas religieuse, aucun rite n'indiquait la conduite à tenir. Ni prières, ni pleurs, ni regrets exprimés, je suppose qu'on se contenait, comme toujours – une simple larme a vite fait de t'emporter dans un torrent sans fin. Toujours est-il qu'aucune douleur ne s'exprimait pour m'indiquer la marche à suivre. Etais-je triste ? Je m'interroge encore. Peut-être tout simplement convaincu que c'était mieux ainsi. Il y avait un immense privilège à s'éteindre dans son lit. Tel était, pour le moins, l'avis de la vieille dame. Elle s'était laissée mourir sciemment, consciente du colis encombrant qu'elle représentait. Trop difficilement déplaçable bien qu'elle fût haute comme trois pommes, trop aisément repérable, trop juive, trop allemande, elle mettait en péril les êtres qu'elle aimait. Ils étaient tous passés dans l'illégalité. Pas question de porter l'étoile jaune, ils arboraient de fragiles faux-vrais papiers d'identité qui attestaient de leur origine « française de souche ». Seule Martha, qui masquait mal son accent rocailleux, avait parié sur un exotisme de bon aloi et choisi le veuvage d'un officier tricolore qui l'aurait cueillie dans une lointaine Syrie.

Pris d'incertitude, sans savoir que dire ni que faire, je décidai de laisser les « grands » à leurs difficultés et retournai à mes affaires. Certain d'échapper cette fois au regard sourcilleux de la morte, j'entrepris de rechercher au fond de sa valise le beau ballon qu'elle m'avait confisqué le jour de mes trois ans. Malgré mes trépignements et mes protestations, elle avait soigneusement empaqueté mon précieux cadeau entre deux draps pour que je puisse en profiter « quand je serais grand ». Il gisait misérable et plat comme une galette, la quarantaine avait eu raison de lui, irrémédiablement percé. Et c'est alors que j'ai pleuré.

De cette époque où l'on se fabriquait une identité à loisir, une origine, un patronyme, un prénom, des racines orthodoxes et un domicile fixe, élus au gré des événements et des nécessités, j'ai conservé quelque embarras pour concevoir pleinement ce que peut être une identité « authentique ». Si mon nom français – platement : Rivière – n'était pas le bon, mon existence française n'était pas fausse pour autant et pas davantage mon côté « étranger ».

Mon « vrai » patronyme, celui que je récupérai non sans difficulté à la Libération – il fallut des témoins –, avait connu quelques aléas. « Glucksmann » se laisse traduire mot à mot de l'allemand par « homme-bonheur », homme heureux ? Porte-bonheur ? Ou, pour rire, homme de joie. Ou Monsieur Bonheur. Ou Jo le Chanceux. Dans Faust, Goethe mentionne un *Unglucksmann*, un pas-de-chance. Certains ont jalousé un tel patronyme : « Il n'existe pas de plus beau nom au monde. » Et après ? Mon destin n'est pas inscrit dans un nom qui porte seulement l'indice d'une humeur passagère. Celle du fonctionnaire d'un Empire austro-hongrois supposé éternel et rationnel, chargé de recenser la vagabonde population juive et de lui apposer des appellations contrôlées pour mieux la contrôler. Il ne suffisait plus de se présenter comme fils de son père (Ben quelque chose), il fallait désormais décliner l'identité que l'autorité accordait selon son bon plaisir. Les jours sombres, le juif s'en sortait avec Pissemann ou Cheissemann, « homme de pisse » ou « homme de merde ». Les jours neutres, le métier ou la profession déteignaient sur l'individu : Goldmann pour l'usurier, Aptekmann pour le pharmacien. Par beau temps, un fripier de Bucovine sans le sou fut baptisé « le Veinard ». J'hérite donc de l'insignifiant moment de bonté (ou d'ironie) auquel céda un gratte-papier bien luné.

Quant aux prénoms, ils ne sont pas moins creux, mais cette fois par sursignifiance... Dès que j'ai pu, j'ai évacué « Joseph », soupçonnant mes parents, malgré les dénégations de ma mère, d'avoir convoqué sur mon berceau les fées de Staline. Non ! déniait-elle. Rubin et elle, tous deux avaient désiré honorer Thomas Mann, dont le *Joseph et ses frères* venait de paraître, courageusement, à contre-courant des délires antisémites qui submergeaient l'Allemagne. Admettons. Mais ce n'est pas, loin de là, la meilleure œuvre d'un auteur remarquable. Quant à l'autre Joseph, l'homme de sang omniprésent, il était trop répugnant pour que j'en supporte l'homonymie. Dans ma famille on m'appelait « Jojo », par affection et pour rire.

Reste André, d'une affligeante banalité, prénom passe-partout, très chrétien d'apparence, ce qui vu les circonstances n'était pas une mauvaise chose, mais trompeur. Il fut déposé sur mon front innocent en hommage pesant à Edgar André, militant communiste que les nazis décapitèrent à la hache juste avant ma naissance dans la prison de Hambourg. Banco ! On me raconta son histoire édifiante. J'ai admiré son courage. Mais de loin. Je ne garantis pas qu'un tel parrainage m'eût rendu capable d'une si grande bravoure et je remercie les dieux du hasard de m'avoir évité de m'en assurer. De cet André héroïque, aux idéaux contestables mais à la vaillance sans pareille, c'est la décollation que je retiens, celle qui se pratique parfois à la hache chez les nazis, à la perceuse dans les caves de la Loubianka rouge, à la machette hutu à Kigali, au couteau en Tchétchénie, où l'armée russe et ses collabos développent cet art dont Ben Laden et consorts sont passés metteurs en scène. Va pour André, « le chausseur sachant chausser ».

D'où est-on ? D'où vient-on ? Aussi bien suis-je incapable de m'apitoyer sur le tragique des « crises identitaires » dont on nous rebat les oreilles, ou de compatir au malheur insondable des générations qui ne savent comment vivre avant d'avoir commencé à vivre et pleurent leurs racines perdues.

J'avais cru que la jeunesse s'épanouit dans l'incertitude. Je dois m'être trompé. Quand je croisai, il y a peu, place de la Concorde, pancartes brandies et cris vengeurs, les étudiants des grandes écoles, soit l'élite de la nation française, s'égosillant à vingt ans pour la retraite à soixante, je n'en crus pas mes yeux ni mes oreilles. L'éternel sourire narquois de ma défunte mère vint obturer le spectacle quelque peu déboussolant. Ces jeunes militants pour le troisième âge me rappelèrent une conversation familiale. Faute de trouver du boulot dans la France d'après guerre, fatiguée de grignoter quelques heures de ménage dans les beaux immeubles de Boulogne, tandis qu'elle logeait à Billancourt, Martha avait retrouvé du travail au pays de sa jeunesse.

Vienne, capitale déchue mais en reconstruction, était occupée par les vainqueurs du jour et découpée à la règle en quatre zones. Martha s'était réinstallée dans un petit appartement à deux pas du Prater et dirigeait, en secteur soviétique, un foyer d'étudiants. Non sans son habituelle ironie, parfois mauvaise et déplaisante, elle se gaussait de ses jeunes pensionnaires, qui, tout juste sortis de l'enfance et d'une merde effroyable, étayaient, entre deux baisers, le sérieux des déclarations sentimentales par leurs fiches d'imposition future ; ils étalaient les points de retraite et les avantages afférents comme autant de bouquets aux pieds des bien-aimées. Elle s'étonnait, me prenant à témoin d'une telle aberration. Que font-ils de leur jeunesse ? Où sont les joies de l'aventure, les plaisirs de l'aube quand on prépare son crépuscule ? La retraite pour draguer ! Elle n'en revenait pas. C'était dur, pour elle, à avaler. Une jeunesse avide de vieux jours tranquilles la dégoûtait et, en digne rejeton, n'en finit pas de m'ébahir. Comment avant de vivre prendre une assurance sur sa mort ? Le souci lui resta étranger jusqu'à un âge certain où, visitant pour la dernière fois Israël, elle constata, avec une pointe d'amertume et peut-être de regret, que même ses anciens camarades de kibboutz se trouvaient mieux lotis qu'elle.

Tous deux citoyens autrichiens, partis à l'aventure, chacun de son côté, vers les déserts de Palestine, Martha et Rubin s'étaient rencontrés dans les dédales de Jérusalem. Martha, en croisant l'élégant jeune homme qui venait de la frôler dans la ruelle étroite, repéra, dépassant de la poche du veston, la couverture rouge de *Die Fackel*, « Le Flambeau », revue viennoise dont les lecteurs se comptaient sur les doigts de la main. Elle le rattrapa par la manche, car c'était une fille dégourdie. Ils échangèrent quelques propos passionnés sur le directeur et rédacteur quasi unique de ce fascicule qui venait de bouleverser leur existence. Ils tombèrent amoureux.

Les aficionados de Karl Kraus, d'autant plus décidés qu'ultraminoritaires, constituaient une « franc-maçonnerie » intellectuelle dispersée, multiconfessionnelle, traversée d'idéologies polychromes, mais terriblement complice. Les *happy few*, qui s'arrachaient des exemplaires à parution irrégulière, refusaient de « tourner la page ». Pour eux, la Première Guerre mondiale n'était pas seulement une horreur passée, mais un ébranlement fondamental, elle réclamait de chacun une remise en cause sans réticence ni restriction : « Car plus grande que la honte de la guerre est celle des hommes qui ne veulent plus rien en savoir [1]. »

Dans l'album de photos inachevé, à la couverture désuète de plastique beige, nervuré d'arbres morts où Notre-Dame côtoie quelques tonneaux de vin en hommage à la France, que Martha m'offrit quand le cancer l'emportait à l'Hôpital central de Vienne, on trouve une photo d'eux, évidemment. L'imprécis cliché d'amateur, noir et blanc, format 6×10, trône au centre d'une page vide, sans autre explication qu'un « Jérusalem » tracé en oblique et souligné d'une frise

1. Karl Kraus, *Les Derniers Jours de l'Humanité* (1919), Agone, 2005, p. 8.

enfantine. Etait-ce le jour de leur mariage ? Ils posent, enlacés mais fiers, dressés sur un tas de pierres comme sur un piédestal. Je ne sais pas s'ils sont heureux, mais ils ont l'air intrépide. Bravent-ils l'univers ou le photographe ? A l'horizon, rien. Rien sinon le ciel et le désert. A l'infini. Ils sont seuls au monde. Le vent gonfle leurs cheveux, la cravate de Rubin et la tunique de Martha veulent aussi s'envoler. A eux deux, ils composent une *Victoire de Samothrace* bicéphale et, disons-le, un peu bancale : Martha est ridiculement menue à ses côtés. Comme je ne possède d'autres images de mon père, c'est plutôt lui que je regarde pour voir s'il me plaît et pour scruter des ressemblances pas évidentes. J'aime son air de Robert Mitchum aux temps des premiers films, sa nonchalance arrogante, le chic du costume blanc froissé, la tache tout aussi blanche à la commissure des lèvres. Cigarette ? Ou égratignure sur la pellicule ? Un regard face caméra très franc, très clair, un grand front, un nez droit, un peu de sueur fait briller son visage, il fait manifestement chaud. Rubin possède une évidente élégance. Pour le coup, Martha est plus godiche, un peu trop boulotte, un brin mal fagotée, une jupe sombre informe et une blouse claire qui camoufle son corps, peut-être est-elle enceinte. Malgré la taille de la photo, on distingue de grands yeux sombres et une chevelure qui n'en finit pas. Fin de l'idylle sur la Terre promise.

Ne tenant pas en place devant l'ascension d'Hitler, Rubin et Martha entreprirent le voyage du retour, un périple à contresens, contre-courant, contre nature, contre raison, quand tous les juifs d'Europe rêvaient tant d'un départ. Ils firent leurs adieux à la Palestine, flanqués de leurs fillettes, toutes deux nées à Jérusalem, pour affronter les dangers de l'Allemagne où les Sections d'Assaut nettoyaient les rues à coups de barres de fer. Ils laissaient derrière eux une terre préservée, un abri où la traque des troupes britanniques contre les colons juifs faisait figure de jeu d'enfants au regard de la gueule du loup féroce qui les attendait. Ils le savaient. Ils quittaient une planque. Ils montaient au front. C'était leur devoir, ils en étaient persuadés. Ils firent leur travail et pour cela je suis fier d'eux. Berlin, Munich, Hambourg. Ce n'est qu'en 1937, à la dernière minute, découverts et traqués, qu'ils filèrent à Paris sur les chapeaux de roues. Non sans que Martha, dans une ultime bravade, ne se rende à la Gestapo de Hambourg réclamer à cor et à cri les livres qu'au cours d'une perquisition la police lui avait dérobés. Mais bien sûr, ma petite dame, lui fut-il répondu, donnez-nous simplement les noms et les adresses de vos connaissances à qui nous pourrions les restituer. Martha inventa un faux nom, une fausse adresse pour satisfaire les flics et, laissant tout en plan, prit ses jambes à son cou. Voilà pourquoi je naquis à Boulogne, près de Paris, dans une clinique chic de la rue des Princes. La loi du sol qui prévalait dans ce pays béni fit de moi le seul et premier citoyen français de la famille.

Irai-je prendre en pitié cette moitié d'orphelin jeté dans une situation que l'Européen d'aujourd'hui déplore comme anormale ? Le gosse qui apprenait l'alphabet et les chiffres entre deux fuites éperdues ne comprendrait pas semblable compassion. Il arrivait certes qu'autour de lui les « grandes » évoquassent un fastueux avant-guerre, avec une nostalgie gourmande, dont elles se repassaient les plats loin au-dessus de sa tête. Il les écoutait, découvrait une terre fabuleuse où les brioches et les bonbons circulaient en abondance et s'achetaient sans tickets, où les parents n'avaient nul besoin de se cacher et contemplaient avec ravissement leur progéniture joliment vêtue s'égailler dans les jardins d'enfants, entre toboggans et manèges – ah ! les *Kindergarten* allemands qui sacrifiaient au culte blond et joufflu de l'enfant roi et que ses sœurs regrettaient. Cet univers à dormir debout était aussi peu le sien que le château de Dame Tartine ou de la Belle au Bois dormant. Et, pour tout dire, il s'en fichait plus que de l'an 40. Chacun et chacune vaquant à ses occupations plus ou moins périlleuses, dont il devinait le danger mais dont il ne savait que peu de choses, la plupart du temps il était seul. Seul, très jeune, mais non sans responsabilités.

Avant de se rendre à l'école au bout de la rue, quand la « famille » se cachait à Vernaison où elle put se poser quelques mois, il devait, chaque matin et chaque début d'après-midi, soigneusement fermer à clé la petite maison vide, coincée entre le chemin de fer et le siège de la Milice. Là transitaient valises d'armes et clandestins sans papiers. Un beau jour, il oublia d'enfouir les clés dans la cachette convenue ; le directeur de la communale interrompit son cours préparatoire de première année et lança d'un ton sans réplique, qu'il trouva sévère et inquiétant : « Rivière, on te demande. Dehors ! » Rouge de confusion plus que de peur, il leva le nez vers l'inconnu fébrile qui, dans le couloir, lui tendait la main. Tremblotant sous le poids de la faute, il sortit de la poche de son tablier noir le précieux trousseau pour le déposer dans la paume grande ouverte qui ne souffrait aucun délai. Le malheur voulut que le messager chargé de la restitution ne bafouillât que trois mots de français, et encore il les écorchait redoutablement, ce qui redoubla l'émoi de l'enfant. Il fallut toute la naïveté des campagnes françaises – ou la complicité bienveillante d'oreilles mieux ourlées – pour que le pot aux roses ne fût pas éventé. La scène se déroula quasiment sans paroles et chacun fit comme s'il n'avait rien repéré d'anormal. L'écolier retourna à son pupitre et ses graffitis, troublé et mal dans ses galoches.

D'ordinaire, il respectait scrupuleusement les règles minimales de la dissimulation en état de guerre imposées à ses cinq ou six ans. Il manquait trop d'imagination pour en mesurer l'extraordinaire ou s'en étonner. Pour survivre ne fallait-il pas que le principe de réalité maîtrise les inattentions rêveuses, d'autant qu'autour d'eux les disparitions se multipliaient sans mot dire ? Ils vivaient, ou plutôt tournaient, dans la région lyonnaise, où officiait l'immonde Klaus Barbie. Jojo était passé maître dans l'art du mensonge qui sauve. A l'orphelinat catholique de la Croix-Fleurie, où Martha le planquait en cas d'extrême danger quand elle ne pouvait s'occuper de lui, il était devenu, lui le petit juif, un (très, très jeune) enfant de chœur, et bénéficiait de tous les privilèges attenants, preuve qu'il se débrouillait bien. Ce n'était pas une conversion, le Dieu des chrétiens, comme celui des juifs, lui était parfaitement étranger, il n'en avait en fait jamais entendu parler, sauf en allemand, « *Mein Gott !* », accommodé à toutes sortes de sauces inavouables, si bien que « Dieu » relevait de l'imprécation diabolique plus que des élévations célestes. Servir la messe, il l'avait vite repéré, c'était la promesse de tartines de confiture que les religieuses distribuaient aux gamins méritants. Il était assez fier d'embobiner son monde, avec force signes de croix et *Ave Maria* bredouillés, dont il ne connaissait ni sens ni paroles, tout juste la musique. Mais, j'en suis sûr à présent, le curé pas plus que les religieuses n'étaient dupes de son origine douteuse. Dans la clinique où plus tard Martha l'avait déposé, sous prétexte d'une malformation cardiaque prétendue incurable, il n'avait pas davantage vendu la mèche et tint son rôle de malade si convenablement et avec tant de correction qu'il apprit à lire, ce qui lui permit, plus tard, de plus ou moins se dispenser du « primaire ».

On lui évitait d'ordinaire les décomptes macabres et les détails horrifiques, mais certains événements ne pouvaient lui échapper. Il assista ainsi au retour dramatique d'un Paul littéralement déchiqueté. Paul était un ami très proche de mes parents (si proche que Martha, retournée en Autriche après la guerre, l'épousera). Pris dans le flot des juifs communistes qui fuyaient Hitler, Paul avait atterri en France, et très précisément « chez nous », avec Fred, son fils âgé de dix-sept ans, qui, à Vienne, venait d'intégrer brillamment l'Ecole des beaux-arts. A peine débarqués et sans tergiverser ni reprendre leur souffle, ils entraient tous deux en Résistance. Paul avait laissé derrière lui sa femme, expédiée à Auschwitz. Il commit alors l'erreur de sa vie, en exigeant de son unique garçon qu'il fasse demi-tour : lorsque l'armée soviétique bouscula les défenses allemandes, l'adolescent reçut l'ordre paternel de porter la révolution prolétarienne dans la capitale autrichienne afin de soulever les « masses populaires », qui, il n'en doutait pas, lutte de classes oblige, se dresseraient contre Hitler. On ne revit jamais Fred, pour qui l'enfant éprouvait une passion dévorante. Finis les éclats de rire. Finies les parties de cache-cache, les glissades en luge, et la dévoration affamée donc féroce de Pâquerette, le lapin chéri de ma sœur Micky en larmes... Je n'appris que plus tard la sinistre conclusion d'un tel voyage de déraison. Fred n'eut pas le loisir d'apercevoir l'ombre des masses en révolte, toutes. Après des tours et des détours clandestins à travers une Europe étrillée, le jeune homme parvenu à Vienne n'eut que le temps de poser un pied sur le quai, il fut aussitôt cueilli par la Gestapo, torturé des semaines durant, expédié en lambeaux à Auschwitz. Là, récupéré, retapé tant bien que mal par la Résistance communiste du camp, il s'échappa à l'arrivée des troupes soviétiques, emprunta le mauvais chemin, fut repris par les *Hitlerjugend*, des gosses plus jeunes que lui. Frappé, enfermé dans une cave, oublié, l'adolescent creva de folie en buvant son urine.

Paul, le père qui ignorait encore le sort ignoble de son fils, fut arrêté à son tour, dans la banlieue de Lyon, supplicié au fort Montluc, jeté invalide dans un train à bestiaux surpeuplé d'humains. La chance, si j'ose dire, lui sourit : il creusa le plancher du wagon, se laissa glisser sur les rails aux environs de Metz, puis entreprit de rebrousser chemin. Mais de quelle façon ! Les jambes broyées par les soins de la Milice, il rampa jusqu'à Lyon en tirant sur ses coudes, à longueur de kilomètres, à travers champs et forêts. C'est à la tombée du jour que l'épave vint frapper à notre porte. Je n'ai pas souvenir d'avoir éprouvé une once d'admiration pour l'exploit ni pour l'homme. Les enfants ne pardonnent pas facilement les erreurs et surtout la bêtise. Il resta pour moi l'image du *Stur* [1] jusqu'à sa mort. Je regrettais le fils, que j'aimais tant, ce grand copain que le père avait renvoyé, par pure cécité fanatique, vers l'enfer, abusant de son autorité paternelle et hiérarchique de chef de réseau. Hormis ces quelques incidents, je n'ai pas mémoire d'avoir vécu dans la panique. Même quand la terreur en manteaux noirs vint au petit jour frapper à notre porte. Seul l'immense soulagement qui accueillit l'arrivée des troupes américaines me révéla, par contrecoup,

1. En France on dit « entêté comme une mule »; ma sœur, enseignant l'allemand, traduisait *stur wie Panzer* en rappelant le titre d'un des derniers éditos de Goebbels en pleine débâcle : « Résolus comme des tanks ».

combien chaque jour, chaque heure nous l'avions échappé belle.

Dans la mesure alors étroite du possible, mes trois fées familiales bloquaient les intrusions d'un tragique au jour le jour. Enfant soigneusement et comme désespérément choyé, je n'entrevis que par raccrocs, souvent après coup, le bazar sanglant où j'étais plongé. Ainsi, sans que j'en conserve une mémoire précise, je m'étais retrouvé à quatre ans dans un camp où l'Etat français regroupait les juifs de la zone dite libre pour les expédier aux nazis. C'était, à quelques lieues de Vichy, Bourg-Lastic. Je me souviens du nom, pas très bien de la chose. Raflés à domicile, au petit matin, dans un pavillon de La Bourboule. Ma mère avait tout juste pu faire échapper Alisa, mon aînée (qui avait sauté par la fenêtre), avant d'obtempérer et de partir sous bonne escorte avec ma sœur cadette, douze ans, et moi tout endormi. Alors que les flics envahissaient la maison, elle avait murmuré « *Liebling* » à mon oreille et posé délicatement la main sur ma joue pour me réveiller sans sursaut. Ce geste tout en douceur, je ne l'ai jamais plus supporté de quiconque, fût-ce d'elle. Il me donne à proprement parler envie de vomir.

Martha me complimenta après coup : les faux papiers étaient en retard, j'étais le seul Français déclaré du trio et ma sacro-sainte nationalité nous aurait permis de recouvrer la liberté. Aimable fable ! Les wagons pour Drancy, pour la mort, devaient être remplis selon des quotas fixés par la Gestapo, peu importait comment. Bien que flatté, j'imaginais mal ma petite personne dans le rôle du sauveur suprême et j'oubliai rapidement l'aventure. Délicate et discrète, maman réservait aux grandes personnes, et encore, le compte rendu lapidaire de notre séjour au bord de l'abîme.

A peine enfermés à Bourg-Lastic, Martha s'empressa d'annoncer la destination finale aux braves gens qui l'entouraient et n'en croyaient pas leurs oreilles. Les gendarmes français rabrouaient cette dame à la langue bien pendue, la menaçant des pires choses, mais de quoi pouvaient-ils la menacer de pire que cette mort qu'elle prédisait ? Elle répliquait qu'ils étaient libres de taire une vérité qu'ils soupçonnaient, mais qu'elle n'avait aucun motif pour ne pas renseigner ceux qui allaient périr. L'Allemagne, elle en venait, et Dachau témoignait pour la Bonne Nouvelle qu'elle diffusait. Redoutant les incontrôlables paniques qui gagnaient le camp et bientôt les trains, les gardiens inquiets résolurent d'évacuer la brebis galeuse et sa progéniture. Ils auraient pu l'achever, ils préférèrent considérer avec plus d'attention ma nationalité jusqu'alors négligée et s'en servirent comme alibi à notre relaxe.

Au moment du tri sur le quai de gare, nous fûmes rangés dans les « non-juifs », alors que la majorité embarquait vers sa destination funeste. Ma sœur Micky quitta la poignée des heureux rescapés et se précipita dans les wagons bondés en criant : « Je suis juive ! Il y a erreur, je suis juive ! » Aussi sec, Martha me planta tout seul, courut sur les rails, saisit la fillette à la porte du wagon, lui retourna une claque et s'en revint en la traînant par la manche de son manteau, tandis que les policiers faisaient mine d'être occupés ailleurs. Rien n'était joué. Je dois d'être parmi les vivants à l'impertinence d'une mère rebelle, à son franc-parler, à sa *Schouzpeh*, dit-on en yiddish, ou sa *parrhesia* en grec. Les hommes de l'Antiquité désignaient sous ce vocable une vertu qu'ils chérissaient par-dessus tout, l'audace de proférer publiquement, quoi qu'il en coûtât, ce que le citoyen estimait vrai. Les lois d'Athènes menaçaient de mort ceux qui, dans les assemblées de la ville, refusaient d'énoncer à haute et intelligible voix ce qu'ils pensaient. Sauvé par le courage de dire et d'apostropher les bourreaux, le gamin écopait, sans le savoir, d'un cours inaugural de philosophie socratique. Il était moins une, Martha avait parié sur l'insolence, elle eût pu en crever comme Socrate. Ce jour-là, le coup de dés n'abolit pas le hasard.

2

Où suis-je ?

Il ne vole pas encore de ses propres ailes, mais sa galoche si. Se prend-il pour Marcel Duchamp, qui baptise Fontaine *un urinoir et le propulse au musée? S'agit-il d'une conversion à la philosophie ? Comment Martha a foulé et quitté les Terres promises.*

La chute du Mur de Berlin en 1989, l'effondrement de l'Empire soviétique et l'optimisme qui submergea l'opinion mondiale m'inquiétèrent par un très net sentiment de déjà-vu et déjà-entendu. Mes premières lectures dans la France libérée avaient été de jolis albums qui présentaient aux jeunes lecteurs la panoplie en couleurs des grands vainqueurs de la guerre. Tout sourire, Roosevelt, Staline, de Gaulle, Churchill, Tchang Kaï-chek me contemplaient, bien résolus à liquider les vestiges du fascisme, très convaincus de promouvoir paix et prospérité sur la Terre. Je partageais dans la joie ces bons sentiments, d'autant que, ma mère travaillant dans des orphelinats pour enfants juifs réfugiés de l'Europe entière, mes nouveaux copains squelettiques, très instables et la morve au nez m'enseignaient par accidents, gestes et grimaces à l'appui, une terreur ignorée. Beaucoup ne parlaient pas français, mais quelques-uns l'allemand. J'entrais à reculons dans un enfer dont je n'avais pas connu toute la férocité et j'épelais avec enthousiasme les promesses d'un « jamais plus » juré à l'unanimité. Entre l'horreur découverte en arrière de soi et le bonheur projeté au-delà, il ne me fut pas facile cependant de joindre les deux bouts.

Je me souviens d'un bel après-midi ensoleillé sur la pelouse fraîchement tondue du château de Ferrières, magnifique demeure que les Rothschild avaient transformée en foyer pour enfants rescapés. Le baron, la baronne et leur famille, venus congratuler le personnel d'encadrement, descendirent affables de leurs limousines. Les adultes habillés en dimanche et les jeunes pensionnaires astiqués, épouillés, rutilants comme des sous neufs, formaient une ronde respectueuse autour des illustres visiteurs. Sous un ciel serein, tous communiaient dans le bonheur des retrouvailles, et c'était beau, et c'était joyeux. Quand soudain, rompant ce bel équilibre, surgit un triste énergumène, moi, qui se mit à courir comme un dératé pour s'asseoir pile au centre de la circonférence. Eructant à en vomir ses poumons un langage incompréhensible, il entreprit de délacer son soulier gauche pour le balancer avec autant de force et de fracas que possible sur les autorités bienfaitrices. J'ignore quel fut l'effet de cette petite mise en scène, nul probablement, porté au compte des soubresauts d'un passé qui ne passait pas.

« Jojo » avait été témoin de crises autrement démentes ravageant des enfants autrement martyrs ; il les avait imités de loin et en douceur, comme s'il s'était senti, étant le plus adapté, mandaté par eux pour objecter au retour à la normale. Reprendre le fil du « temps de paix », revenir au *statu quo ante*, sauter à pieds joints au-dessus des années terribles qui furent celles de l'initiation à la vie, fermer la parenthèse du désastre, faire comme si de rien n'était et comme si rien n'avait été, autant d'abominations – de péchés contre l'esprit – dont il accusait sans preuve les instigateurs de la cérémonie charitable pour leur manifester, fût-ce au prix d'une injustice, un rejet aussi définitif hier qu'aujourd'hui.

Après son coup d'éclat, il ne fut pas grondé. Peut-être sa mère avait-elle sympathisé avec son insurrection de poche contre un ordre en passe de se rétablir. Non qu'elle eût conservé de son passé communiste une quelconque hostilité à l'égard du Capital et de la banque Rothschild. Laquelle s'était très honorablement comportée pendant la guerre, distribuant force aides et subsides, et pas seulement aux juifs. Et poursuivant ses œuvres de bienfaisance au-delà. Du reste, si l'engagement pratique de Martha n'avait jamais été aussi fort que pendant les années noires – la plupart des réseaux de Résistance où elle militait étaient rouges –, ses convictions, elles, avaient sérieusement morflé, vu les innombrables cas où le dogmatisme bolchevik provoqua des désastres qu'une miette de bon sens eût évités.

Alisa racontait l'édifiante histoire des réfugiés venus d'Allemagne et d'Autriche, juifs et communistes.

Enfermés, début 1940, dans un « camp de regroupement » par les autorités françaises, privés de liberté, ils prenaient le droit de se réunir et disputaient à perdre haleine sur le sens de leur engagement en cas d'invasion nazie. Ces gens-là n'ignoraient rien du sort que leur réserveraient les nervis d'Hitler, auxquels ils venaient d'échapper. Ils savaient tout des persécutions, des camps, de la multiplication des Nuits de Cristal et du destin réservé à leurs familles restées au pays. C'était ainsi en connaissance de cause qu'ils devaient choisir, soit combattre aux côtés des Français et des Anglais, soit s'opposer à l'« impérialisme occidental » en respectant le Pacte germano-soviétique et les ordres de Staline. Ils votèrent et se scindèrent : 50 % décidèrent de résister ; 50 % optèrent pour Staline, la lutte de classes, la fidélité doctrinale, donc pour le suicide ! Le grotesque de la partition saute aux yeux.

La péripétie autrichienne n'était pourtant qu'un exemple parmi tant d'autres de la même eau sordide, simplement elle nous éclaboussait de près. C'était à pleurer, on ne sut qu'en rire. Des gouffres de connerie meurtrière s'étaient creusés sous nos pieds. Comment en remonter la pente ? Ah ! les quolibets de Martha interrompant le cérémonial pesant d'un film de guerre soviétique quand, sur l'écran, un titanesque Staline à la chevelure blonde, auréolé d'or telle une icône dominatrice, entreprend de tracer, à grands coups de crayon et de menton, de supposées lignes de front sur un planisphère, dans un déchaînement de cuivres et de tambours. Seule, au centre du cinéma confit en adoration, son hilarité fait scandale, à ma grande honte. Elle savourait et, pire, m'en faisait part à haute voix, histoire de redoubler mon trouble, l'involontaire et grotesque hommage rendu au *Dictateur* de Chaplin. Copains comme cochons, Staline et Hitler se renvoyaient leurs reflets grotesques sous son crâne comme dans une galerie des Glaces. « C'est pareil ! » s'esclaffa-t-elle. Les chut et les invectives qui s'abattirent sur la blasphématrice assise à mes côtés me plongèrent dans une confusion totale, je me tassai sur mon siège. Comment pouvait-elle se faire remarquer ainsi ? Dix ans plus tard, j'admis qu'elle m'avait, face aux pompes dévotes de *La Chute de Berlin*, instruit de l'éminente supériorité du bon sens le plus commun sur les élévations militantes, militaires et doctrinales, toujours peu ou prou religieuses.

Rétrospectivement cette histoire de godasse ne laisse pas de paraître équivoque. Etait-ce l'ébauche de la grossièreté, immortalisée par les caméras, d'un Khrouchtchev, maître absolu de l'Empire soviétique, frappant de sa chaussure la tribune des Nations unies ? Etait-ce la première rébellion antisociale d'un enfant de banlieue s'exposant à la risée publique ? Pouvait-elle anticiper les adolescents trompe-la-mort qui jouent les bombes humaines ou plus modestement les éternels rebelles de scène et les amateurs de pétards mouillés ? Le godillot rageur risquait, en grossissant le trait, de retomber révolutionnaire, terroriste, nihiliste ou totalement nul ; il s'avéra au final philosophique.

Quoi ? Prétendre découvrir l'engagement d'un philosophe en herbe dans l'inconduite d'un voyou paraît bien inconvenant et quelque peu paradoxal. De qui se moque-t-on ? La philosophie était et reste louée pour cultiver le « sens du dialogue », qu'on baptise en Allemagne de nos jours « action communicationnelle ». Socrate, père de la philosophie, passait alors, et vaut trop souvent encore, pour un sage à la barbe chenue, tranquille et bienveillant, toujours présent pour amortir les coups, une sorte d'airbag de la pensée. La mission dévolue à ceux qui travaillent dans l'intellect, parlent en public, écrivent pour des lecteurs éclairés, n'est-elle pas d'œuvrer en Pères Noël pour mettre fin aux mauvaises querelles en assurant la victoire du consensus sur les dissentiments ? Rappelons aux oublieux que la plus lumineuse des démocraties antiques condamna à mort son plus grand philosophe, coupable d'agitation dangereuse et de corruption de la jeunesse.

« Qui vole un œuf vole un bœuf », petite racaille deviendra grande. Qui jette son soulier sur ses bienfaiteurs va balancer dans la soupe distinguée de l'intelligence un gros pavé prosaïque : le Goulag et l'esclavage qu'il désigne. L'évocation de cette sordide réalité s'avérera aussi déplacée dans les échanges conceptuels des penseurs dignes du nom que les « gros mots » dans la conversation des personnes bien élevées. Heureusement, sur le rapport qu'entretiennent les (gros) mots et les concepts (élégants), le voyou et le philosophe, Raymond Queneau offrait une appréciation moins convenue. « Le voyou ne croit pas : philosophe. Il crache sur sa mère : pas philosophe. Il estime que le ciel est une farce amère : philosophe ? Il est libertin : philosophe ? ? Il est vicelard : philosophe ? ? ? Philosophe luna-parkien en tout cas... Il est brave, affronte la foudre, mange de la poudre, se jette au canon : pas philosophe. Il crie liberté : philosophe. Il moleste le repos des tremblants citoyens : pas philosophe. Il a le front barbouillé de poussière : pas philosophe. Il est prêt à jeter à Dieu le blasphème : philosophe. Et la pierre : pas philosophe [1]. »

Comment passer d'une triviale chaussure à la patiente recherche de la vérité ? Il faut en appeler, contre les académismes trop pépères, à une philosophie inquiète que Socrate et Montaigne livrent clés en main. Rien alors ne va de soi. Aucun espoir ne subsiste d'éviter les tâtonnements, le temps perdu et les impasses. Il faut commencer par accepter ses étonnements. Il ne faut pas hésiter à les manifester, sans craindre le décalage produit, quitte à se retrouver misérable et seul. La société des grandes personnes répétait « jamais plus ». La Deuxième Guerre mondiale était finie. Le désir de ne pas revivre le désastre s'exprimait soit sous forme d'un serment : éviter le retour du pire, soit sous forme de constat : le malheur, derrière nous, jamais ne se reproduira.

Dans un délicieux mélange, les leçons tirées d'un passé récent garantissaient, souveraines et définitives, contre son retour. Si les rappels du carnage étaient trop vifs pour qu'on les passe sous silence, ils étaient trop dérangeants aussi. On les court-circuitait, leur accordant une valeur d'exception telle que toute

1. Raymond Queneau, « Philosophes et voyous », in *Journal*, Gallimard, 1986, p. 235.

reproduction était exclue. En conséquence, la plupart de mes aînés réinvestirent des sagesses d'avant le déluge. Les anciens étudiants retrouvèrent leurs cahiers de cours et se mirent à enseigner les doctrines angéliques de leurs vieux maîtres. Les religieux retournèrent à leurs fois immémoriales. Dieu n'avait rien appris à Auschwitz.

Chacun épouvanté par la découverte d'atrocités trop humaines tentait de ressusciter les mœurs champêtres d'une humanité antérieure qui n'avait su ni pressentir ni prévenir. « Reconstruire la France », pareil impératif de restitution des coutumes anciennes probablement me troublait. Je m'étais éveillé à l'existence en temps de guerre et, benoîtement, les « grands » proposaient de tenir cette expérience pour nulle. En attendant de l'oublier comme non avenue. Je n'eus pas grand mérite à me rebiffer, trop de dégâts interdisaient aux restes de ma famille un retour aux commodités d'antan. Je me croyais seul dans ce refus. Je m'aperçus plus tard qu'il fut très partagé.

En apparence rien de moins philosophique qu'une rage d'enfant ? Voire ! Autour du couple Rothschild, jouant le rôle de protecteurs et de guides, s'étaient regroupés les gardiens de la Cité, moniteurs, psychologues et administrateurs. Les enfants formaient un troisième cercle, plèbe dont les adultes garantissaient la sécurité, la digestion et la discipline. Voilà du coup reconstituée (soyons clair, la référence était hors de ma portée) une petite cité platonicienne dont la tripartition – la tête, le cœur, le ventre – assurait un ordre hiérarchiquement fondé. Le spectacle que j'avais sans réfléchir perturbé symbolisait le rétablissement de repères et de valeurs abruptement mis en pièces cinq années durant. J'étais, dans mon innocence colérique, bien incapable de formuler mon objection : aurais-je préféré que le désordre se perpétue ? Non. Avec le cortège des désolations qui l'accompagnent ? Non.

Trop de bonté, trop de gentillesse me paraissaient louches. Le coup de torchon qui tentait de lessiver les écorchures d'une brutalité universelle avait tendance à me révulser. L'ordre et l'harmonie s'affichaient de retour. Mais où étaient-ils passés lorsqu'ils étaient si nécessaires ? Qui manque dans l'urgence ne compte pas. Ou du moins fort peu. Helmut Kohl, chancelier d'Allemagne fédérale, défendit un jour la présence des croix chrétiennes dans les salles de classe. Si nos compatriotes, expliquait-il, s'étaient comportés ainsi que le Christ l'exigeait, Hitler n'aurait trouvé ni troupe ni majorité. Objection, monsieur le Chancelier ! C'est une Allemagne chrétienne, affichant en masse des crucifix scolaires et universitaires, qui fournit au Führer plus de soldats et plus d'électeurs qu'il n'osait en rêver. Le retour au *statu quo ante* ne saurait garantir du retour de tant d'aveuglement. L'impossibilité de vivre comme autrefois s'imposait à moi, d'autant plus que les événements avaient coupé les ponts, bien avant que j'examine s'il convenait de les dynamiter philosophiquement.

Tous les haut-parleurs de la Libération répercutaient : le mal a eu lieu, le mal n'aura plus lieu. « Plus jamais ! » Quand survint la guerre froide, ils se mirent à chantonner : le mal est en face, communiste ou libéral selon les options. Affreux « réactionnaire » devint celui qui dénonçait les empires marxistes! Avant que j'en fisse les frais, David Rousset ou Arthur Koestler avaient subi les foudres des dévots. Quand tomba le « Mur de la honte », l'antienne du « jamais plus » reprit de plus belle : le mal est terrassé, les grands conflits, les grands défis, les grands débats sont hors jeu, évanouis avec les illusions idéologiques et les Eglises politiques. On sanctifiait la « fin de l'Histoire », entendez l'exténuation d'une histoire de feu et de sang. Le temps était rentré dans ses gonds. Il s'agissait désormais de le gérer convenablement sans tambour ni trompette. La vieille Europe n'avait plus qu'à désarmer, savourer la douceur des temps réconciliés et vaquer à ses paix. Le repos béni des vacances était advenu. Prenant le contre-pied de cette sérénité à bas prix, j'ai rédigé plus d'une quinzaine d'essais et plusieurs centaines d'articles comme autant de galoches policées.

Très longtemps, trop longtemps, on m'avait enseigné dans les écoles que le mal n'était qu'une pierre d'achoppement sur le chemin de la sagesse. Une épine dans la pensée qu'il suffisait d'extirper. Une embûche éphémère, un piège inopiné que les philosophes s'efforçaient d'éviter. Quelques interprétations scolaires et sommaires de Platon – « Nul n'est méchant volontairement » –, de Spinoza ou de Rousseau émoussent deux millénaires de combats spirituels et les coiffent d'une mansuétude dont, vus de plus près, ils témoignent rarement. A la lecture, peu nombreux sont les penseurs qui exonèrent l'homme du mal. Abandonnons aux experts du jour le soin d'expliquer que l'égorgement des otages face caméra et le massacre des civils sont l'effet d'une misère ou d'une humiliation préalables. Que nos faux savants se mettent en peine d'éclaircir pourquoi la majorité des humains, tous pauvres, tous humiliés, tous offensés, s'interdisent la voie du terrorisme et de l'assassinat. Non ! Les refrains lénifiants, mon cul ! dit Zazie.

La question du mal a constitué d'emblée l'enjeu fondamental de la pensée. Et Platon d'imaginer la confrontation nouant le jeune Socrate, apprenti philosophe, au vieux Parménide, père de la sagesse. Fringant et fougueux, le futur penseur-torpille se vante : la dernière théorie en vogue, celle des « Idées », n'a pas de secret pour lui et il le prouve *illico* en dissertant sans fin sur l'Idée de beau, l'Idée de bien et *tutti quanti*. Le vieux sage le coupe. Et l'Idée d'ongles ? l'Idée de rognure ? L'Idée d'ordure ? qu'en fait-il ? L'élève reste coi. Parménide renvoie Socrate à plus tard, quand il aura appris à ne pas mépriser l'Idée du mal et, disons-le tout de go, l'Idée de merde.

Je m'abuserais en dotant un cerveau de gamin, fût-ce le mien, d'une aussi radicale intuition du mal et des efforts déployés en bonne société pour cacher son existence et camoufler ses traces. Reste qu'on rêve à tort d'éloigner les gamins des scènes de violence ou de viol en décrétant qu'elles ne sont pas « de leur âge ». Au cinéma comme à la télé, des censeurs bien intentionnés s'agitent, tout comme les militants platoniciens envisageaient d'expulser les poètes d'une Cité bien ordonnée, histoire de soustraire les mortels à la tentation d'imiter l'inconduite des immortels : « A dieu ne plaise en effet qu'il soit permis d'attribuer aux essences divines qui transcendent toutes choses de tels crimes, adultères, viols, éjections du ciel, outrages aux parents, mises en chaînes, castrations et toutes autres abominations incessamment répétées chez Homère et les autres poètes [1]. » L'innocence supposée des enfants comme des simples citoyens est dépassée, de loin, par la présomptueuse naïveté des adultes et des grands personnages, qui s'attribuent le monopole des imaginations salaces et des visions dantesques. Des générations ont déchiffré avec émerveillement les *Contes* de Perrault : peu de l'humaine et commune inhumanité leur reste étranger.

Un petit tour par *Peau d'Ane* rafraîchit la mémoire. L'enfant est belle, mais sa mère est morte. Gentille et douce, mais sa belle-mère se révèle un bourreau. La jeune fille est irrésistible, son persécuteur de père ne résiste pas à la tentation et entend l'épouser sur-le-champ. Inceste y es-tu ? Œdipe es-tu là ? La princesse échappe de peu à une mort certaine, camouflée sous la peau d'un âne écorché, et se met à puer comme la charogne. Imaginez parents et grands-parents au fil des temps racontant cette aventure inconvenante à leur innocente marmaille. Et cela sans les secours, obligés de nos jours, des cellules de soutien psychologique mandatées par l'Etat ou quelque ONG caritative d'aide aux handicapés sentimentaux. Depuis Louis XIV, *via*

1. Proclus, *Commentaire sur la République*, Editions Vrin-CNRS, 1970, t. I, p. 90.

l'éducation préscolaire assurée par les contes de fées, les enfants apprennent ce que leurs parents exigent qu'ils ignorent.

Le père pédophile prétend violer sa fille, Barbe-Bleue *serial killer* égorge ses épouses et les jette après consommation. L'ogre dévore ses enfants, croyant manger ceux des autres. N'allez surtout pas croire que l'aimable Perrault soit seul à anticiper la perversité tant décriée des *tunes* américains. Feuilletez les *Contes* de Mademoiselle de Lubert. En 1740, cette personne assaillait son lecteur de créatures hybrides, fées-léopards, guenons lascives, marmottes écorcheuses. Leurs aventures scabreuses souvent tournaient au drame, on omettait de les interdire aux moins de dix, douze ou seize ans, à qui on ne la fait pas davantage aujourd'hui qu'hier.

Comment entre-t-on en philosophie ? En robe de bure ? Agenouillé pour la prière ? La tête dans les étoiles ? En jurant de renoncer à Satan et à ses pompes antiphilosophiques, au prestige du fric, à l'autorité du flic et aux dévergondages de la déraison ? Jouer au sage suffirait-il ? S'entourer de livres, fréquenter les bibliothèques et réussir les concours qui vous adoubent « professeur » pour les siècles des siècles ? Non ! J'avoue avoir parfois cédé à de telles tentations, par gloriole, prétention, outrecuidance ou nécessités alimentaires. Mais j'ai tout autant exploré les écoles buissonnières imprévues dans l'agenda de l'apprenti en sagesse. Ni les certificats d'aptitude ni les galipettes immorales ne valent pour billets de logement en philosophie. Mon soulier de gamin frappait aux portes du savoir, tambourinant une sorte de tocsin maladroit et personnel.

La philosophie, c'est le monde renversé, profère Hegel. Sans hésiter, il amalgame le mouvement de sa pensée et l'action révolutionnaire qui, sous pavillon français depuis 1789, démolissait la vieille Europe. Un prêté pour un rendu, le renverseur sera à son tour renversé par ses disciples les plus proches et ses ennemis les plus admiratifs. Marx évidemment. Mais aussi Nietzsche, précurseur des philosophes au marteau. Celui qui sculpte en silence une figure de l'avenir ? Ou celui qui fracasse et fait table rase ? Au gré des inspirations. Pareille équivoque bicéphale passe pour marque d'origine.

Vu par Aristophane, Socrate se pavane en incendiaire. Aux yeux de Platon, c'est le sauveur que le peuple d'Athènes, par folie suicidaire, récuse. Difficile de faire la part des choses. Doit-on aduler ou condamner un personnage fier de son ambiguïté ? Le sage se présente d'entrée de jeu comme un satyre, repoussant par son enveloppe grotesque, mais infiniment séduisant, terriblement captivant, par ce qu'il laisse deviner de sa richesse intérieure. Est-il bon ? Est-il méchant ? Destructeur ou édifiant ? Impossible de trancher sans entrer dans la spirale du tentateur. Il vous convie à perdre pied, pour le meilleur ou pour le pire, mais comment décider d'avance ? tandis qu'il exige la plus absolue des conversions, une « transformation totale de toute [votre] âme ».

Platon esquisse le modèle de ce bouleversement spirituel dans le très fameux « mythe de la Caverne », symbole de l'humaine condition. Cette courte allégorie, mille fois commentée, mille fois couronnée, pieusement estampillée pour introduire au mystère des mystères, pourrait tout aussi bien passer pour une légende agréable et frivole, annonciatrice du cinématographe avec deux millénaires d'avance. Imaginez des spectateurs regroupés dans une salle obscure – grotte ou caverne. Ils sont assis, immobiles. Ils regardent tous dans la même direction. Ils semblent cloués sur place, enchaînés, fascinés par le spectacle qui se déroule devant leurs yeux, sans soupçonner la machinerie – un système de projection ? – dûment installée dans leur dos et sur laquelle ils ne se retournent pas. La conversion commence quand l'unanimité se brise. Lorsque, contre leur gré, nombre de spectateurs sont invités à quitter leur place et, rififi dans l'obscurité aidant, poussés vers la sortie quasi *manu militari*. Dehors, la brutale et éclatante lumière du jour les éblouit, les aveugle, les plonge dans le désarroi. Peu à peu la cécité s'estompe. Ils s'acclimatent à la clarté du vrai. Parvenus au terme de leur mutation mentale, ils sont conviés à retourner dans la salle obscure et priés d'éclairer les malheureux restés prisonniers de l'esclavage médiatique.

Une conversion philosophique exige un renversement de perspectives. Ce qui passait pour primordial se découvre soudain secondaire ou négligeable. Ce qui allait de soi fait problème. Le léger devient lourd. A moins que les pesanteurs de la vie quotidienne ne s'allègent devant des défis formidables et insoupçonnés. Les signes avant-coureurs de la mutation mentale ne laissent pas de paraître chaotiques. On ne sait plus exactement où donner de la tête, comme dans les expériences de psychologie élémentaire où l'œil doit accommoder sur un carré blanc avec en son centre un cercle noir. Tour à tour le cercle semble creuser le carré plein ou représenter une boule pleine dans un espace vide. Trou ou bosse ? Quand l'œil et l'esprit hésitent entre le plein et le vide, entre la lumière du jour et l'obscurité de la nuit, entre la vision de l'ordre et la focalisation du désordre, voilà ce qui, comme un misérable envol de soulier, annonce un vertige philosophique possible.

En méditant la magistrale révolution intellectuelle qu'accomplit Soljenitsyne, je compris rétrospectivement ma colère inopinée au château de Ferrières. Ses premières œuvres publiées – dans l'Union soviétique totalitaire et corrompue des années 60 – cultivaient encore une ambiguïté voulue et nécessaire à leur parution. Ivan Denissovitch, paysan balayé par l'univers concentrationnaire, pouvait incarner les valeurs officielles du communisme : l'enthousiasme du travail (forcé) et l'émulation (socialiste). Il se voue corps et âme à son œuvre créatrice ; en maçon émérite, il construit du mieux qu'il peut ; en stakhanoviste de choc, il monte de plus en plus vite, de plus en plus haut, les murs d'une baraque où les gardes-chiourme finissent par l'enfermer. Il a bâti avec conviction, en ouvrier modèle, sa prison.

La leçon de la fable est aussi glauque que la morale de *Faust*, quand le héros aveugle s'exalte en écoutant les dures sonorités des pioches alentour. Emporté sa fougue édificatrice, le héros chante la nature transfigurée par l'humanité triomphante, alors que les terrassiers creusent la tombe qui lui est destinée. Peu sensibles à l'ironie de Goethe, la plupart des érudits tombent dans le piège et saluent la gloire d'un Faust prométhéen et sa victoire sur le diable « qui toujours veut le Mal et toujours fait le Bien ». Hegel baptisait « ruse de la Raison » la providence qui tourne les faillites présentes en victoires futures, histoire de rassurer et de nous assurer que les pires forfaits virent invariablement au service du genre humain. *Ivan Denissovitch* pouvait encore, pour les cervelles obtuses des censeurs de la Loubianka, incarner la « ruse de la raison » marxiste et permettre de rêver que les crimes de Staline et consorts ne sauraient altérer la pureté et la pérennité des idéaux prolétariens.

Avec *L'Archipel du Goulag*, toutes les fadaises optimistes se délitent et basculent cul par-dessus tête. La rêvasserie n'est plus de mise et l'ambiguïté plus permise. Impossible dès lors de jouer à l'imbécile heureux, les passions, les vertus, les pieuses pensées du marxisme, même les plus généreuses et les plus savantes, pavent l'enfer des hommes. L'odyssée cruelle d'Ivan le moujik, bâtisseur de son cachot, pouvait, en forçant quelque peu la note, se déchiffrer sur l'« horizon indépassable du marxisme ». Avec l'*Archipel*, on tombe dans l'horizon d'une peste absolue.

Le renversement complet des perspectives – la conversion soljenitsynienne – qui animait la passion indomptable des dissidents soviétiques finit par convaincre Gorbatchev, puis Eltsine, qu'il fallait dépasser l'indépassable révolution d'Octobre. Néanmoins, la modestie s'impose : une conversion demeure fragile comme toute conviction humaine et leur successeur au Kremlin Vladimir Vladimirovitch Poutine en administre la preuve. « Tchékiste un jour, tchékiste toujours [1] », possédé par le virus « indépassable » des superstitions et de la « ruse de la Raison », l'homme au regard de poisson, qui vient en 2005 de participer aux commémorations à Auschwitz, n'hésite pas à proclamer la même année que « la dissolution de l'Union soviétique est la pire catastrophe du XXe siècle [2] ». La dislocation d'un empire mangeur d'hommes, qui pour tout un chacun signale une avancée de l'humanité, devient la « pire des catastrophes » dans la bouche de l'officier du KGB. Rien n'est jamais acquis...

Le sens des proportions m'interdit de comparer terme à terme l'ouvrage le plus décisif du siècle passé avec l'émoi brouillon d'un gamin mal embouché. Le seul point commun, c'est l'occasion, le refus d'occulter, vite fait bien fait, les cadavres accumulés dans les placards de l'univers. L'être humain dispose d'infinies ressources pour suturer les blessures de sa conscience. Il invente à tour de bras des tours d'esprit pour anesthésier ses douleurs, il s'étourdit de drogues et de dogmes pour s'épargner des méditations fâcheuses. Les prophéties de bonheur reprennent aisément l'avantage, sitôt la tempête passée. Qu'on se

1. La citation est de Vladimir Poutine.
2. *Idem.*

réclame de la providence divine ou d'un laïque ordre du monde, il est aisé de se persuader, avec une égale suffisance, que l'histoire « avance », fût-ce par ses mauvais côtés. On se raconte, en suivant les conseils en jardinage de Karl Marx, que le fumier lève les plus belles fleurs et, grâce à la météo, qu'après la pluie revient nécessairement le beau temps. La certitude des *happy ends* bétonne notre appréhension de la réalité. Prendre à contre-courant ces consolantes facilités instaure, entre ceux qui s'y risquent, l'étrange complicité des « sentinelles du néant ».

Si le vocable fut forgé par Heidegger, puis assez vite tomba en désuétude, l'attitude qu'il désigne relève de la plus lointaine Antiquité. Dès Homère et Eschyle, avant même que la Grèce inventât la « philosophie », la littérature présente des originaux – Calchas, Tirésias et Cassandre – dont la spécialité est de penser l'impensable, d'interroger le pire, d'anticiper les dangers et les cruautés. Au livre premier de l'*Iliade*, Agamemnon, le chef des Achéens, insulte le devin Calchas qui l'accuse d'être à l'origine de la peste décimant la troupe. « Prophète de malheur ! » gronde le roi. Non parce que son devin cajole les malheurs, mais pour ce qu'il ose les interroger sans crainte, tout aveugle qu'il soit. Comme la chouette de Minerve, oiseau de la sagesse, Calchas voit la nuit dans la nuit. Il scrute les noirceurs de l'âme. Ce contre-regard, qui s'aveugle pour voir, annonce le bouleversement des perspectives par lequel un philosophe délaisse la vision commune, l'opinion générale, la *doxa*, et se retourne sur une vérité que personne ne prend en compte. La conversion de Platon monte de l'obscurité vers la lumière. La conversion selon Homère, puis Soljenitsyne, déploie sa lumière dans la nuit, sans jamais s'échapper de la chambre obscure où se jouent nos destins.

Au soir de ma vie, j'interroge un enfant qui n'est plus. Ses pensées se sont envolées. Il n'a confié à personne, fût-ce à lui-même, les idées qui l'agitaient. Force est aujourd'hui de s'en tenir à des constats primaires. Il savait que sa crise de nerfs relevait des choses à ne pas faire et néanmoins il lui fallait interrompre le cours cérémonieux des oublis. Ce fut, autant qu'il m'en souvienne, ma première rupture publique avec un public, cette fois-là bienveillant. N'étais-je juste qu'un « petit diable » privé de Mère Mac Miche ? Pourquoi si violemment exprimer un désaccord, dont toute la vie suffit tout juste à trouver la formule ? Comme il est difficile de se faire comprendre et de se comprendre ! Après valses hésitations et tâtonnements maladroits sur plusieurs décennies, je crois pouvoir conclure que ma démonstration par soulier interposé ne préfigurait pas le cocktail Molotov que je n'ai jamais lancé contre les forces de sécurité, pas davantage le culte de la kalachnikov, ni la religion de l'incendie. Ma rage de malappris était plus enfouie, plus solitaire. J'étais hanté de souvenirs qu'on me pressait de limoger, alors qu'ils s'agitaient comme des pressentiments. Quelle que fût la trivialité du geste, il marqua l'entrée dans le monde d'un jeune Occidental de plus. Trouble-fête comme beaucoup. Rien d'original dans ce courroux, il est au commencement de la vie que chaque enfant, selon Freud, inaugure en hurlant. C'est le premier mot d'Homère au premier chapitre de l'*Iliade* : la colère.

Dernière rencontre avec Martha. Elle repose sur un lit dans un gigantesque hôpital de Vienne, très ancien, passablement sinistre. Les journaux titreront plus tard sur les exploits d'une (ou plusieurs) infirmière du cru qui piquait ses patients et alignait des centaines de cadavres à son palmarès. J'espère que les dates ne coïncident pas. Difficile de vérifier, car la criminelle, ou la bienfaitrice, a tranquillement officié pendant de longues années. Ma mère gît dans le pavillon des cancéreux après une énième intervention chirurgicale. Nous devisons maladroitement du temps qu'il fait. Soudain, elle défait son corsage et m'oblige à porter les yeux sur son absence de sein. « Regarde ! » dit-elle rageusement, histoire de me signaler que j'ai passé l'âge de me dissimuler ce que je sais. Volontiers coquette, elle cultivait l'apparaître, mais détestait tricher. Elle me glissait, d'avance, son faire-part.

3

Libération

Paris n'a jamais été tant Paris qu'aux huit bougies de notre existentialiste en herbe, et la fête jamais si éclatante qu'une fois les lampions éteints. Les GI débarquent à Saint-Germain-des-Prés sur le grand air « Viva la libertà ! » *de* Don Giovanni. *Le garçon ne s'en remet pas.*

Il sera un déraciné. Il s'agit d'un destin partagé et familial. Le père de son père avait largué un Czernowicz communautaire et lointain pour chercher fortune à Vienne, capitale glorieuse de l'empire d'Autriche-Hongrie. Il finit comme il avait commencé, marchand ambulant de vieux habits. Rubin, mon père, grandit dans les taudis d'un quartier juif, au sein d'une famille qui faisait sa pelote en ramassant des bouts de tissu dans les poubelles des beaux quartiers pour les revendre sur les marchés. Ses parents étaient si démunis qu'ils économisaient les tickets de tramway et parcouraient faubourgs et banlieues à pied en d'inlassables porte-à-porte avec de gros ballots sur le dos. Ce souvenir de famille me convainquit très tôt que l'usage du métro est un plaisir de riche. J'y savoure comme il se doit le signe certain de mon ascension sociale, repérant en habitué les coins les plus agréables, où, même aux heures de presse, la station debout garantit une immunité et un repos discrets.

Czernowicz où naquit Rubin était en Bucovine, province engloutie depuis de l'Empire autrichien. « La ville a vu naître Paul Celan ! » me félicita avec une grande émotion Ionesco lorsqu'il m'interrogea sur mes origines. Comme si le génie du poète rejaillissait sur moi, il me prit en affection. Czernowicz avait été, avant les saccages, les pogromes et le génocide, un pôle littéraire et un centre rabbinique d'importance. Rubin, quant à lui, n'était pas poète, très certainement juif, mais pas pratiquant. Un juif laïc comme il y en avait tant, un voyageur, une sorte de « juif errant » qui ne tenait pas en place. La terre refusait de coller aux semelles de ses souliers.

Son ghetto quitté très tôt, Rubin, devenu viennois, apprit l'art de la conversation politique dans les cafés, découvrit l'art tout court, la littérature, Mozart et le chant napolitain, puis partit vers d'autres cieux, mandoline sous le bras et *Contes* de Voltaire en poche. Il fit ainsi son tour de l'Europe du Sud, puis du Moyen-Orient, pour atterrir en Palestine. Sioniste peut-être, insatisfait certainement, il participa à la fondation du Parti communiste palestinien et finit espion du Komintern. A-t-il été tué à ce titre ? Son chef s'appelait Toukhatchevski, commandant suprême de l'Armée rouge ; il sera fusillé sur ordre de Staline en 1937. Dans les années qui suivirent l'exécution, presque tout le réseau de mon père passa de vie à trépas. Thierry Wolton, dans les années 90, fouillant les archives du KGB, retrouva sa fiche ; quasiment muette, comme effacée, elle ne m'apprit rien. La CIA posséderait un dossier plus épais sur ses activités. Aurai-je le temps de le consulter ? Je sais qu'il sera bourré de mensonges, je l'appris par le plus grand des hasards en 1979 au Musée archéologique de Mexico. J'y rencontrai de très vieux et très gentils messieurs qui m'interrogèrent : Glucksmann ? cet abhorré fanatique de Soljenitsyne était-il le fils de ce Rubin qu'ils avaient connu avant guerre ? Il s'avéra qu'ils étaient d'anciens collègues du GRU [1], seuls survivants, quelque peu trotskistes et réfugiés au Mexique, *via* les Etats-Unis, pour éviter les foudres de Staline. Ils m'avouèrent, un peu penauds, qu'interrogés par les services d'immigration américains, Rubin étant mort et son cadavre ne courant plus de risques, ils avaient collé sur son dos pas mal des saloperies et coups tordus dont ils devaient répondre, tous accomplis au nom de l'avenir radieux et sur ordre du Petit Père des peuples.

Si, côté paternel, on était plutôt grand de taille, le père de ma mère était aussi petit que pauvre et demeura en conséquence célibataire jusqu'à trente-cinq ans. Il fut marié d'office quand on lui dégota une jeune fille plus tellement jeune, tout aussi miséreuse, mais surtout tout aussi minuscule. L'opération fut concoctée par les marieuses professionnelles qui offi-

1. GRU : Glavnoye Razvedovatel'noye Upravlenie. Les services secrets de l'Armée rouge.

ciaient dans la communauté juive de Prague. Croyez-le ou non, ils vécurent heureux et eurent deux enfants, deux filles. Leur vie durant, Martha et Elsa, respectivement ma mère et ma tante, rabâchèrent d'une voix attendrie une fable dont elles ignoraient l'auteur, « Deux pigeons s'aimaient d'amour tendre », en scandant laborieusement force réminiscences, leurs yeux se mouillant d'émotion. Voilà, disaient-elles, un couple arrangé qui ne connut jamais la moindre dispute. Exagéraient-elles ? N'empêche, leur admiration rétrospective et paradoxale devant l'idylle parentale me donnait à penser.

Martha était « demoiselle de pâtisserie », comme l'on disait joliment dans la métropole du kitsch, en fait vendeuse dans une boulangerie. Elsa était « petite main » chez un couturier, en fait ouvrière dans une usine textile. Les deux sœurs avaient quitté Prague et vivaient dans la capitale de l'empire. Elles gagnèrent leur vie dès l'âge de quatorze ans et revendiquaient haut et fort leur indépendance. Elles sortaient en toute liberté ; les jours de congé, elles visitaient les expositions et les musées, adoraient Klimt, Kokoschka et Schiele, se payaient parfois des places au paradis de l'Opéra. Elles n'auraient jamais admis qu'une quelconque autorité traditionnelle ou familiale s'occupât d'installer un homme dans leur lit. Ces inconditionnelles de l'autonomie, avec leur côté suffragettes, admettaient cependant avec une souriante tolérance qu'à l'occasion le hasard pût faire bien les choses.

Elsa resta à Vienne jusqu'à l'Anschluss, et cassa net lorsqu'elle vit à ses côtés, dans un flot de baisers baveux et de larmes joyeuses, les braves copines d'atelier, qui ne lui avaient jamais manifesté la moindre antipathie, acclamer, battant des mains et folles d'amour, Hitler sur la place des Héros. Elle emballa quelques frusques, prit le train, le bateau, puis débarqua à Londres, s'engagea dans la Défense passive. Elle devint, quelques années plus tard, toujours ouvrière et « *labour* », citoyenne britannique, ce dont elle n'était pas peu fière. Martha, elle, était partie à dix-huit ans vers la Terre promise. Elle avait planté là ses parents cordonniers et laissé tomber la crème fouettée pour gratter la terre désertique dans les communautés agricoles juives (kibboutz).

Le temps se montra, après ses déchaînements guerriers, clément à son égard. Mais Martha, arrivée à la quarantaine, avait épuisé ses enthousiasmes de jeunesse ; les emballements de son héroïsme antinazi n'étaient plus de saison. Elle se retrouvait veuve dans la France libérée, femme de ménage, déplacée et très démunie. Elle décida, perdue dans une ville étrangère, de rebrousser chemin pour se réinstaller à Vienne. Avant de prendre ses cliques et ses claques, elle m'avait laissé le choix : « Tu m'accompagnes ou tu restes ici ? » Autant qu'il m'en souvienne, cela n'avait pas fait un pli : « Je reste. » Certains peuvent penser qu'une mère est gonflée d'abandonner à lui-même un garçon d'une dizaine d'années. Certains analyseront son égoïsme surdimensionné, une absence regrettable d'instinct maternel, une irresponsabilité coupable, là où j'ai ressenti très fort son immense tendresse et l'infini respect de ma liberté. J'aurais trouvé injuste qu'elle me refuse le droit à une décision qu'elle-même avait prise en son temps. Elle me plaçait devant un choix duraille, mais salutaire. Soit je la suivais. Soit je restais seul.

J'avais passé dix ans, je me sentais grand. La liberté ou la paresse ? Qui fut la plus forte ? Toujours est-il que j'alléguai : comment reprendre des cours en allemand ? Je refusai tout net d'envisager un rattrapage de six mois. Que de temps perdu ! Martha n'était pas convaincue de cet attachement affiché pour l'école, elle n'y accordait quant à elle que peu d'importance et s'interrogea par la suite sur la nécessité d'un « deuxième » baccalauréat quand on en possédait un « premier ». Me concernant, elle n'avait pas totalement tort et flairait la supercherie. L'école avait bon dos, j'avais séché avec assiduité la communale. La vérité se trouvait ailleurs. Pour la première fois, première car il y en aura d'autres, je misais sur la France. L'enfant déraciné décidait de s'inventer des racines et une histoire françaises. Il resta quelques mois encore rue du Point-du-Jour, à deux pas de la place Nationale, dans le vrombissement des marteaux piqueurs. De l'autre côté de la rue on reconstruisait les usines Renault bombardées par l'aviation anglaise. Il réussit de peu son examen d'entrée en sixième et son certificat d'études.

S'agissant de l'économie de temps, je doute d'avoir coupé au plus court. Dans la Vienne d'alors, écartelée par les quatre « Alliés » qui l'étaient de moins en moins, la guerre froide étrennait ses divisions, tandis que la gauche intellectuelle, réduite *a minima* par l'épreuve, retrouvait ses embarras d'avant. Lorsque je visitais, les années passant, Martha pendant les grandes vacances, je pouvais, en flânant dans des ruines qui n'étaient plus fumantes mais encore brinquebalantes, et pas mal terrifiantes, m'initier aux ombres du *Troisième Homme*, à Joseph Roth, Stefan Zweig, Hermann Broch, Schnitzler, et surtout évoquer l'auteur de *L'Homme sans qualités* que j'admire tant. Robert Musil avait fui le nazisme en Suisse pour y mourir de faim en 1942. Ses aimables collègues helvètes, soucieux de préserver des emplois que l'immense romancier aurait pu leur ravir, avaient pétitionné pour interdire à l'illustre immigrant de publier, où que ce soit, maison d'édition ou journal, quelque écrit que ce fût, donc de manger. La mansuétude s'arrêtait à la concurrence.

D'autres écrivains, devenus parisiens par la force des événements, me restèrent curieusement ignorés. Peut-être justement parce qu'ils étaient parisiens ? Manès Sperber ou Elias Canetti [1]. Quand tardivement je les ai découverts, je me sentis d'emblée en terrain connu. Tout ce que ma mère véhiculait avec elle d'ironie et de jugement, ses critiques mordantes, ses *Witze*, se retrouvait imprimé noir sur blanc sans soulever en moi d'autre surprise que celle de l'absence de surprise.

Vienne était devenu la « ville sans juifs » dont pendant des décennies avaient rêvé des Autrichiens jaloux. Le maire de Vienne, Luger, avait inauguré le XXe siècle

1. Mon ami Michel Laval, dans son excellente biographie de Koestler (Calmann-Lévy, 2005), ressuscite, à la lumière d'une vie exemplaire, une génération européenne dont l'itinéraire spirituel demeura, sauf exception, dans le Tout-Paris intellectuel, à droite lettre morte, à gauche zone interdite.

à la tête du premier parti radicalement antisémite, populaire et chrétien. La cité avait pleinement confirmé le cauchemar prédit, en 1922, par Hugo Bettauer [1]. Au début des années 70 encore, sur les murs, dans les gares, des journaux nationaux affichaient d'énormes placards publicitaires d'une indécence stupéfiante : « Où sont passés les Juifs ? » En débarquant du train, vous receviez ça comme une claque dans la gueule, comme si la traque n'était pas terminée. En 1937, deux cent mille juifs vivaient à Vienne, en 1950 ils n'étaient qu'une poignée, on dit qu'ils sont remontés à sept mille aujourd'hui. La capitale de la « Cacanie », déjà dérisoire d'outrecuidance sous la plume de Musil, s'étalait comme une ville sans âme, glanant ses convictions au gré des vents vainqueurs. Un jour le svastika ornait les services de table, le lendemain c'était la faucille et le marteau. Vieillarde agressive et aigrie, la ville gémissait sur ses plaies et se fabriquait un passé de victime. En promenade aux côtés de Martha dans les verts paysages du Wienerwald, j'écoutais les randonneurs, qui se lâchaient après un petit coup de slivovitz, me raconter le Paris qu'ils avaient visité aux heures de gloire. L'adolescent regardait écœuré la nostalgie en culotte de peau. Ah ! la tour Eiffel et le Sacré-Cœur, Notre-Dame et les filles aux terrasses des cafés. Ah ! le Moulin Rouge et les Folies Bergère ! Comme ils regrettaient le bon temps passé dans la Ville lumière. Coupable, l'Autriche ? Jamais ! « Nous fûmes le premier pays occupé. »

1. Hugo Bettauer, *La Ville sans Juifs*, Editions Balland, 1983.

Comment Martha acceptait-elle cette absence de remords ? Comment supportait-elle un antisémitisme omniprésent qui transpirait sur son chemin et parfois s'exprimait librement ? « *Jude, Jude !* » Je ne sais toujours pas comment les retraitées pimpantes en Dirndl de petites filles, agitant joyeuses leurs boucles blondes et laquées, en route pour des voyages organisés dans des cars pullmans, avaient pu repérer à ma seule silhouette le juif que j'étais. Les cheveux longs ? le perfecto ? Un sixième sens certainement, qu'on ne trouve nulle part ailleurs. Toujours est-il que, parti enterrer Martha à Vienne, le « *Jude !* » fusait immanquablement sur mes talons, dans les stations-service et les bistrots des autoroutes, une fois passée la frontière de l'Autriche.

Qu'allait-elle faire dans la dépouille d'une cité qui avait chassé ou brûlé tous ceux qui avaient contribué à sa gloire, juifs ou non, tous ces artistes qui firent son renom ? Qu'allait-elle faire dans cette galère qu'elle avait quittée sans regret un quart de siècle auparavant ? En 1950, la ville de Mozart, de Beethoven, de Schubert, de Mahler, la ville de « toutes les musiques » n'était qu'un faux-semblant. Même le concert du Nouvel An, qui se clôt par l'immortelle *Marche de Radetzky* composée à la gloire du fossoyeur des révolutions de 1848, que tous savourent en souvenir d'une grandeur éteinte et que je ne manque jamais à la radio le 1er janvier, avait été inauguré en 1939. Tout, même le plus beau, semblait frappé au sceau du déshonneur. Peut-être Martha avait-elle préféré cette agressivité méchante à l'indifférence et l'oubli qui régnaient sur la

France ? Peut-être savourait-elle secrètement d'assister à la décadence d'une ville qui, en toute innocence, avec la certitude du travail bien fait, avait persécuté les siens ? Elle campait là en attendant une absence d'avenir. Elle tournait en rond dans le petit cercle de rescapés qui s'étaient constitués en famille, étrangers dans leur pays natal, tous résistants au nazisme, tous juifs et presque tous communistes, certains préhistoriques dont elle se moquait. Ils ne se quittaient pas, ils s'écrivaient des poèmes, s'échangeaient des bons mots, s'envoyaient des dessins, parlaient de leurs familles perdues, les plus chanceux de leurs enfants partis au loin. Ils marchaient dans les allées du Prater, se rencontraient pour le café ou le chocolat « *mit Schlag* » et grignotaient de magnifiques gâteaux dégoulinant de crème. Ils se tenaient chaud dans cette tombe urbaine qui ne voulait pas d'eux et dont ils incarnaient en toute conscience la mauvaise conscience...

Peut-être, toujours curieuse des nouvelles parutions et des interprétations inattendues du Burgtheater ou de l'Opéra de Vienne, recherchait-elle quelques étincelles de vie lui rappelant *Die Fackel* et les débats de sa jeunesse. Dans ce cas elle mourut trop tôt pour connaître mes amis de Vienne et de Salzbourg, Helmut Kholenberger, Willie Donner, Ilse et Michael Fischer... que je tiens à saluer pour qu'ils ne se sentent pas captifs d'un quelconque ressentiment.

Ayant pour ma part préféré la piste française à l'autrichienne, je dus mettre les bouchées doubles et régler en quelques années d'adolescence les comptes de la militance communiste et les naïvetés révolutionnaires afférentes. J'adhérai au « Parti » à treize ans, en falsifiant ma date de naissance, ses statuts stipulant qu'on eût quinze ans révolus. J'en sortis à dix-huit, quand les tanks soviétiques écrasèrent dans le sang l'insurrection de Budapest. Avant cette sortie que j'avais voulue fracassante (Non ! je ne diffuserai pas *L'Humanité* vantant les hauts faits de l'Armée rouge), j'avais accumulé les griefs, de la mise sous le boisseau des révélations de Khrouchtchev sur les crimes de Staline à la complaisance complice quant à la guerre d'Algérie.

Au fond j'étais un tard venu. Mes choix comme mes ruptures n'étaient pas compliqués. Je n'avais pas eu à affronter la terreur physique comme les gens confinés à l'Est, ni les marteaux-pilons idéologiques comme mes aînés de l'Ouest qui, face aux nazis, furent sommés de « choisir leur camp » et devinrent communistes par haine du fascisme. Mon expérience du Parti – en dehors des petites et très moches lâchetés qui fleurissent partout – se résume à la rencontre d'une bêtise massive, butée et inébranlable : « Ça fait trois fois qu'on explique la même chose au camarade Glucksmann et il n'est toujours pas d'accord... » L'argument semblait évident au perroquet de la direction, qui le brandissait comme une massue. Il ne comprenait pas que je ne puisse pas comprendre. Alors, il répétait, répétait, répétait à l'infini les mêmes arguties, si bien que j'éclatai de rire et fus viré sans bavures.

La télé n'existait pas. Le cinéma, c'était trop cher. Le lycée ne m'enthousiasmait guère. Restait la lecture. Puisque le gamin se dit communiste, il va lire Lénine.

Une ribambelle de volumes marron rouge des Editions de Moscou qui dégageaient l'odeur aigre du mauvais plastique. Et, puisque Lénine cite Diderot avec admiration, il va à la bibliothèque municipale emprunter la grande édition Assézat, se plonge dans les *Œuvres complètes* et goûte une prose autrement spirituelle que celle du parrain de la révolution d'Octobre. Les autres philosophes des Lumières suivirent, puis, remontant le temps, les philosophes tout court. En prime, lot commun des lycéens avides dévorant chacun pour soi, il plongea dans les romans et les poèmes de la littérature classique.

Solitaire ? Il l'était moins que d'autres. Il fréquentait les « cercles » de quartier. De celui où il habitait, dans la banlieue de Lyon, il ne reste rien aujourd'hui. Sur un vaste terrain, propriété des Hospices, s'étaient installés par vagues successives des réfugiés polonais ou espagnols, puis des Portugais et des Maghrébins. Tranchant sur les masures édifiées au hasard des installations sauvages, quelques ensembles HLM symbolisaient la possibilité d'une ascension sociale. La vie collective s'y organisait plus régulière et hiérarchisée. Au gré des porte-à-porte militants, apparaissaient les stars des escaliers et les reines de cours intérieures, beaucoup plus prestigieuses et inaccessibles à ses yeux que les créatures *people* dont nous rebat l'actualité. Allez dire à une vedette de l'écran que son aura vous impressionne moins que celle de la vamp du cinquième, carrément éblouissante pour un apprenti extasié ! Un marché aux puces animait les fins de semaine, où il s'achetait la veste sombre, la chemise blanche et le jean qui donnaient le look américain.

Le samedi soir c'était la fièvre. Des copains plus âgés l'entraînaient dans les salles de bal. Il avait même pris, pour ne pas sombrer dans le ridicule, de fastidieux cours de danse afin de balbutier tant bien que mal la valse et le tango. Un-deux, un-deux-trois-quatre. Il abandonna vite et préféra « faire le mariole » ou afficher un air ténébreux, et bien évidemment dédaigneux. Il connaissait quelque succès auprès des filles, elles lui trouvaient un air de Gérard Philipe, ce qui à l'époque n'était pas le moindre des compliments. Rodrigue, Fabrice, Lorenzaccio et le Prince de Hombourg lui tombaient sur la tête. Cette ressemblance bienvenue, qu'il travaillait quelque peu, venait combler ses prouesses maladroites de danseur. Très vite, il renonça aux performances sur la piste et, plus intello, se mit à draguer les filles rue de la Ré, avec, bien en évidence sous le bras, *L'Etre et le Néant.*

Loin de se « prolétariser » ou de désespérer de n'être qu'un lycéen nécessairement « bourgeois », puisqu'il avait réussi le concours de « boursier de l'Etat » et que les copains n'étaient qu'apprentis dans de sordides ateliers, sa fréquentation de la jeunesse ouvrière le délivra plutôt des catégories sociologiques taillées au coupe-coupe et des jérémiades attendries sur la damnation des banlieues. Le bilan d'une adolescence passée à traîner dans les quartiers insalubres et peu policés évoque moins Lénine que Raymond Queneau et ses « philosophes » habitués de Luna Park qui, d'origines sociales diverses, communiaient tous dans la contemplation extatique des jupons soulevés dans les chenilles « américaines ». A la « Vogue », les forains avaient mis au point la machine à courants d'air sous les jupes des filles, propre à réconcilier les travailleurs manuels et intellectuels. C'était la grande affaire. Les cuisses blanches des Marilyn font autrement rêver que les posters paradoxaux des massacreurs de peuples, Che Guevara compris, triste abonné du KGB.

Il fut inscrit à La Martinière, un collège technique où il apprit, ou plus exactement n'apprit pas, à tailler le bois et limer les écrous entre un cours d'histoire, un cours de maths et un cours de français. De Villeurbanne, quartier des Charpennes, à la colline de Fourvière, il traversait matin et soir toute l'agglomération de Lyon. En fin de parcours, il avalait la forte pente du Gourguillon, en courant comme un dératé pour échapper, en vain, à la puanteur des fumées noires que crachaient de mauvais poêles à charbon mêlée à celle, entêtante, des pompes à merde encore tirées par des mules. Une sorte de microclimat étranger aux saisons pesait sur cet endroit où le tout-à-l'égout n'existait pas, où l'on glissait sur les pavés inégaux, toujours mouillés, où dans un brouillard à couper au couteau on se cognait aux poubelles béantes quand les chats, les chiens et parfois des hommes se disputaient les restes des dîners de la veille. Si vous cherchez le Gourguillon de cette époque, vous ne le trouverez pas car il n'existe plus, il a fait place au pur bijou du « Vieux Lyon » où l'on vient par plaisir flâner le dimanche et contempler les façades repeintes de bâtisses moyenâgeuses.

Les jours fastes, les rares matins où il n'était pas à la bourre, il sautait dans la ficelle, un funiculaire poussif où l'on croisait pour son plus grand bonheur les écolières privilégiées et jacassantes de Saint-Just. Sur la colline, deux établissements scolaires se faisaient face. D'un côté, le bâtiment cossu, quelque peu fortifié, construit en pierres de taille pour l'éternité, le lycée de jeunes filles planté au milieu d'un parc. De l'autre, le collège technique pour garçons modestes, construit un peu à la va-vite, moitié en dur, moitié en préfabriqué. Les filles du classique, toujours bien mises, toisaient les garçons du technique, un peu voyous, un peu bruyants. Les rencontres étaient rares, mal vues, malvenues, mais pas impossibles. Julien Sorel au cœur, il fit quelques conquêtes en dissertant sur la lutte des classes.

Parenthèse. Abattu par la police, le jeune islamiste en cavale Khaled Kelkal ne laissa pas de susciter force attendrissements posthumes. Bien qu'il eût tenté le déraillement du TGV Paris-Lyon et semble-t-il prêté main-forte à l'organisation de l'attentat du métro Saint-Michel, son triste destin d'enfant des banlieues apitoyait les éditorialistes. Ne sortait-il pas de Vaux-en-Velin – là où, aux moments perdus, précisément au « Grand Large », j'allais piquer une tête entre voyous et débranchés divers, mon adolescence durant. N'avait-il pas droit à toutes les circonstances atténuantes puisqu'il avait été rejeté dans « le technique », de quoi faire pitié aux bonnes âmes issues du « classique » ? Il avait étudié en effet dans mon ancien collège – La Martinière –, déplacé, rebâti en dur et par là devenu plutôt haut de gamme. Il avait, disait-on, subi des agressions racistes, moi aussi quelques décennies auparavant. A éplucher dans la bonne presse les explications bien-pensantes de sa carrière d'assassin, je m'interrogeai sur mon sort : pourquoi, à régime égal, ne suis-je pas devenu terroriste ? Il est vrai que je n'eus pas la chance de croiser le chemin d'un prêcheur prompt à me démontrer que l'origine du monde selon la science moderne c'était kif-kif la création du monde d'après le Coran. Cassettes d'un savant japonais à l'appui ! Il faut conclure qu'à conditions sociales, pécuniaires et scolaires équivalentes l'absence de cassettes a fait la différence. Ou, plus exactement, la capacité d'ingurgiter les salades qu'elles véhiculent. Passons et revenons à nos moutons.

L'enfant avait été porté par l'enthousiasme des années 44-45, justement baptisées « Libération ». Il ne les avait pleinement vécues que par « grands » interposés. Il ressuscitait à compte d'auteur les joies qu'il leur enviait, sans se faire une montagne des déboires qui les défiguraient. Les grands se trouvaient en peine de démêler le vivant du mort dans les plus belles années de leur vie. Ils devaient faire le tri cornélien entre le courage presque surhumain qu'ils avaient eu à résister et le communisme qui, malgré des abominations déjà subodorées, avait soutenu leur espérance. Le partage fut pour beaucoup impossible : douter, critiquer, changer d'avis, c'était trahir sa jeunesse, ses proches et ses morts. L'enfant lui s'en tirait bien. Il n'était pas piégé par ses souvenirs comme autant de nœuds de vipères. Bonheur sans mérite d'un benjamin. Ses deux sœurs, leurs époux, sa mère et leurs amis payaient pour lui.

L'adolescent s'accordait la grâce d'un arrêt sur image. Retardataire involontaire, il revivait en chambre la révolution existentialiste qui avait secoué Saint-Germain-des-Prés, Paris et l'Intelligence française, avant de quitter la scène aussi vite qu'apparue, querelles de personnes et fixettes idéologiques aidant. L'embellie, il n'empêche, avait été décisive : plus jamais le citoyen français ne serait en mesure de retourner aux mœurs et aux coutumes d'avant-guerre.

Dans le sillage des GI victorieux, une décontraction jamais vue, jamais envisagée, sidéra les populations brusquement exposées au swing. Jazz, romans et films noirs, bandes illustrées et dessins animés, vamps resplendissantes et sûres d'elles-mêmes, cow-boys solitaires ou détectives mal embouchés, tout ce dont avaient rêvé les poètes surréalistes et les J3 de la guerre débarquait d'outre-Atlantique. Dans le barda des soldats libérateurs, on trouvait un bric-à-brac étonnant, des bonbons, du lait condensé, la pénicilline, les bas Nylon, des paletots en laine militaire qui grattaient, le chewing-gum qu'on apprenait à mâchouiller drôlement, mais surtout une littérature et un cinéma peu respectueux des pudibonderies puritaines et des interdits du code Hayes. Un flot d'inconnu submergeait les têtes frileuses et soufflait le grand air de la liberté et du triomphe de l'individu. Un univers radicalement neuf où la jeunesse se retrouvait immédiatement de plain-pied, mais qui bousculait un pays que le sabre, le goupillon, l'Académie et Pétain avaient voué au culte du travail besogneux, de la famille nombreuse, et d'une patrie univoque débarrassée du « sang impur ».

Si quelque « révolution culturelle » au XXe siècle fractura les modes de vie et de pensée des « larges masses », ce ne fut pas la manipulation meurtrière lancée par Mao Tsé-toung, mais la formidable subversion qui submergea, tout en douceur, les métropoles d'Europe occidentale à la fin de la Deuxième Guerre mondiale. Trente ans plus tard, consciemment ou non, Mao pasticha cruellement cette révolution dans les têtes ; l'imbécillité des « maos » occidentaux, dont je fus quelques mois durant, sera de prendre la comédie chinoise au sérieux et le dictateur au mot, projetant dans ses mises en scène mensongères le souvenir d'une Libération qui avait métamorphosé, sans retour et pour le meilleur cette fois, nos sociétés. L'armée américaine n'avait pas seulement conquis le terrain, elle avait chamboulé mentalement, existentialistes aidant, le vieux continent. Lequel ne s'en remet pas, puisque, même lorsqu'il s'affirme outrageusement antiaméricain, c'est Hollywood qu'il imite – pas nécessairement pour le meilleur – et c'est un Michael Moore – pas au comble de la finesse et de la véracité – qu'il ovationne une demi-heure durant au Festival de Cannes.

Aujourd'hui, les provocations et les manifestes existentialistes peuvent apparaître désuets, éventés et banals. Ils paient la rançon de leur anticipation correcte. La libération des mœurs n'offusque plus grand monde lorsque la moitié des naissances se font hors mariage. Quant à l'athéisme spontané, dont seule l'élite germanopratine paraissait capable, il est devenu l'apanage du Vieux Continent dans son ensemble, à en croire un témoin digne de foi : « Les Européens vivent comme si Dieu n'existait pas », répéta tristement le pape Jean-Paul II. Belle lucidité.

Une révolution culturelle ne se décrète pas. Les existentialistes de 1945 n'ont, quoi qu'ils aient pensé, aucunement lancé, dirigé ni contrôlé un mouvement qui les dépassait dès l'origine. Ils en ont avec sagacité – là est leur mérite – pronostiqué les conséquences. En quelques décennies, ces fameuses « Trente Glorieuses », la France, un tiers paysanne à l'issue du conflit mondial, se transforma de fond en comble. On attribue cette mutation, la plus rapide de l'histoire, aux mécanismes impersonnels des déterminations économiques et des dynamiques technologiques. On néglige généralement le séisme des mentalités. A la culture de l'enracinement succéda une culture du déracinement.

La première encoconnait le citoyen dans son village, sa paroisse, son Eglise, son parti, ses syndicats et autres associations folkloriques. Il était protégé derrière les panneaux municipaux, enfermé dans de multiples microsociétés. La seconde fit craquer les coquilles et le projeta, non sans brutalité, dans l'incertitude d'incessantes et multiples métamorphoses. De Gaulle, peu enclin à contester les enracinements traditionnels, prit à la fin de sa vie la mesure de l'irréversible : « Dans le progrès général, un nuage est suspendu sur le sort des individus. A l'antique sérénité d'un peuple de paysans certains de tirer de la terre une existence médiocre mais assurée, a succédé chez les enfants du siècle la sourde angoisse des déracinés [1]. »

1. Charles de Gaulle, *Mémoires d'espoir*, Plon, collection « Omnibus », 1999, p. 264.

Contrairement aux calembredaines attendrissantes monnayées par des pisse-copie pathétiques, le déracinement, même vécu dans une solitude quasi incommunicable, est une expérience collective, probablement la plus collective aventure courue depuis deux cents ans. En perdant repères et certitudes natives, les « enfants du siècle » ont, génération après génération, dépouillé le « vieil homme ». Ils ont opéré une conversion dont nos grands écrivains ont proposé des formules. Le choc qui détache du passé n'en reste pas moins violent. Il fallut deux guerres mondiales, agrémentées de deux défaites coloniales, pour que l'Etat français accepte de lâcher partiellement les amarres. Et nous sommes loin du compte, de fortes minorités, parfois majoritaires, à gauche comme à droite, s'échinent, lors des consultations électorales, à déterrer et défendre à contre-courant d'immuables et fallacieuses éternités identitaires. Tentation peu surprenante : quand le calme revient, le citoyen nostalgique fonce, marche arrière toute, s'emmitoufler dans les contes et légendes d'antan. Il n'en reste pas moins que les années de la Libération, exceptionnelles dans l'histoire moderne, prouvent que la rupture peut être souhaitée, intimement désirée, et qu'un tel déracinement résolument accepté est une fête.

Dans les premiers mois de l'année 45, trois révélations fondamentales s'imposèrent, qui, bon gré, mal gré, nous gouvernent encore aujourd'hui.

La première désespérait. C'était l'ouverture du camp d'Auschwitz, soit la « découverte » de l'incommensurable cruauté humaine. L'inimaginable, voire l'impensable, sautait à la gueule.

La deuxième réconfortait. C'était la chute d'Hitler et du régime nazi.

La troisième inquiétait. C'était Hiroshima et Nagasaki.

La leçon que tirait la nouvelle vague intellectuelle tenait en un mot : « responsabilité ». La bombe atomique la rendait plus ample et plus décisive que jamais. Le « mal absolu » des camps d'extermination la rendait impérieuse et incontournable, sauf à se rendre complaisant, complice d'un crime contre l'humanité, toujours réitérable. Enfin, la victoire prouvait que notre responsabilité ouvrait sur l'action efficace. Jean-Paul Sartre épelait cette nouvelle condition humaine et regroupait autour de lui, souvent dans le comité de rédaction des *Temps modernes*, des écrivains, essayistes, philosophes ou romanciers, qu'après coup la gauche et la droite s'arrachèrent comme « compagnons de route » [1].

Un sentiment dominait, celui de l'abîme et du vertige. « Comme nous l'avons échappé belle ! » De Gaulle et les communistes avaient beau s'égosiller en vantant la victoire du Français sur le Boche, contrevenant à toute vérité ; chacun gardait par-devers soi sa stupéfaction devant les conquêtes éclairs d'Hitler et la rapidité avec laquelle il s'était taillé un empire européen, plus grand que celui de Charlemagne et plus puissant que celui de Napoléon. Impossible d'intégrer les cinquante millions de morts de la Deuxième Guerre

1. Maurice Merleau-Ponty, Raymond Aron, Georges Bataille, Jacques Lacan, André Malraux.

mondiale dans les bilans des conflits continentaux ordinaires. Impossible d'oublier la crainte lancinante qui avait saisi la plupart pendant plus de cinq ans : et si Hitler gagnait la guerre ? Car tous savaient qu'il aurait pu la gagner. De longs mois durant, les adultes avaient retenu leur souffle, épluchant les humeurs de Staline et les provocations d'Hitler, copains comme cochons d'abord, puis, le second trahissant le premier, ouf ! ennemis intimes. Ils avaient épié les nouvelles du front, à Stalingrad, dont l'issue fut longtemps incertaine.

De longues années, certains avaient prié un dieu, auquel ils croyaient ou ne croyaient pas, pour la réussite d'un débarquement anglo-américain. Jamais une aussi fondamentale angoisse n'avait désolé les jours et les nuits. L'ébranlement de l'homme européen se prolongea la paix revenue. Les consolations convenues glissaient sans accrocher. Nous n'avions pas vaincu parce que nous étions les plus justes. Pas même parce que nous étions les plus forts. Mais par la grâce du hasard, des erreurs de l'ennemi et de la bonne volonté américaine, tard venue mais qui aurait pu ne jamais advenir. A deux doigts d'un désastre irrémissible, les convictions séculaires lâchent prise, autant la croyance en une bienveillante Providence d'en haut que l'espérance d'un irrésistible progrès en bas. L'histoire travaille sans filet. L'Europe avait frôlé sa disparition, il lui fallait concevoir la possibilité d'une apocalypse sèche. Un engloutissement possible des civilisations terrestres ne serait compensé par rien et n'annoncerait aucune descente de la Jérusalem céleste.

Un désenchantement aussi décapant fut bien évidemment décuplé par deux autres révélations. La première, dont le nom de code demeure Auschwitz, démontrait qu'une atrocité absolue pouvait être commise par des hommes et tolérée par d'autres. La seconde, nom de code Hiroshima, annonçait que la mise à mort de l'humanité entière ne dépendait ni d'une punition divine ni des hasards de la nature. Les deux prouvaient que la capacité du déluge affronte les hommes aux hommes, à charge pour eux d'interrompre l'aventure humaine. Ou non.

Paris vécut quelques courtes années en apesanteur. Le passé sombrait. Un présent d'outre-tombe hantait les silences des rares déportés survivants. Un futur sous le signe de la « Bombe » handicapait les envolées lyriques. La paix étant revenue, le crime desserrait son étreinte. Il fallait réapprendre à vivre dans le temps. Mais en s'interdisant les traditionnelles fuites en arrière ou en avant. Le retour à la terre et aux ancêtres comme les spéculations sur l'irrésistible Progrès rappelaient de trop récentes faillites. De nouveaux repères balisèrent la perte des anciens. Dans le droit fil de *Guernica*, les œuvres qu'exposait Picasso[1] n'étaient pas édifiantes, elles criaient en langage pictural le désarroi d'une humanité qui se contemplait inhumaine. Il fit scandale. Surtout chez ses amis communistes. Contre toute attente, saisi d'un soudain et éphémère

1. Pierre Daix, in *L'Année 45*, Editions Honoré Champion, p. 45, précise en 2002 : « Aussi bien Picasso que Miró que Fautrier ou Dubuffet ont montré, alors que l'Europe était encore contrôlée par Hitler, qu'il faut savoir tourner le dos, plus insolemment encore que lors de ce qui est devenu depuis l'entre-deux-guerres, à la culture instituée, afin d'accéder à la réalité d'une époque grosse de telles abjections, la dévoiler et la surmonter, fût-ce en devenant barbare. »

courage, Aragon, aussi stalinien qu'il fût, prit la défense de l'artiste contre les « camarades » avides d'avenir mirobolant. Il osa l'éloge des « yeux adultes » de ces peintres modernes qui s'autorisaient « une vue où l'horreur domine ». Ils font, disait-il, « litière des lieux communs », car ils « ont surtout vu la mort ».

Une culture du bord de l'abîme fête alors d'éblouissantes aurores, même si plus tard les fruits ont rarement tenu la promesse des fleurs. Beckett, Ionesco, Hemingway, Celan, Koestler, Ophuls et Lang, et tant d'autres créateurs sortis *in extremis* de leurs Enfers, témoignaient d'une gloire mondiale que Paris, depuis, désespère de retrouver. Le moment était unique. Loin de revendiquer une absurde « exception culturelle » et de camper dans les citadelles du bon vieux temps, la scène parisienne, trouée, s'ouvrait aux vents du large. Sartre réintroduisait les grands romanciers d'outre-Atlantique. Le jeune Pierre Daix, tout juste revenu de Mauthausen, se jetait sur les nouvelles traductions, trouvant « son bonheur dans la toute neuve Série Noire – Peter Cheney, James Hadley Chase, *On achève bien les chevaux* ». J'ajouterai Jim Thompson, Raymond Chandler, David Goodis, Chester Himes... Et les films attenants se mirent à affluer sur les écrans français.

Paris fonctionnait comme un grand échangeur au service d'une mondialisation culturelle que la guerre avait formidablement accélérée, en levant les blocages, en cassant les frontières sacro-saintes, en brisant les chauvinismes esthétiques. La mort, la violence, le moche, le dégoûtant, le non-sens acquéraient un droit de cité intellectuel que l'académisme et ses credo avaient si longtemps contrecarré. La condition humaine s'universalisait à la lumière de son propre chaos. Les pensées désabusées, le théâtre de l'absurde ou de la cruauté, toute une littérature du soupçon avaient le vent en poupe. Lorsque Sartre, en 1945, proclama « L'existentialisme est un humanisme », sa conférence écopa d'un retentissement qui le gêna lui-même. Son succès n'était pas dû au propos, quelque peu confus et contradictoire, mais aux clameurs excédées des auditeurs chrétiens ou communistes qui se cabraient « dans une atmosphère d'émeute [1] ».

Enracinement contre déracinement. Aux yeux des tenants des idéaux sociaux ou religieux d'avant 40, la prise en compte de la débâcle, pas seulement matérielle, n'était que provocation débile. Il fallait que l'Europe réhabilite ses repères d'antan et suture *illico presto* ses plaies récentes. Au contraire, les tenants de l'insolence privilégiaient le constat cruel sur la prédication compassée. Ils proposaient de tirer des bilans sans complaisance, sans euphémismes, avec l'amertume qui sied à ceux qui refusent la consolation des solutions miracles. Merleau-Ponty écrivait en 1946 : « Notre seul recours est dans une lecture du présent aussi complète et aussi fidèle que possible, qui n'en préjuge pas le sens, qui même en reconnaisse le chaos et le non-sens là où ils se trouvent mais qui ne refuse pas de discerner en lui une direction et une idée là où elles se trouvent [2]. »

Le refus du préjugé, l'exigence d'examiner le présent tel quel – en somme : le principe de réalité et plus préci-

1. G. Blin, revue *Fontaine*, novembre 1945.
2. Maurice Merleau-Ponty, in *Les Temps modernes*, n° 4, 1946.

sément de déplaisante réalité – relèvent de la plus élémentaire discipline intellectuelle. Pas de quoi fouetter un chat. Sauf qu'en 1945 tenir compte des faits revenait à ne plus pouvoir se laisser aller à vivre ou penser comme avant. Le passé, l'Europe chrétienne, nationaliste, socialiste, communiste, avait failli devant la montée du désastre. L'avenir se trouvait barré par la possibilité de mettre un point final technoscientifique à l'existence humaine. Force était de penser contre soi-même pour toiser un monde renversé : « Celui qui marche sur la tête, il a le ciel comme un abîme sous lui » (Paul Celan).

L'humanité n'a pas attendu les guerres mondiales pour percevoir qu'elle séjourne dans une vallée de larmes. Violences, viols, crimes et vols lui sont un lot quotidien. En cas d'oubli, diverses religions s'empressent de réitérer un cinglant *memento mori* que les idéologies séculières répercutent jusqu'aux antipodes. Aussi bien la seule expérience des malheurs du monde ne résume pas les révélations radicales de 1945. Les violences et la mort s'exhibèrent tout à coup apocalyptiques, elles mirent à l'ordre du jour la fin du monde. Entre le sort de l'individu, le destin des peuples et la continuation de l'espèce humaine, il n'existait plus de frontières étanches. Non seulement j'allais mourir mais il était possible que je ne laisse rien, pas âme qui vive, derrière moi. Ne convenait-il pas d'attacher une importance exceptionnelle à cette perspective inédite d'un anéantissement universel dû à l'homme purement homme ?

Les mortels, par définition, sont faits pour s'éteindre un jour ou l'autre. En quoi le fait qu'ils disparaissent l'un après l'autre paraît-il moins digne de méditation qu'un départ collectif organisé vers l'au-delà ? La discussion suit son cours, probablement insoluble, sauf à retourner la question. Jusqu'alors chacun décédait avec la certitude, pas nécessairement consolante, que ses proches et prochains survivent, qui vont le célébrer ou l'oublier, le trahir ou le laisser tomber. On avait beau mourir seul, les autres, tous les autres ne crevaient pas, et jusqu'à son dernier souffle ils peuplaient l'esprit de l'agonisant, en suscitant amour, haine, acrimonie, tendresse ou indifférence. Désormais il fallait imaginer et tenter de penser une mortalité au carré, celle simultanée de l'individu et de l'espèce. Non seulement tous les hommes sont mortels mais le tout des hommes également. Quelle différence entre être enterrés un par un ou être enterrés tous ensemble ? Celle-là : dans le second cas, il n'y a plus personne pour enterrer un « nous » sans reste.

L'individu, suggèrent les littératures et parient les religions, adore s'éterniser. Il brûle de perpétuer son existence dans ses enfants, de se momifier dans ses œuvres, de s'inscrire dans une durée qui le dépasse. Les artistes ont chanté et fait partager cette nostalgie à rebours, l'expérience vécue aujourd'hui d'un plus tard qui nous prolonge :

Quand vous serez bien vieille, au soir, à la chandelle,
Assise auprès du feu, dévidant et filant,

Direz chantant mes vers, en vous émerveillant :
Ronsard me célébrait du temps que j'étais belle[1] [...]

Plus prosaïques, les crétins qui endommagent des trésors inestimables et gravent à la pointe du canif leurs initiales, cœurs fléchés et autres graffitis moins ragoûtants, cèdent à la même passion. Le grand conquérant comme le petit politique, l'empereur comme le caïd de cité, tous prétendent inscrire leur nom dans l'histoire. Ces *passe-temps*, que Pascal nomme divertissements, s'avèrent dérisoires après la révélation de 1945. Même si furent peu nombreux, au départ, ceux qui osent tirer la conséquence d'une fin des Temps désormais à portée de main humaine.

Baptisons « deuxième mort » le moment potentiel où l'espèce est balayée de la surface terrestre. Pour moi, apprenant la vie et découvrant le monde dans les années 40-50, cette possibilité ne soulève pas de difficulté. Au contraire, c'est la prétention à l'immortalité qui me semble extra-ordinaire, comme une insolite aspiration propre à engendrer plus de dupes que d'heureux, et davantage d'imbéciles heureux que d'individus doués de bon sens. Eu égard aux circonstances, l'urgence de s'instaurer vigiles de l'abîme (le terme « sentinelle du néant » m'était inconnu) allait de soi et le projet de tomber d'accord sur nos désaccords (j'ignorais le concept de « dissuasion ») moins funambulesque que celui de communier dans des idéaux imaginés grandioses et, voilà le hic : supposés partagés. Je notais, mes

1. Pierre de Ronsard, *Sonnets pour Hélène*, second livre, XLIII.

lectures s'accumulant, combien ma juvénile sagesse innovait peu. « Rien n'est purement vrai ; et ainsi rien n'est vrai, en l'entendant du pur vrai. On dira qu'il est vrai que l'homicide est mauvais ; oui, car nous connaissons bien le mal et le faux. Mais que dira-t-on qui soit bon [1] ? »

Que sont mes amis d'enfance devenus ? La plupart évanouis sans laisser d'adresse, disparus dans les lointains, parfois suicidés ou fous. Certains, plutôt rares, gangsters ou sénateurs. D'autres rencontrés et recroisés depuis trente, quarante ou cinquante ans, au hasard des circonstances et des sympathies, restés étrangement fidèles, qui, sans se voir des années, occupés par des vies disparates voire incompatibles, se retrouvent soudain, face à une actualité imprévue, sur « la même longueur d'onde », comme s'ils avaient, eux si fluctuants et avides de découvertes, erré dans une même réalité [2].

1. Blaise Pascal, *Pensées*, 385, édition établie par Léon Brunschvicg.

2. Merci à Jean-Jacques, mort à ce jour, Elie, Alex et Mihal, compagnons partis pour Israël...

4

Bonjour, Révolution !

Où notre patriote en culottes courtes choisit la France et finit par se prendre pour Charlotte Corday. Sa passion pour la révolution philosophique de 1789 lui interdit d'arborer un quelconque « Che » sur son tee-shirt. Pas Bostonien pour autant.

Décalé, déraciné et fier de l'être, je ne m'affichais pas moins apprenti patriote. A mes yeux d'enfant, la Révolution faisait bloc, sans fissure comme l'antifascisme mondial. La France depuis 1789 valait pour terre d'élection, celle du combat contre l'obscurité. A dix ans, je l'avais choisie. A quatorze je réitérai. Un oncle, le frère de mon père, qui avait jeté l'ancre au Chili et fait quelque fortune dans le commerce des soieries, proposa de m'accueillir, prêt à nommer ma petite personne son unique héritier. L'oncle, descendu dans un grand hôtel parisien, affichait une insolente réussite. Il avait pour l'argent des prédispositions qui n'étaient pas de mise dans ma prude famille. Gamin, il avait fait des siennes ; grimpant périodiquement sur le toit des immeubles, il faisait mine de se lancer dans le vide si aucune âme compatissante ne lui promettait quelque menue monnaie. Le chantage marchait à merveille, mais sa réputation en prenait un coup. Je le toisai avec l'insolence des intègres et des ignorants : Non, merci, je reste en France où l'avenir du monde se joue. Le lointain, prospère et paisible pays andin me paraissait condamné à vivre en marge de l'histoire. J'étais loin de prévoir Allende et Pinochet. L'éclat intellectuel du Paris d'après-guerre fascinait l'innocent, qui en récoltait les éblouissements au fil des rencontres et des quotidiens qu'il épluchait avec une application studieuse, plus rarement accordée aux manuels scolaires.

Ville ouverte à l'armée allemande, puis ville offerte aux armées anglo-saxonnes, Paris souffrit bien moins que d'autres métropoles européennes des horreurs de la guerre. Ce privilège ne suffit pas à justifier un ascendant culturel immédiatement retrouvé. A New York, Rome et Berlin, les milieux branchés disputaient des vertus et des vices de l'« existentialisme » germanopratin, tandis que l'Union des écrivains soviétiques se préparait à exorciser Jean-Paul Sartre et consorts comme « hyènes dactylographes ». Pareil tintamarre minait insidieusement la confiance dans les unions sacrées de la « Reconstruction ». Devenue puissance de second rang, la France se projetait étoile philosophique de première grandeur, arbitre des modes, législatrice des arts et des idéologies. Néanmoins, Sartre, couronné pape éphémère de la pensée d'avant-garde, se demandait si l'opinion française en l'érigeant Diable ou Bon Dieu ne cherchait pas à camoufler la déchéance géopolitique du pays.

Ce sombre diagnostic ne manquait pas de finesse et se révélera, les décennies passant, de plus en plus adéquat. N'empêche, sur le moment une pensée d'après l'apocalypse, révolutionnant le Quartier latin et les arrondissements attenants, trouva dans l'Europe en ruine et sur les continents déboussolés un public attentif.

TOUS RÉVOLUTIONNAIRES !

Le programme de la nouvelle vague d'intellectuels se cristallisait dans le slogan « De la Résistance à la Révolution » et enflamma leur provisoire unanimité. Depuis ceux qui, dans un avenir proche, allaient se trouver disqualifiés comme « de droite », ainsi Malraux. Jusqu'à ceux qui, passant rebelles, seront stigmatisés comme irréductibles de l'« ultragauche », ainsi Georges Bataille. Au départ, « Révolution » fait cri de ralliement pour des esprits résolus à éviter les ornières d'un passé déplorable que les gaullistes nomment d'un ton péjoratif « régime des partis », et les autres, « société bourgeoise ». Tous dénonçaient la corruption générale, matérielle et morale d'avant 40, porteuse de la « défaite ».

Plaider pour la « Révolution », c'était avant tout refuser le temps perdu et gâché par les générations antérieures. Mais encore ? Chacun soupçonnait d'avance, tous allaient vérifier sans surprise au bout de quelques mois, combien le concept divisait dès qu'il fallait lui attribuer un sens politique précis. Entre la réforme des institutions, la démocratisation de la société, la nationalisation des grands groupes financiers et industriels, la lutte de classes menée jusqu'au bout, les multiples chapelles s'enivraient de subversions fort disparates. Bientôt les différences tournèrent à l'antagonisme, les partis récupéraient leurs ouailles et les camps se blindaient.

L'usage du mot « révolution » devint le signifiant des désaccords du Tout-Paris intellectuel. *Les Mandarins* de Simone de Beauvoir retracent cette glissade grotesque, et parfois obscène, dont le ridicule paraît échapper à l'auteur. Rêvée comme un guide pour l'action politico-sociale, la « Révolution » si généreusement invoquée s'avéra vite un parfait miroir aux alouettes. Cependant il en allait différemment pour qui subodorait que la volonté révolutionnaire partagée se voulait d'abord, fût-ce à l'insu de beaucoup, une révolution intellectuelle. A savoir une conversion, la continuation de la Résistance par d'autres moyens, plus irréversibles. La mise hors jeu de l'ancien régime, voire de l'ancien monde, l'exigence d'un bouleversement de la société dans tous ses aspects et la mutation de l'homme dans ce qu'il a de plus profond, tel était le programme.

Au sortir de la guerre, la revendication d'une révolution n'est pas encore banale et pas seulement démagogique. Elle annonce que la Résistance antifasciste ne doit pas se contenter de la victoire militaire, que la crise ouverte par la guerre se prolonge dans la paix. A ce titre, la « Révolution » revendiquée alors est une libération continuée et continuelle, ou rien. Le décryptage proposé depuis Paris est unique, il enjoint de lire les événements bouleversants dans l'horizon d'une crise révolutionnaire mondiale, dont 1789 inaugure la dynamique et fixe l'intelligibilité. La Deuxième Guerre mondiale aura été simultanément une guerre entre nations, une guerre civile intérieure à la civilisation occidentale et un mouvement d'émancipation qui disloque les empires coloniaux. Rien des chamboulements en cours ne se laisse ignorer. Malraux chantait jadis les révolutionnaires chinois; Camus, un temps journaliste à *Alger républicain*, savait que les jours de la domination française étaient comptés; Sartre saluait en Gide l'anticolonialiste. D'où la thèse de l'époque : il n'y a pas d'exception française, sinon une avance dans le maniement des produits inflammables. Le nouveau cours du monde, c'était la Révolution française mondialisée.

Comparaison n'est pas raison. Trop facile de plaquer 1789 sur 1945 dans une tentative, vouée à l'échec, de faire répondre terme à terme les événements d'hier et l'actualité du jour. En revanche, la filiation se repère dans le séisme philosophique qui apparente deux crises que quelques siècles séparent. Point commun : une violence inopinée et inouïe fait sauter les équilibres sociaux, dynamite les garde-fous de la moralité publique, casse les convenances et le bon ton. Chaque citoyen, ou presque, est sujet, notait Chateaubriand, au « vertige de la liberté ». Plus tard il se souvint des « peuples n'ayant pas les mêmes idées de la pudeur, du vol, etc., on ne savait pas trop, dans ce bas monde, ce qui était vice ou vertu ». Egale perte des repères. Même renversement des valeurs. Semblable pouvoir annihilateur mis à disposition d'une humanité désenchantée. « Dans le culte de l'athée, les douleurs humaines font fumer l'encens, la Mort est le sacrificateur, l'Autel un cercueil et le Néant la divinité [1]. » Enoncé en termes plus froids : les citoyens athées en politique découvrent que les bons sentiments et les élévations mystiques ne barrent plus leur route ; ils s'exposent au risque d'une seconde mort, que Chateaubriand a nommée Néant.

Longtemps après Hiroshima, chrétien fervent, ami du pape Paul VI, Jean Guitton procédait à son tour au constat d'« athéisme » : « Désormais la métaphysique et la morale ne sont plus reléguées dans les consciences privées. Elles ne dépendent plus des religions. Elles quittent le secret des consciences et des oratoires. Elles s'inscrivent dans l'expérience, dans la politique, dans les problèmes internationaux, dans les computs stratégiques. L'absolu est descendu sur la Terre par la voie de la terreur. Une évidence va remplacer la foi. Le raisonnable est exigible, sous peine de mort. Danger de mort. Ces mots sont inscrits (invisiblement) partout [2]. » Hier comme aujourd'hui, la crise révolutionnaire s'inscrit dans le ciel de l'annihilation de l'homme par l'homme. Le Néant *peut* être, cette découverte s'avère proprement, fondamentalement, universellement, renversante.

---

1. Chateaubriand, *Génie du christianisme*, Gallimard, La Pléiade, 1978, p. 620.
2. Jean Guitton, *La Pensée et la Guerre*, Editions DDB, 1969, p. 217.

La génération qui prend acte de la crise d'après-guerre a été formée avant. Dans les années 30, la plupart des futures têtes pensantes avaient attentivement suivi les conférences d'Alexandre Kojève. Cet émigré russe, passé par l'Allemagne et la fréquentation des séminaires de Heidegger, révéla à ses jeunes auditeurs un Hegel retapé au goût du jour, idolâtré en porte-parole athée de la finitude et de l'historicité de la condition humaine. Héraut de la révolution de 1789 qu'il glorifiait comme « tournant de l'histoire universelle », le philosophe allemand renchérissait sur saint Paul : pour la première fois l'homme se reconnaissait libre et responsable, « parce qu'il est homme, non parce qu'il est juif, catholique, protestant, allemand, italien, etc. ». Cette accession à l'universel, « majestueux lever de soleil », transformait la prise de la Bastille en « théâtre vraiment philosophique ». L'« enthousiasme de l'esprit » faisait frissonner le monde. Pas question pour Hegel d'ignorer les errances et les atrocités qui ponctuèrent des événements aussi fastueux. Au contraire ! Les crimes de la Terreur prouvaient que l'assomption de la liberté était autonome et absolue. Nulle autorité autre qu'elle-même ne saurait religieusement limiter notre neuve émancipation ni traditionnellement la délimiter. Hegel nomme « négativité » la liberté d'un esprit capable de se détacher de tout et, au comble du déracinement, prêt à se charger révolutionnairement d'une « guerre d'anéantissement ».

Les apocalypses sèches qui menacent les armistices n'ont pas de quoi surprendre des amateurs d'un Hegel à la sauce Kojève. La Révolution, pour ceux qui se réclamaient de la Résistance, ne se résumait pas à de fumeuses recettes, histoire de pimenter les marmites de l'avenir ou d'édifier un Eldorado angélique. Plutôt que l'activisme politique, c'étaient les méthodes de pensée qui étaient en cause : quelle humanité se montrera capable d'affronter et de contrôler ses monstres, c'est-à-dire les fantastiques pouvoirs et la terrible négativité dont elle s'est révélée porteuse ?

Pour ma part, je n'ai découvert Hegel et Kojève qu'en classe terminale, mais je savais déjà, comme tout citoyen, que j'en valais un autre. Le très « prolétaire » Julien Sorel n'avait-il pas conquis la très aristocrate Mathilde de La Mole ? Il arrivait que des courtisanes sortissent du ruisseau pour s'élever jusqu'aux trônes et qu'un assassin des bas-fonds finisse préfet de police. Balzac, comme Stendhal, comme Hegel, datait de la Révolution le grand charivari des mœurs, le carnaval des ambitions, l'équivalence des caractères comme l'interchangeabilité des grandeurs et des décadences. Lorsque Proust présente la Verdurin, petite-bourgeoise aristocratisée passée papesse des salons du faubourg Saint-Germain, il s'amuse à son tour, sans rien prétendre inventer. Depuis 1789 il est acquis que chacun peut devenir un autre, au gré du hasard et des circonstances, à la pointe du sabre ou de la plume, par son travail, ses rapines, ses ruses, son indignité et le tout-à-l'égout.

La matrice révolutionnaire universalise la condition de l'homme moderne. Les écrivains nous en persuadent. Hegel la formule. Sartre fait écho à tous, qui conclut sa biographie par un truisme dont personne ne s'émerveillerait s'il n'était signé d'un Prix Nobel récalcitrant au Nobel. Qui est-il ? « Tout un homme, fait de tous les hommes et qui les vaut tous et que vaut n'importe qui. »

Après 1945, les puissances, qui se disputaient le gouvernement de la planète, se désignaient toutes « Patrie de la Révolution ». Les Etats-Unis, forts de la première Déclaration des droits de l'homme, faisaient valoir leur guerre d'indépendance comme modèle réussi d'insurrection anticoloniale. Le pays des soviets décrétait la « Révolution jusqu'au bout » et brandissait la pieuse image d'un Lénine dansant sur la neige le jour où sa révolution dépassa en durée la fragile Commune de Paris. Les populations colonisées entraient dans la danse ; elles retournaient contre leurs maîtres les principes subversifs et les stratégies insurrectionnelles qu'ils avaient diffusés sans prévoir les effets boomerang.

Les raisins et les raisons de la colère

Boston, Paris, Petrograd : trois idées de révolution vont s'affronter des décennies durant. La troisième tomba à l'eau la première, entraînant dans sa noyade la deuxième. Une dérive simplette fit retomber les fautes de la prise du palais d'Hiver sur la prise de la Bastille. Il y avait de quoi exaspérer Charlotte

Corday; elle se retourna dans son cercueil, pardon dans la fosse commune sous l'asphalte des Grands Boulevards. En avril 1989, cent mille étudiants n'ont pas entendu les esprits chagrins et manifestent place Tian'an-men à Pékin contre la révolution léniniste en criant : « Nous voulons une Révolution française ! » En juillet à Paris, le Bicentenaire m'affligea, trop de clinquant, trop de niaiseries, trop de folklore franchouillard pour rien. En novembre, le Mur à Berlin disloque dans sa chute l'immense empire des soviets. Les vaincus de la guerre froide crient à la révolution trahie, les vainqueurs trop souvent à la révolution terminée.

Grand amateur de Bastilles défuntes, j'avais succombé aux charmes de la star du musée Grévin, Je me permis de penser pour elle et d'écrire à sa place, sans concurrence tant la fille n'était pas historiquement correcte. N'avait-elle pas brouillé les évidences faciles et le cours limpide des interprétations ? Le 13 juillet 1793, la belle Girondine, fidèle de Jean-Jacques Rousseau et de Plutarque, poignardait Marat dans son bain et débarrassait « sa » révolution du maniaque-de-la-guillotine-par-amour-de-la-liberté. Le 17 juillet elle fut décapitée au nom de la Révolution. Un témoin demeurant 404, rue Saint-Honoré, à quelques pas de l'échafaud, raconte que ce jour-là quatre orages éclatèrent sur Paris : « De larges gouttes de pluie vinrent s'écraser dans la poussière. La foule devint houleuse ; on entendait chanter la *Carmagnole*. Soudain on cria : " La voilà ! La voilà ! " Elle était superbe dans sa longue chemise rouge que la pluie plaquait contre son corps. On eût dit une statue tant son beau visage était calme. Derrière la charrette, des jeunes filles se tenaient et dansaient. Je fus pendant huit jours au moins amoureux de Charlotte Corday. » Comme je partage les sentiments du citoyen Pierre Notelet! Charlotte est là qui me tient la main, je rédige sous sa dictée. Nous sommes en 1989. Charlotte n'est pas devin, elle commet parfois des approximations erronées touchant quelques détails d'un avenir qu'elle ignore. Qu'on lui pardonne. C'est son plaidoyer posthume que je vous livre mot à mot.

La Révolution française ne courut pas assez loin, fulmine le marxiste ultrarévolutionnaire. Fort bien! Eu égard aux performances qu'il aligne, je salue le compliment. Trop loin! rétorque l'infrarévolutionnaire d'outre-Atlantique. Foi de Charlotte Corday, je céderais volontiers à la douce passion de ceux qui épargnent après coup le sang versé, ressuscitent l'ensemble des victimes et me sauvent rétrospectivement du tranchoir. J'entends cependant ne pas rêver éveillée. Ma révolution se révéla plus dure que l'américaine. Fut-elle moins vraie? Mes compagnons de misère affrontèrent d'incomparables circonstances, plus chaotiques et moins fortunées que celles du Nouveau Monde. Mais baignaient-ils dans l'erreur quand les Insurgents américains vivaient dans l'authentique? Je n'en crois rien. L'expérience des mouvements populaires est différente selon qu'on naît à Boston ou à Paris et je crains qu'on ne privilégie la version la plus calme par choix de la facilité.

Je défendrai donc le souvenir de ma révolution contre ses détracteurs. J'apprécie certes le charme anglo-saxon, modéré, mesuré dans le temps et l'espace. L'Angleterre est une île et nul voisin des Etats-Unis ne met la « patrie en danger ». Ma douce patrie connut en revanche des enjeux grandioses et flous. Sans cesse le conflit, gros d'excès et de fanatismes, risqua la chute dans l'extrême. « Les malheureux sont la puissance de la Terre », s'exclamait Saint-Just, et Jefferson l'Américain recensait dix-neuf millions de pauvres sur les vingt millions de sujets du royaume de France. Impossible dès lors d'éviter la question sociale, la guerre civile devint inéluctable. Aux frontières, le conflit jouait en permanence, à la fois menace et exutoire, il tendait à transformer le soulèvement en guerre nationale. La conjonction des batailles du dedans et du dehors, l'interférence des périls mortels et leur fusion, mi-feinte, mi-réelle, permirent d'élever le « salut public » et l'union sacrée au-dessus des lois.

La déflagration française ouvrit-elle le chemin qui conduit aux malheurs de la modernité ? « Toutes les révolutions, à l'exception de la révolution hongroise de 1956, ont suivi l'exemple de la Révolution française, ont usé et abusé des terribles forces de la misère et de l'indigence dans leur lutte contre la tyrannie ou l'oppression. Bien que l'histoire des révolutions passées démontre sans aucun doute possible que toute tentative pour résoudre la question sociale par des voies politiques mène à la terreur, et que c'est la terreur qui conduit les révolutions à leur perte, on peut difficilement nier qu'éviter cette terreur soit presque impossible quand une révolution éclate dans un pays où les masses sont misérables. » Dès lors, la condamnation est sans appel, 1789 inaugure une faillite permanente de plus en plus universelle : « La triste vérité est que la Révolution française, qui devait se terminer en désastre, c'est l'Histoire mondiale, cependant que la Révolution américaine, si triomphalement réussie, reste un événement d'importance locale et pas beaucoup plus [1]. »

Votre préférence américaine, chère Hannah Arendt, ne commet-elle pas une erreur d'échelle ? Ma révolution prétend régler ses comptes en vingt ans. L'américaine en deux siècles, elle dissimule ses coûts. Tous les défis, que les Français durent relever en bloc, furent étalés dans l'espace et le temps offerts à la démocratie américaine. Elle divisa ses difficultés en autant de parties et de moments qu'il était nécessaire pour les traiter une à une. Un océan garantissait la jeune République contre un retour offensif du monarque anglais, le danger despotique appartenait au passé. L'égalité pour tous, esclaves noirs compris, la divise, mais un siècle plus tard seulement. Le désespoir des miséreux et la colère des affamés explosent lors de la crise de 1930 et il faut attendre 1960 pour connaître la menace d'une puissance extérieure capable de raser militairement le pays. Additionnez désordres du soulèvement, lutte d'indépendance, interminables massacres d'Indiens, dramatique guerre de Sécession,

1. Hannah Arendt, *Essai sur la Révolution*, Gallimard, 1967, pp. 77-78.

violences sociales jusqu'au New Deal, lutte pour les droits civiques et Martin Luther King : le bilan devient lourd. Violence pour violence, la comparaison des deux parcours ne permet plus d'exhausser « une » toute bonne manière de s'insurger. Au ralenti ou en accéléré, de semblables péripéties font rebondir le court-métrage (1789-1815) à la française et la version-fleuve en Scope couleurs que la démocratie américaine projette du même scénario.

American Way :
au commencement était le consensus

Les circonstances ne font pas seules la différence. Les expériences sont distinctes, chacune inventant ses styles, sa stratégie ou son esprit. Les Américains ont bâti une structure politique capable de mutations face à l'imprévisible. Le consensus originel se renouvelle et se remet périodiquement en question. Des procédures constitutionnelles complexes et des pratiques sociopolitiques souples déclenchent, souvent en catastrophe, un rajeunissement des institutions. Les premiers mots de la Constitution en énoncent le principe : « *We the people...* » Le souverain est à la fois un et plusieurs, partout et nulle part, donc sans cesse mobile. Sa pluralité (*We*) assure la circulation des opinions dans la diversité des croyances et des intérêts. Son unité (*the people*) rassure, elle postule que la collectivité ne saurait contradictoirement s'opprimer elle-même : « Ce qu'on entend par république aux Etats-Unis, c'est l'action lente et tranquille de la société sur elle-même » (Tocqueville).

Le Dieu américain est invoqué sans intégrisme – puisque la liberté des cultes et l'égalité des Eglises sont irrévocables –, mais pas néanmoins de façon gratuite. Il marque le point de concours des visions religieuse et politique du monde. En Lui, la société se reconnaît une. A travers Lui, elle témoigne d'une inaltérable foi en elle-même. Grâce à Lui, elle estime former une totalité vivante où le consensus prime les dissensions [1]. Cet ensemble de tous les ensembles contient les ensembles qui ne se contiennent pas eux-mêmes et (divinement, donc sans paradoxe) se contient lui-même. « Il existait [...] un contrat entre Dieu et l'homme depuis le commencement de la Création... Le premier acte de l'homme lorsqu'il regarda autour de lui, qu'il vit qu'il ne s'était pas fait lui-même, et qu'il trouva un monde garni pour le recevoir, doit avoir été la dévotion... » (Thomas Paine). Croire en Dieu et croire en l'Amérique, unique et indivisible credo !

Un tel acte de foi est étranger à notre française subversion. Dès 1789, Dieu est moins invoqué qu'évacué. Le coup de chapeau à l'Etre suprême, que tirent les successives Déclarations des droits, frappe par sa laïque légèreté. Il évoque le compromis, la motion nègre-blanc où les curés puisent d'éphémères consolations : les libertins ne s'en formalisent nullement.

---

1. Sur la souplesse encore actuelle et la capacité de s'adapter à l'inattendu dans la société américaine, voir Nicole Bacharan, *Faut-il avoir peur de l'Amérique ?*, Editions du Seuil, 2005.

L'éclipse du Dieu bon et vérace efface les garanties « américaines ». Les citoyens apprennent à douter les uns des autres et chacun de lui-même. L'ère du soupçon commence. La Loi des suspects édictée par les Jacobins s'inspirait encore de la guillotine à sens unique, qui exécute le vice au nom de la vertu. Avec ma guillotine tournante, le bon et le méchant s'entremêlent, le saint et le truand deviennent inséparables, une suspicion sans loi s'installe. Mon couteau vaut une guillotine de poche, que les grands guillotineurs se le tiennent pour dit !

French connection : au commencement la dissension

Les Américains fondaient leur société sur une inaltérable confiance. Nous nous demandions comment vivre en société dans une mutuelle et perpétuelle méfiance. Les Français travaillèrent sans filet, non inscrits dans la continuité enveloppante d'un *Fiat lux* biblique. Dissidents, mécréants, ils ne partageaient pas davantage la suffisance des activistes du XXe siècle qui gèrent et dominent le sens de l'Histoire. Montagne, Plaine, Marais, modérés, Feuillants, Jacobins, Cordeliers, fédéralistes, muscadins, indulgents, alarmistes, Girondins, conventionnels et thermidoriens, tous jouent avec le feu et disputent une partie à l'issue incertaine. Une épidémie de fanatisme populaire, une dictature militaire, un retour au passé honni guettent. Ni le ciel, ni la terre, ni la divine providence chère aux aînés, ni l'infrastructure des matérialistes modernes ne balisent l'activité citoyenne pour en régler le cours et le succès. En 1789, 1793, 1795, personne n'ignore le bord du gouffre, la solitude. « Les circonstances ne sont difficiles que pour ceux qui reculent devant le tombeau » (Saint-Just).

Une révolutionnarisation à la française produit paradoxalement une république sans chose publique, entendez sans Souverain Bien. Avec solennité les Déclarations parisiennes des droits universels de l'homme précèdent, en fait et en droit, la Constitution. La Déclaration américaine, *Bill of Rights*, procède, au contraire, de la Constitution et très logiquement la suit, puisqu'elle compose ses dix premiers amendements. « Plutôt que de réaliser des normes abstraites qui définiraient l'homme prépolitique, la Constitution américaine cherche à définir des droits politiques en considérant que ceux-ci peuvent être élargis au fur et à mesure [1]... » Sous la diversité des styles (abstrait-concret), repérez la différence radicale des points de départ. Les Américains se donnent originairement un bien commun, ils forment une grande famille, un même soleil les éclaire, ils partent du « nous », leur Constitution est première et leurs droits en découlent. En France, seule la mise en commun inaugurale des maux fonde la nécessité de **déclarer** (au sens fort : dévoiler pour commencer et commencer par dévoiler) : « La nécessité d'énoncer ces droits suppose ou la présence ou le souvenir récent du despotisme » (Constitution de 1793, article 7).

1. Dick Howard, *Naissance de la pensée politique américaine*, Ramsay, 1987, p. 37.

L'état de nature laisse imaginer à loisir que l'homme est intrinsèquement bon (Rousseau), ou méchant (Hobbes et Sade), ou sauvage (Voltaire), ou passionné (Diderot). Ces anthropologies variables sont maintenues hors jeu lorsque la Déclaration distingue l'homme et le citoyen. Les droits, quoique « naturels et imprescriptibles », doivent être *déclarés* : ils ne vont pas sans dire. Pourquoi ? Parce que l'homme prépolitique est d'ores et déjà confronté au mal ; la nécessité qu'il a de s'en protéger fonde tous les droits qui lui sont « naturellement » reconnus. Les libertés de propriété, d'opinion, etc., sont inaliénables pour leur seule fonction antidespotique et sans supposer connue et accordée une quelconque essence de l'homme. Supprimez toute propriété individuelle et vous obtenez le propriétaire collectif ou le despote économique. Interdisez la libre communication, censurez les moyens de la pensée individuelle, vous obtenez le penseur collectif et le despotisme intellectuel.

Ni l'idylle ni la fable ne parrainent l'inaugurale Déclaration, mais bien la stratégie. Dès 1789, la majorité des constituants entendent parer au retour du despotisme, sans souci des bergers, des bergères et des loups qui peuplent les rêveries sur l'« état de nature ». Alors que les partisans de la Cour arguent du danger d'énoncer « métaphysiquement » des droits sans les corseter dans un catalogue des devoirs, le comte d'Antraigues réplique : « Sans doute il n'est pas nécessaire de faire faire un examen particulier des droits de l'homme isolé, tel que la nature l'a abandonné dans les forêts... [en revanche] la Déclaration est indispensable afin que si le Ciel, dans sa colère, nous punissait une seconde fois du fléau du despotisme, on pût au moins montrer au tyran l'injustice de ses prétentions, ses devoirs et les droits de ses peuples. »

Simple, claire, populaire, la Déclaration se veut à la portée de tout un chacun. Elle évite à dessein les références savantes, les arguments d'autorité et les déductions complexes : « Nous avons cherché cette forme populaire qui rappelle au peuple, non ce qu'on a étudié dans les livres ou dans les méditations abstraites, mais ce qu'il a lui-même éprouvé ; en sorte que la Déclaration des droits, dont une association politique ne doit jamais s'écarter, soit plutôt le langage qu'il tiendrait, s'il avait l'habitude d'exprimer ses idées, qu'une science qu'on se propose de lui enseigner... La liberté ne fut jamais le fruit d'une doctrine travaillée en déductions philosophiques, mais de l'expérience de tous les jours, et des raisonnements simples que les faits excitent » (Mirabeau). Les gens de Cour crient derechef au scandale : un aussi simple alphabet des droits tient lieu de « flambeau salutaire » pour les sages et les nantis, mais tourne en « torche incendiaire » quand le petit peuple s'en empare. Les constituants passent outre à l'objection ; si l'énoncé des droits déclare la guerre à l'injustice, le plus humble des citoyens doit pouvoir le saisir comme feuille de route. La forme de la Déclaration est, autant que son contenu, stratégiquement motivée. A l'universel danger que fait peser le despotisme, répond la nécessité d'une résistance à son tour universelle et proclamée telle.

Tout commence avec le monstrueux et la capacité prépolitique de le percevoir. Donc il faut édifier, pour le contenir, le neutraliser, l'éloigner, des pare-misère nommés « droits de l'homme ». Ces droits valent pour naturels, non parce qu'ils sont déduits d'une mystérieuse Nature de l'Homme, mais parce qu'ils sont anti-antinaturels. La considération première de l'inhumain commande la définition seconde de l'humain comme non-inhumain. Aux « citoyens » de préciser après coup leur juste et leur bien, sous bénéfice d'inventaire, à la règle de la majorité, en respectant les minorités, en suivant une Constitution. Cet entrelacs politique d'accords et de dissensions est possible à la condition d'une entente préalable, d'un autre ordre, où des *hommes* pas encore *citoyens* échangent leur expérience du mal et se dissuadent mutuellement de le provoquer. L'homme prépolitique, ni ange ni bête, est simplement capable d'affronter, de propager et de penser la douleur et la mort.

Le « nous » américain invoque une société civile consensuelle que la vie politique reflète et soude. L'« homme » des Français définit une région prépolitique où la société ne s'accorde pas encore sur ses biens mais déjà partiellement sur ses maux. La collectivité profane, que réveille le choc de 1789, est le terrain de luttes incessantes, les paix s'établissent par l'équilibre des menaces. Les partenaires s'accordent sur fond de désaccord. Négativement, afin d'éviter que les conflits sociaux ne dégénèrent en guerre civile et les tensions économiques en crises apocalyptiques.

FRANCE-USA : À FRONTS RENVERSÉS

Le Rideau de fer à peine démantelé, les démocraties occidentales, Etats-Unis en tête, postulèrent que le consensus pluraliste – *We are the people* – allait triompher partout. Face à des atavismes belliqueux promis à prompte disparition (baptisés « conflits de faible intensité »), Washington se construisait une invulnérabilité éternelle. Les « réalistes » plaidaient pour un bouclier antimissiles garantissant contre les mauvaises surprises. Les « idéalistes » misaient sur le pouvoir des fleurs, des bons sentiments et de gros crédits pour apaiser de tardifs mauvais coucheurs. Les capitales européennes firent chorus, par exemple face à Milošević, puis face à Poutine, avec une volonté de s'étourdir et de « se crever les yeux agréablement » (Pascal) qui dure encore.

La chute des Twin Towers – nouveau Pearl Harbor – arracha l'Amérique à son rêve d'universelle trêve des confiseurs. Une bonne partie des Européens s'arc-boutèrent et cultivèrent contre les Américains la certitude... très américaine d'aborder un nouveau monde au-delà des périls. Aller et retour des aboulies idéologiques dans un monde ouvert à tous les vents de l'esprit : la « vieille Europe » n'est qu'une vieille Amérique. « Jacobins ! » « Bolcheviks ! » En stigmatisant ceux qui à Washington prétendent que la violence reste de ce monde et qu'il faut la contrer si nécessaire par les armes, c'est Charlotte Corday qu'une fois de plus Paris renie...

5

A nous deux, Napoléon !

Où il est constaté qu'un jeune et moins jeune homme n'échappe pas au retour des cendres. Après avoir perdu son temps entre Lénine et Napoléon, l'auteur rend son tablier puis son âme à Sainte-Hélène et souhaite n'en rien retrouver.

Je serais donc français par choix. Pour le meilleur et pour le pire. Et le pire, en ce qui concerne ma petite personne, fut de chuter à répétition, tête la première, dans le piège « Napoléon ». Chaque fois, je me rendais compte après coup que je participais de bon cœur à une mise en scène plus ancienne que moi. Voilà qui mérite quelques explications détaillées.

SOS BON SENS !

Je ne suis pas Napoléon, mieux vaut pour ma santé mentale. Vous me direz qu'il est mort. Je vous réponds qu'il n'en est rien. Napoléon n'a pas été battu à Waterloo, c'est Grouchy qui était en retard. Napoléon ne crève pas à Sainte-Hélène, il dicte le *Mémorial* et passe à l'éternité. Le retour de ses cendres sous la coupole des Invalides l'installe dans la cervelle des générations présentes et futures. Napoléon Ier fédère les provinces paysannes et les ouvriers de la capitale, et Napoléon III, plus tard, hérite du patrimoine. Napoléon préside aux ambitions de l'élite dès les premiers jours de la IIIe République. Il parraine le maréchal Foch et gagne la guerre de 14-18. Napoléon sauve l'honneur quand tout est perdu. Des gaullistes l'invoquent aujourd'hui davantage que de Gaulle lui-même. Dans les années qui précèdent ce livre, devenu capitaine des business il est parti à la conquête de l'Amérique où il tenta de racheter les lions de la Metro Goldwyn Mayer et tout Hollywood, aux frais du contribuable français qui casque encore à ce jour. Il a lancé des OPA mirifiques qui sombrèrent en faillites frauduleuses et retentissantes que l'humble citoyen éponge derechef. Son génie de la manœuvre atteint des sommets inégalés lorsqu'il s'avise de métamorphoser le blocus continental qu'il échafauda jadis contre la perfide Albion en blocus planétaire contre l'Empire américain, coalisant Paris-Berlin-Moscou-Pékin, le « 9.3. » et Venissieux. Un discours mémorable venu d'« un vieux pays sur un vieux continent », prononcé à l'ONU, tambourina l'appel de Bonaparte à l'armée d'Italie. Et si la France avait à ce jeu perdu des amis ? Les Petits Caporaux n'ont cure de telles peccadilles ! Seuls comptent les images d'Epinal et leur patronyme gravé dans les livres d'histoire.

Napoléon est sans parti. Il est de tous les partis. Il surplombe les générations, car il patronne chacune. De nos jours il s'amuse à prévoir un chaos pour la fin de semaine ou bien fonce sauver l'ordre et les bonnes mœurs en postulant aux plus hautes fonctions. Il peut vomir sur la guerre et persécuter le sans-papiers africain. Ou, généreusement socialiste, unir le bon peuple dans la chasse au plombier polonais. Autant de petits chefs, autant de Napoléons. Allons, enfants, le fantôme du Grand « guide nos pas ».

Comment justifier le fabuleux prestige *post mortem* d'un personnage bedonnant aux opinions variables, aux desseins contradictoires, méprisant ses concitoyens, prodigue de leur sang, peu soucieux de vérité, occupé de la légende qu'il tient à laisser derrière lui et qu'il retouche jusqu'à son dernier souffle ? Fasciné par le César qui se couronne sous les voûtes de Notre-Dame, il pose en Prométhée sur l'île de Sainte-Hélène, « cloué à un roc où un vautour me ronge. Oui j'avais dérobé le feu du ciel pour en doter la France. Le feu est remonté à sa source et me voilà ». Il se camoufle, gomme avec application le brise-tout cafouilleux qui joue ses meilleures cartes contre lui-même, il idéalise sa dictature de quinze ans qui laisse le pays saigné à blanc, démoralisé, économiquement bloqué, socialement déprimé et définitivement relégué à jouer les seconds couteaux dans les partages à venir de l'Europe et du monde.

Comment expliquer la persévérance suicidaire d'une nation réservant ses palmes et son admiration aux seules gloires coulées dans le moule du Titan exterminateur ? Napoléon III transformera l'éveil des nations en principe de revanche, Bismarck le remerciera à Sedan. Clemenceau découpera le vieux continent à Versailles avec une suffisance tout impériale et une imprévoyance dont Hitler saura tirer parti. Et si, au moment où j'écris ces lignes, le Quai d'Orsay prend le risque de casser l'Union européenne en privilégiant l'autocratie du Kremlin, force est de constater qu'une fois encore les clones de Napoléon offrent l'accolade au pâle succédané d'Alexandre Ier. En avant vers la Berezina ! Et tous, sans y prendre garde, d'endosser le manteau impérial de l'écureuil fou de Tex Avery : « Quoi de neuf, docteur ? » Rien sous le soleil qui se lève à Austerlitz, se couche à Waterloo, et poursuit sa course d'astre éteint. Il reflète inlassablement les misérables fantasmes des ambitieux du moment.

Mes premiers symptômes

Je ne suis pas Napoléon. Ou plutôt je ne le suis plus. A treize ans j'invoquais Lénine pour napoléoniquement repérer les erreurs, refaire les plans, retourner à des principes dits « de base » que je théorisais. Je rêvais de table rase pour reprendre les choses en main et rangeais mes idées de génie comme les soldats de plomb de ma Grande Armée. Je rongeais mon frein, perdu dans l'image du Petit Caporal avant le siège de Toulon. Je calculais en chambre des stratégies contre les bonzes du Parti, le plus souvent seul, parfois avec quelques complices. J'avais épuisé rapidement les maigres secrets de cette minisociété « communiste » qui se tenait chaud en utilisant les mots à contresens et gesticulait dans le vide. Les immenses processions contre Ridgway-la-Peste, Hollywood et Wall Street, pour le pouvoir d'achat et la libération de Jacques Duclos m'ennuyaient. Je ne me souviens pas d'avoir fait signer l'Appel de Stockholm demandant l'interdiction de la Bombe (puisque l'URSS ne la possédait pas encore), à l'instar d'un Jacques Chirac communisant, notre actuel Président de « droite ». Ni d'avoir collecté des fonds pour fêter le soixante-dixième anniversaire de notre père à tous. Non.

C'était l'enfant prodige de l'école de Brienne, l'héritier de Dumouriez victorieux à Valmy, le général cheveux au vent du pont d'Arcole qui peuplait mes rêves. Très peu de chose à voir avec les sinistres distributions de tracts contre la guerre « bactériologique » de Corée, la lecture des *URSS en construction* et la dénonciation des médecins juifs en « blouse blanche » qui complotaient la mort de Staline. Mon plus glorieux fait d'armes fut de squatter les locaux révolutionnaires pour les consacrer à d'hebdomadaires goguettes de lycéens, sans distinction d'opinion, de religion et de sexe. Il n'y avait pourtant, entre la bière et le rock naissant, pas de quoi combler des ambitions drapées, fût-ce à leur insu, de l'aura du plus célèbre Corse. Les tanks soviétiques fonçant sur Budapest insurgé, les tanks français s'alignant dans la Mitidja avec la bénédiction de « mon » parti eurent raison de mon engagement. Hélas, trois fois hélas ! on ne guérit pas si vite de napoléonite.

Je fus alors en partie sauvé par les circonstances. En 1953, le Guide de l'Humanité meurt et, sitôt que son successeur énumère la longue liste de ses crimes, le voilà déboulonné. La déstalinisation introduit, mais introduit seulement, mes premiers efforts en dénapoléonisation. Encore fallait-il procéder avec délicatesse, sans confondre les époques et les personnages. Ne pas identifier à grands traits Napoléon et Staline. Ni, ma Charlotte ne l'avait-elle pas exigé, Révolution française et révolution russe. Rédacteur d'un code civil salué par les peuples opprimés de Varsovie à Sarajevo, fin stratège dont les manœuvres tenaient en haleine l'Europe entière, Napoléon était un fils des Lumières, dont il s'empara pour en abuser. La brutalité sans limites de Staline relève d'un registre très différent. La Révolution française, dans sa folle Terreur, avait assassiné des milliers d'innocents puis réinstallé l'esclavage dans les Antilles ; la révolution russe massacre par millions et invente un esclavage moderne qu'elle exporte aux quatre coins de l'univers. Autre échelle, autre logique. L'ampleur des dévastations interdit qu'on assimile Hitler, Staline, Mao d'un côté, Bonaparte et Napoléon de l'autre. C'est côté public – et non côté acteurs – que la comparaison devient parlante.

Les bonapartistes auraient pu envier l'aura « sans frontières » et la dévotion inébranlable dont bénéficia de son vivant le « Petit Père des peuples ». A l'annonce de sa mort, ses victimes – bien placées cependant pour juger « l'homme que nous aimons le plus » et l'ampleur de ses forfaits – se liquéfièrent en pleurs quasi unanimes. On baptisa « culte de la personnalité » l'adulation d'une si abominable icône. Le culte dont profita, surtout *post mortem*, le « Petit Tondu » a de quoi étonner à son tour, tant l'échec de son épopée était patent. L'adoration de Staline vivant et l'identification à Napoléon mort n'apprennent rien sur les objets, fort différents, du culte, mais beaucoup sur les dévots qui le pratiquent.

En suivant aveuglément le guide suprême, c'est soi-même qu'on élit. Le bolchevik se veut narcissiquement « homme de fer », tout comme les fonctionnaires et les décideurs des IIIe, IVe, Ve Républiques idéalisent le tranchant d'un pouvoir qui dicte à tous le sacrifice de chacun. Quand bien même on oppose Trotski à Staline ou Bonaparte à Napoléon, on surenchérit dans le culte de la personnalité, chacun s'obligeant à imaginer un meilleur usage, le sien évidemment, du pouvoir suprême, unique objet de nos sublimes ambitions. Quand un arriviste défie – A nous deux, la capitale ! –, ou qu'un parti proclame – A nous deux, le capitalisme ! –, la voix intime ou collective chuchote : A moi la toute-puissance !

L'ÉTERNEL RETOUR DES CENDRES

L'énigmatique « culte de la personnalité » ne nous identifie pas à un personnage mais à un périple canonique. Il noue une pédagogie de l'effort, une ascension vers la gloire et un dynamisme du sacrifice poussé jusqu'au martyre. Tantôt le clou final se révèle apothéose, adoration d'une tombe fleurie ou d'un corps momifié. Tantôt, si l'affaire tourne mal, l'échec vaudra mise en croix célébrée par une postérité fascinée, affublant ses tee-shirts de la tête du héros sanctifié. Le fin mot de la pièce ne dépend pas de l'issue heureuse ou malheureuse de l'aventure, car l'aventure elle-même est une fin en soi. La seule vie qui mérite d'être vécue fut pour un stalinien la saga de Staline ; pour un tiers-mondiste, celle de Che Guevara. Une existence napoléonienne guide les trois âges d'un Français digne de sa nation.

Au commencement, une précipitation adolescente décide de jouer le tout pour le tout. Puis vient le temps de la maîtrise du monde et des Autres. A la sortie, l'esprit de sacrifice doit surmonter la douleur et l'échec. Il se voue à sa descendance, lui transmettant l'épopée impériale en guise d'héritage. A la question de la Sphinge – Qui naît avec quatre pattes, vit sur deux et termine sur trois ? –, la France, trois siècles durant, répond : Napoléon, quand Œdipe réplique : L'homme. Alors qu'Œdipe creuse l'énigme, Napoléon *est* la solution. Tout Français ambitieux l'épouse et l'épuise, dans ses succès comme dans ses échecs.

« A nous deux, Paris ! » Rastignac inaugure, héros balzacien typique, le périple canonique de l'adolescent qui ronge son frein et s'imagine Bonaparte avant de finir Napoléon de la presse, de la finance, des Lettres et des Arts. Ou terminer plus tristement aigle dans une famille bourgeoise soumise à ses décrets. Chaque « éducation sentimentale » assigne aux jeunes ambitieux l'impératif de la conquête, puis les astreintes du devoir de domination. Peu importe l'objet désiré – femme, situation sociale, compte en banque, humanité à rédimer –, les voies de la militance individuelle ou collective demeurent hantées par le grand Corse.

Confrontée à l'éternel retour des crises révolutionnaires, à la perte répétée des repères qu'elles introduisent, aux successifs renversements de valeurs qu'elles suggèrent, la France moderne retrouve *la* solution, toujours la même, l'une et l'unique. Napoléon n'est pas un individu, mais la condition de possibilité des individus en tant qu'individus. Napoléon est le nom commun de tout ce qu'il faut accomplir et risquer pour accéder à l'individualité d'une âme et d'une œuvre, en échappant à l'anonymat du « troupeau ».

Notre Glorieux national s'estimait supérieur pour avoir dépouillé les illusions. Il ne donnait pas dans le républicanisme sans sacrifier au légitimisme. Il se moquait de Dieu comme des athées. Nietzsche dirait qu'il campait « par-delà le bien et le mal » – le poète philosophe fut un de ses admirateurs posthumes. Napoléon contemplait le monde avec « des yeux désabusés », aurait ajouté Marx, un autre de ses fans. Jusque sur son lit de mort, l'unique regret qui sortit de sa bouche fut d'avoir, malgré son universelle méfiance, accordé crédit aux promesses de son beau-père d'Autriche et aux flatteries sournoises de quelques ministres, au lieu de ne compter, selon son habitude, que sur lui-même. L'homme faisait profession de ne s'attacher à rien ni à personne.

Les générations après les générations s'abîment en lui, l'érigent tout à la fois en modèle absolu de politique générale et en parangon d'ascension personnelle. Paradoxe ? Nullement. C'est parce qu'il affiche ne croire en rien que tous doivent croire en lui. Il est l'exception qui pose la règle, le législateur qui fait les lois sans y être soumis. Il est Dieu sans y croire, il crée le monde et, ce faisant, échappe aux contraintes du monde et aux obligations des créatures. Le ni-ni recouvre un et-et. Napoléon, héros de la Providence, s'est juché au-dessus des contradictions du bas monde. Les réalités n'ont pas de prise sur lui.

Il figure la réconciliation de la république et de la monarchie, de l'aristocratie et de la démocratie, de la décision d'un seul et du sentiment de tous. L'Empereur autoproclamé incarne le consensus muet, originaire, et sans cesse réitéré, par lequel la collectivité soude la volonté de vivre en commun. Croire en Napoléon, c'est prier pour que « un » ne se divise jamais en « deux ». C'est se sacrifier pour que l'union l'emporte, sans hésitation ni scrupule, sur la division. C'est affirmer que deux, trois, quatre, mille font toujours « un ». Napoléon, c'est la maladie du « modèle français ». Celle que je me suis volontairement, une fois de plus, inoculée.

Mon retour de l'île d'Elbe : une maladie au carré

Une rechute, gravissime cette fois (pour moi plus que pour les autres), me saisit dans la foulée des « événements » de Mai 68. Je précise : *après* Mai, lorsque ma fougue militante se mit en tête d'« organiser » les suites d'un ébranlement bon enfant, fort peu sectaire et par conséquent inorganisable. La nébuleuse à laquelle je me joignis, avec d'autres intellectuels et non des moindres, fut désignée « anarcho-maoïste » et, avec quelque dérision, « mao-spontex », spontex pour « spontanéiste ». L'alliance de ces deux termes, dans les deux appellations, était totalement contradictoire. Quoi de plus autoritaire que Mao Tsé-toung ? Les deux oxymorons signalaient et l'ambition initiale de concilier les inconciliables, et le côté mort-né de ce surréalisme triste.

Grand regret de ma vie d'adulte, je participai un court moment aux faveurs terriblement dépourvues de critiques que la France politique réservait à la personne de Mao Tsé-toung. A droite et à gauche, les vieux et les jeunes s'étaient entichés du chef de guerre victorieux. Malraux, de Gaulle et Mitterrand adoubaient le dictateur tout-puissant. La gauche consacrait au guide de la Chine rouge des reportages et des films aussi myopes que l'avaient été, trois décennies plus tôt, les mensongères relations des voyages « organisés » en Union soviétique... Han Suyin me proposa de visiter la patrie de la « Révolution culturelle », je déclinai l'invitation, certain du bourrage de crâne auquel nul n'échappait, fût-il le plus malin. Alain Peyrefitte était tombé dans ce panneau. Et avec lui nombre de politiques, nombre de penseurs.

Il n'empêche. Par atavisme professionnel, il se trouve que j'étudiais la stratégie militaire, et Mao fut un lecteur attentif de Clausewitz. Par mode, la *doxa* structuraliste en vogue affirmait que « l'homme » n'existait plus, rejoignant curieusement un Staline pour qui le « matériel humain » n'était que fretin. Surtout par nostalgie impardonnable de la révolution « trahie », le Grand Timonier, dressé contre « Moscou la gâteuse », semblant venger Marx. « Révolution » et « Culture », le couple sonnait si joliment à des oreilles cultivées. Dans un accès de sénilité précoce, le trentenaire, moi, s'affolait-il de voir le temps passer et d'avoir si peu fait, qu'il se mit à courir, avec de plus jeunes, derrière son adolescence perdue ? Je n'ai pas entendu la longue plainte qu'exprimaient les hommes, les femmes et les enfants qui tombaient par millions sous le soleil sanglant de la Révolution culturelle. Ce fut, je l'espère, ma dernière complaisance pour un mangeur d'hommes et la preuve que nul n'est vacciné contre l'ambition, la servilité et le culte du pouvoir.

Qu'est-ce qui m'a pris ? me demandai-je après coup. Armé de bons sentiments et d'intentions d'apparence candide, j'avais, comme tant d'autres manifestants de Mai 68, voulu prolonger, consolider, œcuméniser, planétariser un événement heureux, mais volatil, d'autant que chacun l'investissait de son équation personnelle. Au bout de quelques mois, quelques fous rires vinrent guérir pas mal de « combattants », alors qu'ils constataient, sidérés, combien une aventure supposée partagée et unanime se peuplait en fait de fantasmes incommunicables que chacun cultivait pour son propre compte. Je me souviens d'une rencontre à l'Université libre de Berlin, où les « camarades » anglais, allemands, italiens et français, persuadés de

« parler » d'une « même » chose, échangeaient des expériences dont le côté intraduisible était enrobé d'un jargon commun seulement par sa vacuité. Mesurant la distance entre les mots et les réalités qu'ils étaient censés évoquer, je n'ai pu, je ne fus pas seul, stopper mon hilarité et dus quitter l'aréopage. De tels accès inopinés de jugeote ont saisi tour à tour, en ordre dispersé, maints « militants » dégrisés. Dany Cohn-Bendit le premier, quittant Paris pour Francfort au cœur des « batailles » du Quartier latin, adulé qu'il était par les foules révoltées, choisit l'ombre contre les flashes et accomplit ce jour-là l'acte antinapoléonien par excellence. Qu'après coup les autorités lui refusent le droit de revenir en France est une autre affaire. C'est elles qui napoléonisaient, cultivant le mythe du chef providentiel. Dix ans après les « événements », Valéry Giscard d'Estaing, *via* monsieur Stoleru, me fit demander caution et jurer que jamais plus le petit rouquin ne s'amuserait à mettre Paris à feu et à sang...

Mes accès de franche gaieté, témoins d'un retour inopiné mais fragile de bon sens, je ne les ai pas acceptés de but en blanc. Des mois durant je me suis épuisé et obstiné en manœuvres d'obstruction et de retardement. Qu'est-ce que le bon sens ? Rien, sinon l'irruption du principe de non-contradiction – ce principe des principes couronné par Aristote –, lequel stipule qu'on ne peut admettre, en même temps et sous le même angle, une chose et son contraire. Bien entendu les situations contradictoires abondent autour de nous, le bon sens ne le nie aucunement, il signale seulement qu'à refuser de les considérer comme telles – à savoir : contradictoires – on tombe dans l'absurde et le ridicule. D'où la nécessité d'en rire. Ou de pleurer.

Contre les retours imprévus des fous rires, je disposais, avec mes compagnons, d'un redoutable contre-feu, le sérieux théorique. Pour le dogmatique qui ne rigole pas, la contradiction, c'est le problème, il faut la dépasser, la surmonter, courir, fût-ce en aveugle, vers la solution. Hegel formula : « Penser c'est dominer », conclure, boucler l'alpha à l'oméga. Le MC5, groupe rock en vogue, chantait : « Nous ne sommes pas le problème, nous sommes la solution », pas de questions, seules des réponses, violentes. Ainsi pensions-nous qu'il convenait de « penser » : transcender le bon sens, déprécié comme « cartésien », donc petit-bourgeois, résoudre les crises à l'aide d'une théorie « toute-puissante parce que vraie » (Lénine), quitte à inventer péremptoirement des théories nouvelles, car celles du siècle ne laissaient pas d'être défraîchies et pourries. Devant l'évident échec soviétique, les uns se réclamaient de la Chine, les autres de Cuba, d'aucuns de l'Albanie rouge, voire de l'Ethiopie révolutionnaire et autres « patries de la Révolution » d'autant plus paradisiaques qu'on en ignorait tout.

Etrangement les mouvements d'*après* 68 se voulaient antiautoritaires et ne manquaient jamais de critiquer les « petits chefs » qui de leurs velléités despotiques encombrent les relations sociales. C'était repérer la paille dans l'œil du voisin et oublier la poutre dans le sien. Je ne pus me sortir de ce bourbier qu'en contestant non plus *un* mais *le* marxisme, et derrière lui le théorisme terroriste qui anime l'idéologie et la philosophie héritées du XIXe siècle. Comme je n'étais pas seul dans mon cas, mes essais provocateurs furent largement diffusés. Aujourd'hui le marxisme est davantage poussiéreux et la dialectique allemande remisée dans les placards académiques, sauf à revenir fleurir les professions de foi altermondialistes. Je me dis qu'il conviendrait de reprendre ma critique d'alors à un niveau plus terre à terre, dans sa dimension hexagonale. Il n'est jamais trop tard pour le tenter, donc enchaînons.

La plume et l'épée

Quelle peste avais-je contractée, sinon la pathologie contagieuse que Barrès nomme « napoléonite » ? Rarement l'empereur, ses aigles et ses cendres manquèrent au rendez-vous de cet assemblage évanescent qu'on nomme « génération ». Barrès baptise « napoléonite » l'évocation rituelle de l'ombre illustre chargée de cimenter une fraternité d'adolescents avides de transcender leurs déracinements. En 1884, les futurs décideurs prêtent serment sur le tombeau de l'empereur. Une décennie plus tard, ils s'entichent d'un substitut, le tristement célèbre général Boulanger. D'autres, très nombreux au XXe siècle, brûleront et se brûleront dans l'adulation des conducteurs de peuples.

Pourquoi cet éternel retour du point sublime où se confondent surréalistement la puissance temporelle et l'autorité spirituelle ? L'engagement à la française n'est jamais indemne d'un zeste de Napoléon. L'activisme politique bien sûr, mais pas seulement. En troquant le sabre pour le goupillon, vous passez du même au même. Du « rouge » militaire au « noir » ecclésiastique, l'ambition travaille dans l'identique. Voyez Stendhal. Le pape, à qui Joseph de Maistre confie le soin de réunifier l'Europe et les esprits, n'est alors que le doublon spiritualiste du grand empereur. Mieux encore, le passage de l'épée à la plume ne garantit pas contre la réminiscence impériale. Loin de là.

Quand Chateaubriand se mire et s'admire, de qui s'inquiète-t-il en son miroir, sinon du sempiternel rival dont le *Mémorial* fait la nique aux *Mémoires d'outre-tombe*? Passons sur les jeunes romantiques déplorant à longueur de pages, Musset en tête dans ses *Confessions*, l'impossibilité de revivre la légende. Victor Hugo, tonnant contre le second Empire, écrase le « Petit » sous le Grand, le fac-similé sous l'authentique. La tonitruante rivalité qui dresse, l'un contre l'autre, l'homme de plume et l'homme d'action, l'Académie et le personnel politique, le poète maudit et le représentant élu, me paraît surfaite. Les dés sont pipés. Il s'agit d'une querelle d'héritage entre deux branches d'une même famille. De Bonaparte contemplant les siècles sur sa pyramide au proscrit de Sainte-Hélène, des incantations à l'armée d'Italie à la dictée du *Mémorial*, le César moderne joue du pouvoir des mots avant même de jouir de la force des armes.

Réciproquement, aussi perdus dans leurs pensées qu'ils paraissent, les écrivains renoncent rarement en France à exercer un magistère qu'ils supposent décisif sur leurs contemporains ou, en lot de consolation, sur la postérité. L'engagement à la française s'inscrit dans les deux registres du dire et du faire, en postulant qu'ils ne font qu'un. Une complicité inaltérable noue la parole juste et l'action efficace. Vision politique du monde et mission littéraire relèvent de la même napoléonite.

Barrès fut un témoin exalté des funérailles grandioses de Victor Hugo ; de l'Arc de triomphe au Panthéon, une foule innombrable communiait dans la même fascination. Le premier monument célèbre la gloire militaire du premier Empire, « c'est le signe de notre orgueil ». Le second, où reposent les grands esprits, est « le laboratoire de notre bienfaisance ». La « vertu sociale du cadavre » unifie la France qui conquiert et celle qui éclaire. « De l'Arc où le poète fut l'hôte de César, nous l'accompagnons à l'Arche insubmersible où toutes sortes de mérite se transforment en pensée pour devenir un nouvel excitant de l'énergie française [1]. » Pompeux à souhait, le style barrésien porte aux nues « le génie de notre race » qui réunit la plume et le sabre, concilie la contemplation et l'action, identifie la terre natale et le sens de l'histoire universelle. Qui dit mieux ? Le ver est dans le fruit. Le cocorico de l'écrivain n'est que l'écho inversé, avoue-t-il, de sa « nécessité de [se] soustraire au vague mortel et décidemment insoutenable de la contemplation nihiliste [2] ». Lorsque la littérature française rêve à voix plus que haute pour ne pas désespérer le jeune

1. Maurice Barrès, *Les Déracinés*, in *Romans et Voyages*, Robert Laffont, collection « Bouquins », 1994, pp. 736-737.
2. Maurice Barrès, *ibid.*, note 27, pp. 1237-1238.

soldat, le vieux prêtre ou Billancourt, inutile de gratter beaucoup pour découvrir qu'elle désespère d'elle-même et se fuit.

NAPOLÉONITE = BERLUE

N'est-ce pas le fantasme par excellence du « grand esprit » que Sartre cerne et décapite dans *Les Mots*, car, plus qu'on ne l'accorde, l'ironie règne en maître dans cet ouvrage ? En apparence l'adulte Sartre tombe en arrêt devant le crâne de Sartre enfant et se complaît à chuchoter « tout est déjà là ». Comme si l'existence était programmée à la naissance, sans que l'imprévu et le cours du monde aient rien à ajouter. Sartre enfant se plonge dans les romans-feuilletons de Michel Zévaco, il se prend pour Pardaillan, le vaillant bretteur qui défend la justice, la tolérance et sauve le bon roi Henri. Sartre n'en démordra pas, il maniera la plume comme son modèle l'épée. Il n'est pas difficile de repérer dans le héros de Zévaco une version républicaine et anarchiste du Bonaparte qui hante les cervelles françaises. Le grand écrivain comme le grand politique, le grand capitaine d'industrie et le grand leader d'opinion, tous veulent vivre et mourir au pays, c'est-à-dire en Napoléon.

Sartre, m'objectera-t-on, sculptant son image de rebelle éternel, pose à l'anti-Napoléon, implacable adversaire de l'ordre public ou privé. Je réponds : un contre-torpilleur demeure un torpilleur. Lorsqu'un grand écrivain brave le grand politique, Chateaubriand contre Napoléon, Victor Hugo contre le neveu, Sartre contre de Gaulle, il endosse l'outrecuidance qu'il reproche aux idoles qu'il exécute. Une seule question : qui détermine le cours du monde, la plume ou le sabre ? Un seul enjeu : lequel des deux gère l'Histoire ? Un postulat commun, jamais examiné : animé par une conviction qu'il ne doit qu'à lui-même, l'homme-providence existe et s'affirme tel.

Sartre-Pardaillan se destine à révolutionner le monde au nom de la littérature et la littérature en son propre nom. « Je pensais me donner à la littérature, quand en vérité j'entrais dans les ordres. En moi, la certitude du croyant le plus humble devint l'orgueilleuse évidence de ma prédestination... De là vint cet aveuglement lucide dont j'ai souffert trente années [1]. » Entre l'autosacre de l'empereur et l'autoconsécration de l'écrivain, où placer la différence ? L'homme de stylo explicite le sentiment implicite qui alimente la grandeur des grands sabreurs : la persuasion d'être né pour gouverner l'opinion et les faits, la persuasion au carré de ne devoir sa bonne étoile qu'à soi.

La coïncidence de l'écrivain avec lui-même détermine la matière et le cours de son autoportrait, ainsi que la transparence un rien surannée d'un style sans mystère. Je sais qui je suis et je suis qui je sais, c'était écrit comme je l'écris. Nul n'a jamais exposé avec plus de franchise, voire de naïveté, le secret d'une napoléonite nichée dans le plaisir de décliner ou d'imposer son identité.

1. Jean-Paul Sartre, *Les Mots*, Gallimard, « Folio », 1977, p. 209.

Que n'a-t-on pas sacrifié au XXe siècle dans le seul but de coller à une image, celle où l'on retrouve, caché derrière les péripéties de l'existence, un soi inaltérable, celle qu'on inflige à autrui et qu'on incruste dans les livres d'histoire nationale ou familiale. Version calme et bourgeoise, où tout coule de source. Version révolutionnaire et tragique, quand les tribunaux communistes réécrivent à l'infini la vie des camarades jusqu'à ce qu'ils avouent, se contredisent et témoignent de leur propre duplicité. Chacun y met du sien, le futur condamné qui prend la pose du coupable pour les siècles des siècles et le procureur qui coince sa victime au piège d'un Photomaton forcément insatisfaisant : tu n'as pas tout dit ! La version Sartre s'en sort par une pirouette : non seulement je n'ai pas tout dit, mais ce que j'ai dit était faux. Le grand écrivain est pure illusion, j'étais manipulé par la culture bourgeoise, il est temps de renoncer à mon identité factice et de tenter de vivre. Pour authentifier sa biographie, qu'il présente *in fine* comme une « éducation sentimentale » pas moins trompeuse que celle de Flaubert, Sartre n'a d'autre issue que de se faire sauter en plein vol. « Militant, je voulais me sauver par les œuvres ; mystique, je tentais de dévoiler le silence de l'être par un bruissement contrarié de mots et, surtout je confondis les choses avec leurs noms : c'est croire. J'avais la berlue [1]. »

1. Jean-Paul Sartre, *Les Mots*, *op. cit.*, p. 210.

Trois issues de secours

Comment parvient-on à s'extraire d'une berlue napoléonique si commune en France ? Trois contrepoisons font apparaître le fiasco des intoxiqués de la geste impériale.

1. *La démystification par la littérature.* Le héros romantique entame son vol de l'aigle et termine les ailes coupées. Son *curriculum* est celui d'une dénapoléonisation subie puis voulue. Julien Sorel, parvenu non sans panache au faîte de l'échelle sociale, dégringole et choisit sa bonne amie provinciale. Il finit sur l'échafaud, abandonnant à la napoléonienne Mathilde le soin d'embaumer sa tête tranchée. Les quarante-huitards de *L'Education sentimentale* ne parviennent pas à s'arracher au fascinant modèle, ils terminent vautrés dans la corruption et la bêtise, prisonniers de la vie parisienne sous Napoléon III. Le principe général de ces retournements calamiteux est explicité par Dostoïevski : « Je serai Napoléon, Rothschild, ou rien », parti d'un si bon pas Raskolnikov n'assume pas sa victoire. Après avoir remporté haut la main sa première bataille d'anéantissement et franchi fièrement son pont d'Arcole, soit l'assassinat d'une usurière pour le bien de l'humanité souffrante, il s'effondre. Il ne résiste pas au désir de publier un acte si glorieux, donc se livre piteusement à la police et démonte à ses dépens la fiction napoléonienne : verser le sang et sauver le monde, fût-ce sous les applaudissements de l'univers, ne font pas un, mais deux. Ne navigue pas

qui veut « par-delà le bien et le mal ». L'aigle impérial lui-même n'a pas transcendé les dilemmes de l'humaine condition.

2. *Les résistances individuelles : le rire, le bon sens, mais aussi le dégoût.* « J'avais la berlue. » Le Napoléon qui traîne dans les lettres, les arts et la politique signe là un de ses nombreux avis de décès. Mais rien n'est acquis, il suffit d'attendre sa prochaine résurrection. J'ai connu Sartre à la fin de sa vie : il m'apparut moins thaumaturge, plus fragile qu'on ne l'imaginait parmi ses fidèles. Plus émouvant. J'ai lu le *Mémorial*, j'y découvris un empereur malade, hésitant et embarrassé, moins dominateur qu'il ne se statufie lui-même. Je me souviens de ma mère au sortir de la guerre, une fois passés les réjouissances de la victoire et les premiers secours portés aux orphelins. Je me souviens qu'elle s'effondra, s'allongea sur un lit et se mit à vomir deux ans durant, cracher avec ses tripes ses convictions d'antan et ses persuasions de toujours. Elle ne regrettait ni ses combats dans la Résistance ni d'avoir risqué sa mort ou celle de ses enfants, elle n'imposait à personne le bilan désespéré qu'elle en tirait. Après avoir usé sa vie pour affronter le désastre, elle doutait des hommes et préférait, disait-elle, les dauphins. Son désarroi palpable m'enseigna à la longue, sans mot dire, combien les persuasions enthousiastes finissent en déceptions cruelles.

3. *Le principe de réalité.* Commencée avec le *Mémorial* par l'empereur lui-même, la réécriture de l'Histoire a battu son plein au XIXe siècle, mais les faits sont têtus, disait Lénine, ils sont même plus têtus que

Lénine et ses léniniaiseries, plus décapants aussi que les fresques somptueuses où s'égarent les enfants des écoles et les élèves des grandes écoles. Très tôt l'histoire des historiens a doublé le roman de l'individu par la geste d'un Napoléon collectif – la Grande Nation. Son parcours millénaire anticipe, suscite, prolonge et accomplit la solution rêvée par le *Mémorial*. Une fois liquidée la Sainte Alliance réactionnaire, les jeunes nations émancipées ne sauraient que fraterniser et l'Europe communier dans la paix, le progrès et la liberté. A charge pour le principe des nationalités de régler harmonieusement les résiduelles querelles de frontières, tout conflit armé compté au nombre des barbaries révolues. L'histoire, selon Jules Michelet et ses collègues, procède au sacre de la France par elle-même et reproduit « en grand » la provocation du Petit Caporal qui arrache la couronne impériale des mains du pape pour s'en coiffer sans souci. Le pacte avec le diable qui fait trébucher, à la façon de Raskolnikov, les existences individuelles, l'Histoire l'assume, à charge pour les chroniques d'archiver les journées sans pain et le calvaire des populations. Et l'Histoire de conclure que tout est bien qui finit bien, la Nation réconciliée avec elle-même préfigure une Europe irénique. L'histoire de France résume l'histoire de l'humanité.

Au passage, il est facile de vérifier que le « culte de la personnalité » s'est mué en culte du « peuple » sans perdre une once de son illusion lyrique : « Au peuple uni rien d'impossible ! » Il faudra très vite déchanter. La guerre ne s'avère pas seulement un mauvais moment à franchir puis ignorer, aucune providence historienne ne vient réconcilier les classes, les nations et les religions. En 1870, Michelet dégrisé en fait l'expérience, comme Marc Bloch en 1940. Le soleil noir de l'anéantissement n'était que masqué derrière la statue légendaire, il se rappelle à tous par d'« étranges défaites ». Waterloo, Sedan, Montoire, le Napoléon qui veille sur le pays et sommeille en chacun dément dans le sang et les larmes ses élévations phraseuses.

Le napoléonien est un persuadé. Il s'octroie d'emblée le point de vue des points de vue. Ce qui lui permet de juger tous les autres. A gauche, il s'empanache d'une « science de la Révolution » (Lénine) qui décide qui et quand frapper. A droite, doctrinaire aussi, il se cuirasse de valeurs intangibles et d'armes infaillibles. Dans les deux cas, il sait ce qui est bien et en déduit ce qui est mal. Dans les deux cas, il se fourvoie. Je finis par conclure qu'il fallait procéder à l'inverse, partir de ce qui ne va pas – l'incongru, l'erreur et l'horreur. Le mal précède et commande la considération du « pas mal » et du bien toujours relatif. Autrement dit, la dissuasion détermine, permet, encadre et corrige l'errement des persuasions.

6

La tentation de Combray

Où l'on rencontre Mai 68, Jean-Paul Sartre, Raymond Aron et Tante Léonie. Qui donne congé à l'Histoire touche à une éternité pas belle à voir. Comment en soixante ans, Paris a zappé du discours de la victoire au discours de la défaite. Dans une Europe degré zéro, les guerres des mémoires tiennent lieu d'aphrodisiaque.

Aucune catharsis n'étant parfaite, la plupart durant ce que durent les roses, la prétention d'époustoufler la planète et les électeurs singe derechef la geste impériale, mais la rhétorique bicentenaire immobilise aujourd'hui plus qu'elle ne mobilise. Malgré les reflux qui suivirent, Mai 68 a fait rupture et les mini-Napoléons qui trottent encore dans les têtes finissent par manger leur bicorne imaginaire.

Dans les années 60, la référence au Petit Caporal et à la Grande Nation avait davantage fière allure. En douce France, pays promu au nombre des vainqueurs de la Deuxième Guerre mondiale grâce au courage de quelques-uns et d'un général, beaucoup se hissaient du col, persuadés de régir la planète, tandis que leurs voisins du vieux continent, lentement dégrisés, enterraient les prétentions anciennes. La droite, chauvine et colonialiste, s'était annexé la glorieuse figure du Général, parfois contre son gré. La gauche se retrouvait sous la coupe évangélique du parti communiste, quand bien même dans la pratique elle parvenait, Américains aidant, à s'en écarter. Napoléonites de droite et de gauche, en théorie inconciliables, collaboraient en douce, quitte à s'injurier sur la place publique. D'où un magnifique essor économique, les « Trente Glorieuses », et un grand retard mental. Les communistes se glorifiaient de rester staliniens, et les réticents, prudents, estimaient suffisant pour leur équilibre mental de simplement ne plus l'être.

Quelques mois avant la fronde étudiante, un grand journal du soir titrait « La France s'ennuie ». C'était vrai. Elle vivotait sur l'héritage fallacieux de son « triomphe » de 45 et faisait mine de croire s'être libérée par ses propres moyens. Les partis et les chapelles s'arrachaient les mérites d'une gloire usurpée. Cette arrogance double fut mise en pièces au mois de mai. Tandis qu'ailleurs, dans la plupart des capitales européennes et des universités d'Occident, les contestataires prenaient pour cible le pouvoir politique en place, l'exception française luttait sur deux fronts, affrontant la police d'un gouvernement « de droite » dans la rue et la police « de gauche » dans les têtes et dans les usines.

Paris, 9 mai 1968. Personne dans la jeune assistance ne se souvient de l'anniversaire de la victoire des

Alliés sur le nazisme. Depuis trois jours, les étudiants parisiens manifestent violemment. Le jour, ils entreprennent de dépaver le boulevard Saint-Michel. La nuit, ils font la fête. Puisque la police occupe la Sorbonne, Daniel Cohn-Bendit tient salon sur la place, un millier d'étudiants l'entourent, assis sagement en tailleur sur le basalte, disposés à résister si les forces de l'ordre tentent de nettoyer les lieux. Un sondage conforte leur optimisme, paru dans la presse du matin : la population de Paris trouve les protestataires plutôt sympathiques, quoi que dise le gouvernement, malgré le boss du parti communiste qui dénonce « l'anarchiste allemand » fauteur de troubles, donc le complot de l'étranger et la CIA.

Le « rouquin sublime » tient le mégaphone lorsqu'un vieil homme très digne, très droit, une cape noire jetée élégamment sur l'épaule, fend la foule. Il vient, dit-il, « saluer » les révoltés. Il tient à désavouer publiquement son parti. Mazette ! Une gloire nationale s'avance. Son nom circule comme une traînée de poudre, « Aragon ! ». Les étudiants sont médusés, « le » poète de la Résistance française, l'étoile du surréalisme et l'ancien porte-drapeau des intellectuels staliniens a sauté le pas. Il sourit à la foule, salue, prononce quelques paroles bienveillantes et, tel un dieu vivant, savoure par avance l'ovation.

Dany interrompt le début de messe, reprend sans ménagement le mégaphone, et, avec la gouaille qui lui colle à la peau, lance au grand écrivain stupéfait : « Très bien ! tu es avec nous, mais, avant que nous ne soyons avec toi, réponds de ton passé ! Tu as chanté “ Hourrah l’Oural ” quand des millions et des millions de Soviétiques étaient déportés, exterminés par le NKVD. Explique tes élégies à la gloire de Staline ! Tu n’as pas le droit de tromper à nouveau. » Et le jeune « mal élevé », qui eût tant plu à l’Aragon surréaliste, enchaîne sans pitié : « Aragon ! tu as du sang sur tes cheveux blancs. » Le prince des poètes, livide, s’est figé. Pas un son ne sort de sa bouche, une grimace vient tordre son beau visage. Il tourne les talons et repart penaud. Courbé sous le poids de ses mensonges ? La magie de l’insolence venait d’assener une belle leçon d’histoire. De celles qui permettent de comprendre, trente-cinq ans après, la jeunesse orange d’Ukraine et les roses de Géorgie. De quoi moins s’étonner quand Tbilissi ovationne Bush contre Poutine.

Ne voyez pas là un négligeable incident de parcours. L’originalité et l’éclat du Mai français tenaient à sa rupture, encore balbutiante et souvent inconsciente, avec l’idéologie communiste [1]. Ailleurs, en Europe, il en allait tout autrement. Après l’assassinat d’Aldo Moro, ex-numéro un du gouvernement italien, Rossana Rossanda, ancienne responsable du PCI, découvrant les communiqués des Brigades rouges, crut « feuilleter un album de famille ». En Allemagne, la Fraction armée rouge dite « Bande à Baader » justifiait

1. Pendant que les immenses manifestations s’égosillaient à crier : « Nous sommes tous des juifs allemands » en réponse à Georges Marchais, chef du PCF, une très jeune fille, Marie Laurence Simonet, fondait solitairement et courageusement le Comité de soutien lycéen aux prisonniers politiques d’URSS...

le sang versé en débitant les versets du Coran bolchevik. Dany n'a pas inventé l'anticommunisme de gauche, mais il en a brandi le drapeau émancipateur avec l'irrévérence et l'irrespect dus aux commandeurs sanguinaires, qu'ils fussent rouges ou noirs. Si le soulèvement français évita, mieux qu'en Allemagne et en Italie, le piège sanglant des folies terroristes, cela se décida le 9 mai 68, face à l'icône des Lettres communistes. Rappelons aux fâcheux et aux oublieux que l'opposition mordante et publique des étudiants aux parti et syndicats communistes, loin de leur aliéner le soutien populaire, n'empêcha pas, et plutôt favorisa, l'explosion de la plus grande grève ouvrière de l'histoire de France et très probablement du monde.

La Constitution française de 1793, ai-je rappelé, stipule que la nécessité de « déclarer » les droits de l'homme se fonde sur « la présence ou le souvenir récent du despotisme ». Le 9 mai 1968, nous n'avions pas – ou pas encore – perdu la mémoire des inhumanités du XXe siècle. Nous manifestâmes peu après contre les tanks soviétiques écrasant le « Printemps de Prague ». Histoire ancienne ? Voire. Aujourd'hui les Princes qui nous représentent assistent et applaudissent au défilé de la troupe russe qui, depuis dix ans, massacre la population tchétchène. Rien n'est jamais gagné.

Le 26 juin 1979, Sartre est à l'Elysée. Le vertueux qui avait décliné toutes les invitations dans les palais de la République, le Philosophe qui, voyez *L'Etre et le Néant*, ne différenciait pas l'ivrogne solitaire et les conducteurs de peuples, le Révolutionnaire qui justifiait le fantôme de Staline et foudroyait de Gaulle, l'Incorruptible de gauche, la statue du Commandeur encensée par l'ultragauche, déçoit, trahit, abdique. Ses thuriféraires ne comprennent pas, ses élèves rechignent, ses fidèles se divisent : « Poulou » s'invite chez un Président de droite, n'est-ce pas le Canossa de l'intellect ? Sur les marches du Palais, il y a à ses côtés Raymond Aron, Claudie Broyelle, Jacques Miquel et moi. Bernard Kouchner est en mer de Chine ; Simone Signoret, Yves Montand, Michel Foucault, Jean-François Revel dans les coulisses de l'exploit.

Sartre s'invitant avec Aron ! Abel et Caïn. Que reste-t-il des trente impitoyables années de dénonciations, d'exclusions et d'injures ? L'anticommuniste n'est-il plus un chien ? Paris, qu'as-tu fait du Chicago idéologique des *Mandarins* ? La guerre du Vietnam vient de s'achever. Les drapeaux écarlates flottent sur Saigon. C'était camp contre camp, Aron côté « Américains », Sartre côté « Vietminh ». Lutte à mort. Et voilà que soudain les frères ennemis plaident, main dans la main, pour le sauvetage des *boat people*, ces échappés de l'univers concentrationnaire que le communisme victorieux bâtit au Vietnam. Pourquoi tendre la main à des « ennemis du Peuple » qui refusent les bienfaits de la servitude et s'embarquent sur de vieux rafiots au péril de leur vie ?

Les épigones psychorigides de droite et de gauche s'indignent en découvrant, catégories mentales brouillées, leurs maîtres à penser se salir l'un à l'autre. On incrimine, à gauche, le dérapage d'un Sartre vieillissant, aveugle, inconscient et manipulé. A droite, on suppose qu'Aron, saisi par la nostalgie, renoue avec son « petit camarade » d'antan, quitte à oublier les excommunications qui s'étaient abattues sur sa tête, prêt à sombrer dans un « droit-de-l'hommisme » si peu « réaliste ».

Une mutation aussi décisive des esprits ne suscita guère d'explication théorique de la part des intéressés. Lorsque Michel Foucault et moi allâmes proposer l'opération à Sartre, il n'hésita pas une seconde. Aron acquiesça aussi vite. L'urgence décidait. Quand les blés sont sous la grêle, fou qui fait le délicat. Les Vietnamiens perdaient la vie et les démocraties leur âme.

Les *boat people* s'entassaient par centaines de milliers sur de fragiles barques, une sur deux ou trois coulait avec son trop-plein humain. Les journaux évoquaient l'*Exodus*. Je pensais à mon père. J'avais entrepris, quelques mois avant de gravir les marches de l'Elysée, le voyage à Poulo Bidong, îlot interdit aux regards étrangers, au large de la Malaisie, et vu de mes yeux les hommes, les femmes et les enfants recrachés par la mer de Chine, souvent moribonds, assoiffés et couverts de vomi. Les navires occidentaux, loin de les secourir, se détournaient, contrevenant aux prescriptions du droit maritime. Les pays frontaliers les repoussaient. La Malaisie, tout anticommuniste qu'elle fût, refoulait les échappés de la dictature communiste et les renvoyait sans pitié à la mer et à la mort. Il fallait 1) tenter de sauver quelques vies (d'où l'envoi d'un bateau, l'*Ile-de-Lumière*, avec à son bord Kouchner et ses amis médecins) ; 2) obtenir de la France des visas d'accueil pour les survivants (d'où cette visite à la présidence) ; 3) briser le silence qui toujours tue.

« Un bateau pour Saint-Germain-des-Prés », ironisa un quotidien sérieux. J'assistais au congrès où Kouchner fut viré de Médecins sans frontières dont il était fondateur. On y stigmatisa les intellos et les docteurs médiatiques. Tant pis pour les grincheux, le « bateau pour le Vietnam » fit école. L'alerte lancée par des personnalités idéologiquement et politiquement adverses bouleversait les clivages ordinaires en sonnant le tocsin. Simone Signoret disait plus simplement : « Nous servons de pense-bête. »

En se dépouillant de leurs postures idéologiques pour modestement tenter de sauver *boat people*, « *zeks* » de l'Empire soviétique ou Afghans décimés par l'Armée rouge, des hérésiarques signaient – enfin ! – la fin de la guerre froide dans les têtes, une décennie avant que le Rideau de fer se lève dans la réalité.

Nous quittâmes l'Elysée désappointés. Nous réclamions trois mille visas. Demande modeste : quarante-cinq mille naufragés s'entassaient sur le seul atoll de Poulo Bidong, mais le coup de fouet était aussi calculé pour enclencher la concurrence vertueuse entre pays démocratiques. Troublé, Valéry Giscard d'Estaing écouta des récits qu'il fit mine de découvrir (« Pourquoi fuient-ils ? – Ils fuient le communisme, monsieur le Président »), versa quelques larmes, et n'offrit que mille places. Sur le perron du palais, Aron me confia : « Ils ont oublié que l'histoire est tragique. » Sartre m'avoua dans la voiture un même sentiment, mais en termes plus vifs, plus terre à terre et davantage blessants.

Ils ne savent pas, ils ont oublié, ils ne veulent pas savoir, ils feignent d'ignorer combien l'histoire demeure tragique... Souvent, mille fois peut-être, ai-je brodé autour de la formule. Elle fait charnière : $60 = 2 \times 30$. 1945-2005, deux manières de cocorico, d'abord un péremptoire discours de vainqueur, version de droite ou version de gauche. Puis, pas moins infaillible, domine depuis trente nouvelles années, droite et gauche confondues, le discours de la défaite. Cultivant une impuissance d'autant plus absolue qu'imaginaire, nous nous pelotonnons sous cloche, citoyens somnambules d'une Europe posthistorique, postéthique, postphilosophique. Indifférents au génocide des Tutsi hier, au massacre des Tchétchènes aujourd'hui. Sartre et Aron me manquent.

Avec Aron, mon maître de thèse, j'avais des rapports respectueux ; sur le communisme nous étions d'accord, nous connûmes aussi des brouilles. Je n'étais pas convaincu de la quasi-inéluctabilité d'une victoire américaine au Vietnam et de la réussite des plans Mac Namara. Avec Sartre, c'était l'inverse, la relation conflictuelle concernant sa nostalgie « marxienne » s'était éteinte. Dans les dernières années de sa vie, il multiplia les gestes envers les dissidents de l'Est et les prisonniers du Goulag, comme pour apurer des comptes malheureux.

Le 20 juin 1977, Brejnev était à Paris en visite protocolaire. Giscard, avant d'accueillir en grande pompe le secrétaire général du PCUS, déclamait : « Cent soixante millions de Soviétiques ont choisi librement leur gouvernement ! » Michel Foucault et moi, aidés de quelques licenciés des usines Lip, avions manigancé une contre-réception : Jean-Paul Sartre et Simone de Beauvoir accueilleraient les dissidents soviétiques réfugiés récemment à Paris devant un parterre prestigieux d'artistes et d'écrivains. Ce fut la cohue. La presse nationale et internationale, plus nombreuse qu'au palais de l'Elysée le même soir, se pressait au Théâtre Récamier pour apercevoir le vieux philosophe aux côtés de ceux qu'autrefois il eût appelés des « chiens », Nathalia Gorbanevskaia, Alexandre Guinzburg, Leonid Pliouchtch, tout juste sortis de l'enfer du Goulag et des asiles psychiatriques spéciaux. Des Russes, mais aussi des Polonais, des Tchèques, et, en vedette absolue, Vladimir Boukovski, que le Kremlin venait d'échanger contre Corvalan, le patron du Parti communiste chilien. Peu avant sa mort, Sartre organisa seul sa dernière manifestation : il me convoqua par téléphone ainsi que quelques amis pour protester devant l'ambassade soviétique contre l'exécution de jeunes Arméniens condamnés pour « terrorisme » à Moscou. « Nous avons une dette envers les Arméniens » ; il voulait la payer avant de disparaître, fût-ce par un bout de papier glissé par la grille hermétique du bunker de l'ambassade.

1968-1979. Onze années pour tordre le cou à la victoire en chantant. Quel plaisir de se trouver guéri, disons en rémission, des poussées de napoléonite aiguë. Les étiquettes affichent aujourd'hui une longévité que n'ont plus les convictions qu'elles recouvrent. Un gaullisme de façade et des crises d'urticaire marxiste animent nostalgiquement l'alternance des majorités, qui, à peine au pouvoir, s'empressent de démentir leurs programmes surannés. J'avais pris une part, pas complètement anodine, dans la démarxisation de l'intelligence française. Quelques haines rancies en témoignent encore. Mais quelques reconnaissances aussi. Boukovski me salua d'un exagéré « bravo à l'homme qui débarrasse Paris de ses amours totalitaires ». C'est à la lecture de ma *Cuisinière* que Mario Soarès, dit-il, fut convaincu de résister à Cunhal, chef du PC portugais aux portes du pouvoir. Adam Michnik, qui l'avait découverte en prison et en *samizdat*, dit avoir compris la nécessité de dépasser les clivages religieux et laïcs pour fonder le KOR, père de Solidarnosc... Au bout du compte, ils font une petite troupe, anonymes ou célèbres, du défunt Rugova en Albanie jusqu'au tout jeune et actuel président de la Géorgie, Sakachvili, qui apprit le français dans mes livres interdits ! A leur gentillesse narquoise, je répondais avec la modestie d'un dieu caché de Pascal : tu ne m'aurais pas cherché en librairie si tu ne t'étais déjà trouvé [1].

Tout en célébrant l'éclipse des icônes et des « Maîtres Penseurs », je me suis refusé à fêter dans la foulée une « fin des idéologies », thèse malheureusement fallacieuse dont on nous rebat les oreilles dans

1. Sur cette circulation européenne des idées, *cf.* Paul Berman, *Power and the Idealists*, New York, Soft Skull Press, 2005, à paraître en français chez Denoël, 2006, et *A Tale of Two Utopias*, New York, W.W. Norton, 1997.

les universités et qui ressuscite tous les dix ans en couverture des hebdomadaires. Une thèse que viennent démentir encore plus régulièrement les pépins terrifiants de la réalité. Ce n'était pas la première fois que je me heurtais à l'illusion de la fin des illusions et à l'idéologie de la fin des idéologies. Le provisoire dégel khrouchtchévien avait en son temps fait fleurir nombre d'expertises concluant à la « convergence » heureuse des systèmes « industriels », effaçant la différence entre régimes communiste et démocratique. A mon grand regret, l'errance idéologique ne dépend pas seulement des idées fausses auxquelles elle s'accroche : une fois l'Idée, meurtrière et complice, réfutée, l'humanité ne va pas gambadant vers toujours plus de prospérité et toujours moins de drames. Nenni !

Le rêve doré de la paix partout est vieux comme l'Occident. Il fut, en des époques lointaines, entretenu par les sophistes, notre premier corps professoral : j'enseigne, tu apprends et Athènes baigne dans une lumière sans ombre. Face à cette supercherie irénique, produite et reproduite par chaque société savante, je partage la réticence de Platon – l'idéologie s'enracine si profond qu'il ne suffit pas d'éliminer une idée fausse pour s'émanciper de la *doxa*, ce consensus mou dans lequel la collectivité se fabrique une unité insécable sans prendre la peine de distinguer entre probable, invraisemblable et certain, vrai ou faux. Les idéologies et les illusions passent et meurent. Mais le besoin de s'assoupir perdure.

La France, caressant l'histoire à rebrousse-poil, se recroqueville. Elle vient de vivre dans l'après-guerre une fantastique mutation économique et démographique. Le monde paysan fondu comme neige au soleil, la croissance de l'économie urbaine a beau élever le pays au nombre des cinq premières puissances industrielles et commerciales, rien n'y fait. L'histoire hexagonale demeure religion nationale. La France troque désormais la prétention d'éclairer le monde contre la jouissance de contempler son patrimoine. Ses hommes politiques, fiers et revenus de tout, pour la plupart, célèbrent son essentielle ruralité avec 3 % de paysans restants. Ses historiens cultivent les lieux de mémoire, puisque l'avenir ne fait plus recette. On se tourne vers les neiges d'antan. Le passé est passé, mais nous sommes toujours là. Peu importent le malheur ou le tragique que charrient avec eux les événements d'hier, seule leur commémoration exaltée et spectaculaire prouve que ceux qui s'exaltent et se donnent en spectacle existent. Dans les bonnes familles, l'arbre généalogique tient lieu de fiche d'identité. Faute d'affronter le présent et de se risquer dans l'avenir, les Français sont conviés à s'enraciner dans les souvenirs.

Le changement effraie. Mon pays n'a pas l'exclusivité du désir de dire non à un monde imprévisible qu'on redoute ennemi. Les dénonciations véhémentes de la marchandisation, de la globalisation, d'une « dictature » de la technique et du grand capital apatride courent les rues et les cervelles. Un quart de siècle avant que les manifestants convergent par charters des quatre coins du planisphère et prient ensemble aux jet-jamborees pour un « autre monde », les élites européennes avaient intercédé, experts en tête, pour une « croissance zéro ». L'exception française tire son originalité de la prétention d'incarner d'ores et déjà cet « autre monde ». Au nom duquel la déplaisante actualité se trouve immolée.

La fuite en arrière succède à la fuite en avant. Les héros ne fredonnent plus qu'ils entreront dans la carrière « quand [leurs] aînés n'y seront plus ». Ils proclament au contraire que les morts sont toujours vivants et les vivants à demi morts. Cours, camarade, le nouveau monde est derrière toi ! Il se nomme « patrimoine », c'est l'espace mythique d'une communauté préservée. Dans mon for intérieur, je baptise la soudaine frénésie de retour au terroir et aux « racines » pastorales « tentation de Combray », en hommage à Marcel Proust qui décrit sa villégiature enfantine avec une tendresse émue masquant aux naïfs les sourires de l'ironie.

L'univers de Combray, pour nombre de commentateurs, serait « un monde immobile installé dans un éternel printemps », où se savoure « la forme même du bonheur [1] ». A suivre Proust de plus près, cet Eden apparent obéit en vérité à une *omerta* parfaitement contraignante. Pour vivre heureux, il faut et il suffit que le citoyen de Combray ne dise mot ni ne s'inquiète des réalités qui fâchent. Elles existent, mais ailleurs. Combray, par une implicite déclaration d'indépendance, les a bannies et rejetées dans un

1. Discussion dans : J. de Grandsaigne, *L'Espace combraysien*, Editions Minard, 1982, p. 23 *sq*.

espace-temps extérieur. Les violences de l'histoire restent ensevelies dans l'inactualité d'une nuit mérovingienne, dont personne, sauf le narrateur, ne garde souvenir. L'arrivisme des snobs, les conduites hors normes ou vicieuses sévissent en lisière et la rumeur retourne vite à ses fiches d'infalsifiable identité. La communauté de Combray ne peut connaître en son sein de personnes déplacées. Chacun est ce qu'il est, ce que sa famille a été et sera, « dans un monde clos et immuable, défendu contre toute irruption du nouveau et de l'inquiétant ».

Moutonniers et calfeutrés, les habitants du lieu officiellement s'adorent. Le lecteur pressé partage cet enthousiasme hagiographique et s'enfonce dans l'émotion gluante des clichés. « Tout au long du roman », écrit M. Gutwirth, Françoise « figure l'authentique race terrienne de l'Ile-de-France, humble et fière à la fois, enracinée dans la glèbe dont elle est l'expression la plus pure, contemporaine déjà des figures sculptées des cathédrales [...] chrétienne dont la religion se passe de toute manifestation extérieure tant elle lui est consubstantielle [1] ». Rien n'est plus faux. Il se trouve que ladite Françoise, gouvernante dans la famille du narrateur, persécute en toute sauvagerie et torture sans retenue la fille de cuisine enceinte et célibataire. La mégère ne constitue nullement quelque exception maléfique dans une bienveillante Arcadie. Le narrateur enfant découvre une foultitude de mauvais traitements grouillant sous la couette des bonnes manières.

1. M. Gutwirth, « La Bible de Combray », *Revue des Sciences humaines*, Lille, juillet-septembre 1971, p. 422.

« Déjà homme par lâcheté, je faisais ce que nous faisions tous une fois que nous sommes grands quand il y a devant nous des souffrances et des injustices : je ne voulais pas les voir [1]. » Le bonheur combraysien se soutient de la dure loi du silence.

L'hypocrisie ici révèle une vie sociale à double fond. Tandis que les simples citoyens se plaisent à reconnaître leurs mérites réciproques, les gardiennes de la rumeur rivalisent de propension à surveiller et punir. Entre Françoise et la Tante Léonie, la querelle, latente et dissimulée, vise à s'assurer la haute main sur la circulation des ragots. Elles montent la garde aux frontières. Loin de souscrire au « tout va bien » du Combraysien moyen, leur perspicacité avide relève les moindres accrocs dans le consensus général. Ces administratrices, maniaques et soupçonneuses, du qu'en-dira-t-on, veulent, à tout prix, sauver un ordre dont elles testent la fragilité.

D'où le catastrophisme de Tante Léonie : il calque l'héroïsme désespéré d'un pompier pyromane. Elle invoque le désastre afin de démontrer la vérité de ses sombres appréhensions et la valeur de ses pulsions salvatrices. Elle fantasme que la maison brûle et que tous, sauf elle, périssent dans les flammes. La destruction « a dû souvent hanter ses espérances comme unissant, aux avantages secondaires de lui faire avouer dans un long regret toute sa tendresse pour nous et d'être la stupéfaction du village en conduisant notre

---

1. Marcel Proust, *A la recherche du temps perdu*, t. I, Gallimard, La Pléiade, 1954. Toutes les citations de Proust qui suivent empruntées à cette édition.

deuil, courageuse et accablée, moribonde debout, celui, bien plus précieux, de la forcer au bon moment, sans temps à perdre, sans possibilité d'hésitation émouvante, à aller passer l'été dans sa jolie ferme de Mirougrain, où il y avait une chute d'eau ». Une écolo prématurée !

Tante Léonie a-t-elle senti qu'une existence ne paraît paradisiaque qu'en évoquant l'anéantissement imaginaire du réel, passé, futur et monde extérieur dans son ensemble ? Elle triomphe sur la cendre des siens. Proust, gonflé de rires rentrés, annonce la vengeance de la réalité quand la guerre de 14 vient rayer de la carte son si délicieux village de vacances. Comme Raymond Queneau voue aux flammes son Luna Park, où les intellectuels sans emploi célèbrent la « fin de l'histoire », Tante Léonie applique le principe qui cimente Combray : l'occultation des conflits dans une paix de cimetière.

Araignée au centre de sa toile, Léonie rassemble depuis son lit toutes les informations qui ponctuent l'actualité combraysienne. « Toujours couchée dans un état incertain de chagrin, de débilité physique, de maladie, d'idées fixes et de dévotion », la reine des chiens écrasés est une crucifiée vivante en route pour « le grand renoncement de la vieillesse qui se prépare à la mort ». Elle cristallise physiquement et moralement le serment fondateur du Tout-Combray : rien n'aura lieu que le passage du mal en pis, nous sommes les meilleurs, car hors nous il n'est que ruine. « Chaque fois qu'elle voyait aux autres un avantage si petit fût-il qu'elle n'avait pas, [elle] se persuadait que c'était non un avantage mais un mal. » L'exécration de l'univers nous persuade de notre félicité, juste salaire de nos perfections. Plus grands les malheurs du monde, plus suffisante notre satisfaction.

Certains amateurs de sociologie passe-partout lisent dans Combray l'allégorie d'une France prémoderne, provinciale en diable, où les sabots encore crottés traînent dans les antichambres. Je ne le crois pas. Proust nous propose une miniature, réduite mais complète, de l'image que la grande France veut donner d'elle-même. Les lois de l'harmonie à Combray sont identiques à celles qu'établit Madame Verdurin, devenue reine des salons huppés. Sa férule impitoyable et son indifférence au malheur des autres n'ont rien à envier aux stratégies de Léonie. A Paris, l'envers cruel des bienséances du beau monde rappelle à s'y méprendre les violences qui, sous le manteau, confortent le consensus combraysien. Si Combray est une petite France, la France selon Proust se rêve un grand Combray.

De Napoléon à Tante Léonie, court la prétention de vivre avec son temps, d'incarner le lien social, d'épouser son époque, et de bétonner une unanimité de façade. Le premier patronne des discours de victoire, publique ou privée – nous marchons vers la gloire, donc nous sommes. La seconde se soutient d'un discours de défaite – tout court à la catastrophe ; rien à faire ; la fin du monde est pour demain ; puisque nous ne sommes plus tout, soyons rien. Alors que, sous le soleil de la Raison, l'empereur caracole sur son destrier blanc et achève l'Histoire par la réconciliation des nations, Tante Léonie chevauche son balai et, prophétisant d'universels incendies, inverse un diagnostic qui reste péremptoire. Deux époques – trente ans chacune – de ma France : la glorioleuse et la « post », la piteuse.

Comment vivre quand tout est fini ou finissant ? Lorsque tout est perdu sauf la vie, comment exister après, « post » ? Il suffit d'ériger en méthode la double ascèse que pratique spontanément Léonie. Il faut se détacher d'un présent condamné à mort, non sans se tenir aux aguets du moindre incident pour, immédiatement, l'interpréter comme l'annonce d'un deuil général. Léonie s'enterre après avoir tissé dans sa chambre une réseau d'écoute et d'observation imparable, un *network.*

Le citoyen « post » équipe de même sa tour d'ivoire des moyens de communication perfectionnés pour mieux se persuader que le monde n'existe pas, ou plus, et que tout est désormais mirage. Non ! La guerre de Troie, comme celle de Bosnie, n'a pas eu lieu, pas plus que celle d'Irak et celle de Tchétchénie... Les analystes « savants » rivalisent de subtilités afin de démontrer combien les médias n'informent pas mais produisent de l'information. Ce qui ne revient pas du tout au même. L'idée qu'il « se passe encore » quelque chose est renvoyée à l'illusion des illuminés et à la perversion des metteurs en scène. L'agitation extérieure se réduirait, selon nos Trissotins, au remuement de morts enterrant des morts en leur faisant croire qu'ils vivent.

Pareille annihilation du temps présent maintiendrait le citoyen post en apesanteur, s'il ne reprenait pied dans les paradis de la mémoire. Le culte du passé éponge la déréliction d'aujourd'hui. Il convient, recommandent les posthistoriens, de distinguer soigneusement « lieux d'histoire » et « lieux de mémoire »[1]. Les seconds ne sont pas comme les premiers de prosaïques aujourd'hui ayant lieu avant-hier, ils sont les indices d'« une topologie symbolique de l'histoire nationale ». Qu'est-ce à dire ? Le citoyen est invité à se pencher sur le passé pour contempler sa propre image. Il ne s'agit plus d'établir ce qui advint jadis, car « les lieux de mémoire n'ont pas de référents dans la réalité[2] ». Il ne suffit plus d'archiver et commenter des faits, il faut s'identifier. On passe de la réalité à l'image de soi. Et de la vérité aux fantasmes. Tandis que l'historien classique s'obstinait à vouloir démêler le mythique et la facticité de l'événement, le postmoderne s'emploie, au contraire, à trouver dans la confusion des deux l'attestation d'une âme nationale transtemporelle.

Loin de résumer l'évocation attendrissante d'une enfance de grand écrivain ou d'offrir le tableau rétrospectif d'une France émouvante comme une échoppe d'antiquaire, Combray devient le paradigme discret de ce qu'on nomme postmoderne, le Jugement dernier qu'une histoire, qui se croit délivrée de l'action, porte sur elle-même.

---

1. Pierre Nora *in* P. Anderson, *La Pensée tiède. Suivi de La Pensée réchauffée*, réponse de P. Nora, Editions du Seuil, 2005, p. 121.
2. Pierre Nora, *Les Lieux de mémoire*, t. I, Gallimard, 1984, p. XLI.

La transformation de l'Européen en gentil membre d'un quelconque club du troisième âge imitant l'abbaye de Thélème (« Fais ce qu'il te plaît ») se double du diktat combraysien de ne prêter aucune attention à ce qui déplaît (« quand il y a devant nous des souffrances et des injustices, je ne voulais pas les voir »). Insensibilité, autisme, apathie, indolence et Valium à gogo comptent parmi les ingrédients miraculeux du bonheur européen. Il suffit de ponctuer chaque malheur d'un « je vous l'avais bien dit » pour évacuer toute velléité de résister au « système » fatal qui l'engendre. Il reste à se laisser embaumer dans les senteurs délicates du croissant frais, que la Verdurin trempe sans souci dans son café à l'instant où la bataille de Verdun ensevelit les gueules cassées dans la boue des tranchées.

Avant de s'affirmer connaissance, la posthistoire se veut commémoration. De quoi ? D'elle-même. En 1989, bicentenaire de 1789, les citoyens ne s'entre-déchirent plus sur la portée de l'événement, mais savourent sa définitive inactualité. « Le fait même de commémorer la Révolution était plus important que la Révolution que l'on commémorait [1]. » Sans blague ? Oui, vous avez bien lu ! tel quel. L'important n'est plus la férocité ni l'enthousiasme révolutionnaire, ni la folie des grandeurs et des persécutions, pas davantage les révoltes antinapoléoniennes des peuples européens ou antillais et les limites de leur authenticité. Seule surnage la contemplation de l'émotion contemplative

1. Pierre Nora, *Les Lieux de mémoire*, t. III, 3, Gallimard, 1992, p. 991.

du voisin en proie au travail d'une mémoire qui se moque de la véracité de ses souvenirs. Chaque circonstance posthistorisée, qu'elle soit imaginaire ou vaguement réelle, fonctionne d'abord comme un portrait en pied de l'observateur.

L'histoire de France se fragmente en autant d'anecdotes où le Français d'aujourd'hui est sommé de se retrouver, comme Proust s'évoque enfant à Combray, mais sans son humour. Les psychologues (Henri Wallon) et les psychanalystes (Jacques Lacan) soulignent le rôle performateur du « stade du miroir », moment crucial où l'infans découvre, vers douze mois, l'image globale de son corps renvoyée par une glace. De même, les lieux de mémoire projettent quelque figure supposée une et indivisible masquant un corps morcelé et une humanité disparate. L'historien, façon Napoléon et consorts, glorifiait un passé porteur du présent et annonciateur de l'avenir. En posthistoire, nous voilà inversement expédiés dans le passé pour y jouir de nous, comme d'un patrimoine immuable façon Combray. Là se décline la seule identité qu'autorise un présent vide et un futur nul. Alléluia ! Finie la vision conquérante de la nation, « l'histoire a balayé ce modèle impérial et militaire... ». Désormais la France « est sa propre mémoire ou n'est pas [1]. »

Dégrisé des récits monumentaux, « sorti de la grande histoire », l'individu posthistorique passe « d'une histoire active à une histoire acquise [2]. » A la ligne bleue des Vosges et à la préparation des batailles

1. Pierre Nora, *Les Lieux de mémoire*, t. II, 1986, p. 655.
2. *Les Lieux de mémoire* t. III, *op. cit.*, p. 978, 1009.

à venir succède la multiplication des commémorations propriétaires. Vive la lumière rose des dimanches de la vie voués à savourer son soi et son sien, à célébrer son pâturage et à ruminer l'album de famille ! Le monde est une charogne, il s'abandonne aux vers rongeurs des nostalgies bidon qui vibrionnent en deçà du vrai et du faux.

L'enquête sur l'humain qui, depuis Thucydide, culminait dans l'histoire des violences et de la guerre tourne ainsi au roman sentimental. Qui se plaindrait du virage annoncé « d'un nationalisme agressif à un nationalisme amoureux [1] » ? Personne. Sinon le mauvais esprit qui fait remarquer combien, même à Combray, l'amour de soi nourrit la haine du genre humain. Au nom de la mémoire, on massacre à cœur joie ou plus peureusement on détourne le regard et, confit dans l'adulation de son héritage, on laisse massacrer les autres alentour. Une fois le souci de distinguer faux et vrai relégué aux oubliettes, la guerre s'annonce implacable entre des mémoires qui officient par-delà le bien et le mal.

Bloquées dans leur tentative de reconquérir leurs lieux de mémoire par les délicats procédés de la purification ethnique, les minorités serbes furent à leur tour brutalement délogées et s'enfuirent de Sarajevo non sans avoir déterré les cercueils de leurs ancêtres qu'elles emportèrent sur le dos. Quand Belgrade repartit en guerre contre les Kosovars, ce fut pour récupérer le « berceau de l'identité serbe », un Champ

1. Pierre Nora, « La loi de la mémoire », in *Le Débat*, n° 78, janvier-février 1994, p. 90.

des Merles perdu en 1389, soit le lieu de leur « mémoire » par excellence... Les histoires de mémoire et d'amour autant que l'angélique Combray n'échappent pas à l'erreur et à la douleur, à la tromperie et à la tuerie, bref à la condition humaine. L'autojustification par le passé verse son huile sur les feux. Les guerres au nom des souvenirs sacralisés ont ensanglanté la terre, des Balkans au Rwanda. Dès que les lieux d'histoire sont transfigurés en lieux de mémoire, c'est-à-dire en lieux de culte, les guerres de religion menacent : à chacun son culte, ma mémoire ou la tienne !

Le 29 mai 2005, les électeurs français rejettent le projet de Constitution européenne et n'hésitent pas à mettre en crise la construction de l'Union. En apparence, la majorité « non » est protéiforme, contradictoire. Elle coagule des angoisses disparates, amalgame les mécontentements et additionne sans gêne les préjugés d'extrême droite et d'ultragauche. En vérité ce pêle-mêle confus et accrocheur est un signe de vigueur. Le « non » n'a cure de ses divisions, il s'unit en faisant mentalement table rase. Antilibéral, antiaméricain, anti-immigrés du Sud et surtout de l'Est, vomissant la bureaucratie de Bruxelles, il déclare la guerre à la concurrence polonaise, aux prédateurs baltes, sans négliger de futurs envahisseurs turcs.

Les phobies qui cimentent le « non » sont entretenues par les tenants officiels du « oui ». N'est-ce pas le président de la République Jacques Chirac qui, lors de sa querelle irakienne avec les Etats-Unis, eut l'arrogance d'affirmer que les Européens de l'Est n'avaient qu'un droit : celui de « se taire » ? L'objectif obsessionnel de la diplomatie française vise à créer une « Europe puissance » pour faire pièce à l'« hyperpuissance » américaine. Ce rêve n'est pas celui d'une Europe européenne, c'est le fantasme d'une Europe française. Paris-Moscou, voilà l'épine dorsale. Bruxelles ou Varsovie n'ont qu'à bien se tenir ! Optant pour un chiraquisme sans Chirac, les ténors socialistes du « non » redoublent cette géopolitique bâclée par des arguments populistes. Ils agitent le spectre du dumping et des délocalisations. Face au plombier polonais qui vole notre travail, à l'Estonie qui s'empare de nos usines, optons pour un Yalta *bis* et claquons la porte devant les jeunes démocraties de l'Est !

Proposé par l'éditeur et le rédacteur en chef de la nouvelle histoire de France – celle des « lieux de mémoire » en gros volumes –, le diagnostic de Pierre Nora mérite qu'on s'y arrête. Il explique le « non » par une crispation nationale : « Les Français ne veulent plus mourir pour la patrie, mais la France est devenue une nation patrimoniale. » Le mal ne lui paraît pas sans remède : « Pensez au succès, inattendu quand elles furent lancées, que connaissent depuis les années 80 les Journées du patrimoine ! » Et l'auteur de proposer, pour rassurer les citoyens perdus et les ouvrir à l'Europe, de multiplier les célébrations du patrimoine et de « faire du français la langue de référence des traités européens [1] » !

Adorable modestie ! L'historien post n'ose pas avouer combien le 29 mai 2005, qui vit la victoire

---

1. *Le Monde*, 4 juin 2005.

du « non », fut la plus manifeste « Journée du patrimoine » que la France connut. Toutes les « mémoires » s'y donnèrent rendez-vous. Celle des légitimistes qui font le siège de Bruxelles comme Richelieu celui de La Rochelle. Celle des jacobins qui terrorisent les « coblençards » devenus partisans d'une Europe supranationale. Celle des girondins partis à la conquête des « frontières naturelles » de la Grande Nation. Celle des chauvins de toute obédience et des sectateurs de Clovis très-chrétien. Celle des enfants amoureux fous de Jeanne la Lorraine qui boute l'Anglo-Saxon hors du périmètre sacré. Celle des régicides hors sujet obsédés de tailler des croupières au roi-Président. Celle encore des communistes impénitents en lutte contre le Grand Capital et celle des islamistes qui leur emboîtent le pas. Les petits-neveux des Camelots du roi ferment le ban. Inutile de multiplier les mémoires virtuelles et autres « Journées du patrimoine », le non à l'Europe les rassemble, les soude et chante l'apothéose d'une patrie imaginaire portes et fenêtres closes. Serions-nous tous, fils et filles de Combray, devenus dévots des lieux de fausse mémoire ?

Ne pas confondre : entre Mai 68 et Mai 2005, quel formidable tête-à-queue ! Les « enragés » d'alors disaient non aux clôtures franchouillardes; « Nous sommes tous des Juifs allemands », criaient-ils dans les rues de Paris, alors qu'ils n'étaient, sauf exception, ni juifs ni allemands. « Sus au plombier polonais », profèrent les enfants de Combray, en pondant un non ventripotent et léthargique.

7

Baudelaire en postmoderne

Où Satan a plutôt une bonne tête et le monde mauvaise mine. Où il est dit que Baudelaire n'encombre pas son lecteur, contrairement aux déconstructeurs modernes. Droit d'aînesse oblige ! « Le monde est une charogne » – la thèse est énoncée, toutes conséquences tirées, toute honte bue, un siècle avant nos cérémonies d'auto-flagellation.

A l'automne 2005, invité par l'hebdomadaire *Elle*, je visitai le Festival international de photojournalisme, coudoyant à Perpignan un public nombreux, attentif, sérieux au point de paraître presque religieux, tant chaque visiteur se murait dans sa contemplation, en muette oraison. Les malheurs de plusieurs décennies, parfois insupportablement intimes, souvent dévastateurs et apocalyptiques, s'immobilisaient sur les murs. Bien qu'encadrés, expliqués, signés, dûment datés et localisés, ces instantanés, davantage que de simples photos, miroitaient comme des instants d'éternité plus vrais que le temps qui passe.

Un air de famille émanait de l'ensemble, les maîtres du huitième art avaient beau changer de continent, d'angle de vue ou d'objectif, sous les multiples perspectives leur regard piétinait le même objet, offrant les mille facettes d'une identique désolation. Les traces infectes d'un siècle finissant se reflétaient dans les bégaiements du suivant, interdisant les envolées auxquelles sacrifiaient encore peu ou prou mes aînés. Le malheur des autres rend modeste. En écho à l'accablement de bon ton où marine mon époque et aux splendides prises de vue qui le confirment, les vers de Baudelaire me reviennent en mémoire :

Et pourtant, vous serez semblable à cette ordure
A cette terrible infection,
Etoile de mes yeux, soleil de ma nature,
Vous, mon ange et ma passion [1] !

L'ouragan Katrina venait de noyer La Nouvelle-Orléans, conférant une stupéfiante actualité aux clichés collectionnés au fil des ans. La cité submergée, proie des incendies, abandonnée, disait-on, aux pillards et aux épidémies, signait d'un *Nihil obstat* la permanence des catastrophes passées pieusement congelées dans les galeries d'art. En foule, des visiteurs, avides d'apprendre, s'initiaient. Futurs techniciens du cadrage et de la mise en scène, ils décortiquaient l'art de photo-éterniser les malheurs à venir. De voisin à voisine, et réciproquement, les

1. Charles Baudelaire, « Une charogne », *Les Fleurs du mal*, in *Œuvres complètes*, Club français du livre, 1955.

amateurs échangeaient, caméra en bandoulière, des clins d'œil avertis. Peu semblait importer l'horreur de la « charogne » fixée au mur, l'art seul était roi.

... Alors, ô ma beauté! dites à la vermine
Qui vous mangera de baisers
Que j'ai gardé la forme et l'essence divine
De mes amours décomposées!

La « forme » et l'« essence », l'image et l'actualité des hommes affrontés à l'inhumain dramatisent le poème comme les photographies. Hegel affirme, avec cet optimisme qui colle à sa pensée, que la gazette du matin est la « prière » de l'homme moderne. Baudelaire réplique, non moins convaincant : « Tout journal de la première à la dernière page n'est qu'un tissu d'horreur. Guerres, crimes, vols, impudicités, tortures, crimes des princes, crimes des nations, crimes des particuliers, une ivresse d'atrocités universelle [1]. » Le passage du pluriel au singulier en dit long. Les « infos » pénibles sont innombrables, mais l'impression qui en résulte s'offre indivisible : « ...une ivresse d'atrocités universelle. » Nos médias ont beau prétendre ne pas désespérer lecteurs ou spectateurs, ils n'y peuvent mais. Le bon scoop reste la mauvaise nouvelle ou l'imprévu tragique. *Le monde est une charogne.* Sa décomposition fait les titres et les photos à la une.

1. Charles Baudelaire, *Mon cœur mis à nu*, in *Œuvres complètes*, *op. cit.*, p. 1446.

Baudelaire nous introduit au XXIe siècle. Plus question de chanter le fabuleux « lever de soleil » révolutionnaire, rationnel, raisonnablement progressiste ou follement national. La rhétorique des aurores glorieuses ne mobilise plus celui qui interroge les harmonies du soir, « le soleil s'est couché dans son sang qui se fige ». Les niaiseries des « philosophes candides », dont l'enthousiasme escamote les gouffres, sont ennemies par excellence de l'authentique poète qui apostrophe son époque, laquelle est encore la nôtre :

Tes petits orateurs, aux enflures baroques
Prêchant l'amour, et puis tes égouts pleins de sang
S'engouffrant dans l'Enfer comme des Orénoques [1]

A l'aurore historique et mondiale succède un, non moins universel mais mieux informé, crépuscule métaphysique.

Le platonisme ordinaire métaphorise dans l'astre du jour le principe conjoint de la vie et de la connaissance. Il figure, dans le grand Dialogue intitulé *La République*, l'image de l'être suprême – l'Idée du Bien. Le soleil ne dispense-t-il pas à l'univers sa chaleur et sa lumière ? La tradition chrétienne transfère à Dieu les privilèges de cette providence qui garantit aux créatures la poursuite de la vie par-delà les drames de l'existence. Je meurs, mais nous survivons.

1. Charles Baudelaire, « Ebauche d'un épilogue pour la deuxième édition des *Fleurs du mal* », in *Œuvres complètes*, *op. cit.*, p. 174.

Les Fleurs du mal brisent net et retrouvent l'abîme où risquent de sombrer la collectivité et, une à une ou ensemble, les personnes qui la peuplent. Désormais le tout de l'humanité est aussi putrescible que ses éléments. La nuit menace l'être dans son ensemble.

Or il n'est pas d'horreur au monde qui surpasse
La froide cruauté de ce soleil de glace
Et cette immense nuit semblable au vieux Chaos [1]

L'opposition radicale entre un jour sans chaleur et une nuit sans visibilité signale l'effondrement de la mécanique cosmique platonicienne, celle providentielle que tant de modernes s'acharnent à restaurer, quitte à déléguer au « sens de l'histoire » le soin de réconcilier l'homme avec ses abysses. A la différence des historiens qui font mine d'ignorer Sade et Joseph de Maistre, Baudelaire déchiffre le drame révolutionnaire en se réclamant ouvertement d'eux. Il sait que la subversion parisienne ne limite pas ses conséquences aux conflits politiques et sociaux, lesquels en revanche sont produits et reconduits par la culbute des valeurs et des repères, qui touche l'ensemble de nos rapports à la vie, au temps, à la connaissance et à l'action : « Moi je ne suis pas dupe, je n'ai jamais été dupe ! Je dis *Vive la Révolution !* comme je dirais : *Vive la Destruction ! Vive l'expiation ! Vive le châtiment ! Vive la mort !* Non seulement je serais heureux d'être victime,

1. Charles Baudelaire, « *De profundis clamavi* », *Les Fleurs du mal*, in *Œuvres complètes*, *op. cit.*, p. 32.

mais je ne haïrais pas d'être bourreau, – pour sentir la Révolution des deux manières [1]. »

« Sentir » la crise des « deux manières », c'est en finir avec les harmonies du jour, de Dieu et de l'histoire. Baudelaire coupe en deux la puissance solaire chère aux philosophes iréniques. D'un côté la chaleur, l'énergie qui engendre des germinations aveugles. De l'autre la connaissance froidement photographique, soit la lumière impitoyable qui glace tout ce qui vit. D'un côté les ignominies de Satan, de l'autre le regard acéré du dandy. Plus question de la magie rose hégélienne qui propulse le mal au service du bien. Baudelaire se voue à la magie noire qui bouillonne dans les alambics du désordre et du désespoir. Il ne faut plus sous-estimer le pourrissement impitoyable. La corruption du monde-charogne s'élève au rang d'une anticréation :

Le soleil rayonnait sur cette pourriture,
Comme afin de la cuire à point,
Et de rendre au centuple à la grande Nature
Tout ce qu'ensemble elle avait joint;
Et le ciel regardait la carcasse superbe
Comme une fleur s'épanouir [2].

Le poète recueille le soleil dans la grande tradition métaphysique du « père nourricier » pour aussitôt le catapulter en position de père charognard. Loin de lier

1. Charles Baudelaire, *Pauvre Belgique*, in *Œuvres complètes*, *op. cit.*, p. 1411
2. Charles Baudelaire, « Une charogne », *Les Fleurs du mal*, in *Œuvres complètes*, *op. cit.*, p. 30.

et subjuguer l'ensemble du monde créé et incréé, l'astre platonicien désormais délie et décompose. L'univers n'est pas tourné vers l'Un ; à macérer dans sa pourriture, il se divise. D'un côté la lumière froide et stérile : de l'autre la chaleur de la vie dans le grouillement des vers nécrophages. A son tour, comme les autres créatures, le poète reproduit la fracture de l'être suprême. « Je suis la plaie et le couteau », il en va de *lui* et rien que de lui. « Quel tête-à-tête qu'un cœur corrompu se servant à lui-même de miroir », écrit Baudelaire à Poulet-Malassis. Il ne se connaît pas en Dieu et pas davantage dans la figure d'un tentateur extérieur. Impossible d'échapper au huis clos du tête-à-tête. Situation sans échappatoire. Pas question de sortir du champ de bataille, qui n'est qu'un champ de vérité. La poésie, c'est la forme enfin trouvée de la connaissance de soi.

Le poète « maudit », c'est-à-dire affranchi de la nécessité de subir et reproduire la bénédiction platonique, s'instaure connaissance pure et se choisit dandy, à l'article de la mort. « Le dandysme est un soleil couchant ; comme l'astre qui décline, il est superbe, sans chaleur et plein de mélancolie. » Sacrifiant à « l'inébranlable résolution de ne pas être ému », le dandy se préfère Jugement dernier et s'instaure d'emblée témoin sans appel de la fin des choses. « Fuyons vers les pays qui sont les analogies de la mort... Installons-nous au pôle. Là le soleil ne frise qu'obliquement la terre... Là nous pourrons prendre de longs bains de ténèbres, cependant que, pour nous divertir, les aurores boréales nous enverront de temps en temps leurs gerbes roses, comme des reflets d'un feu d'artifice de l'enfer [1]. »

Le dandy veille à n'être pas « ému ». Pour lui, il n'y a pas de mal. Il s'exerce à ne pas souffrir et pas davantage à souffrir de la souffrance des autres. Son ascèse l'exerce à une insensibilité de tous les instants. On reconnaît ici une mémorable figure du nihiliste. Celle que Nietzsche campait dans l'image du Sauveur crucifié diffusant la Bonne Nouvelle : je ne pâtis d'aucune douleur. Ce « Christ bouddhique » est le jumeau du dandy, il démontre sa sainteté vautré « dans les clous et les crins cherchant la volupté ».

Dire « le monde est une charogne », c'est penser poétiquement que le monde va finir. Finir, non pas sous le boutoir d'une intervention extérieure, mais brisé par ses propres forces et absences de force. « Le peu qui restera de politique se débattra péniblement dans les étreintes de l'animalité universelle. » Notre photojournalisme confirme au jour le jour le paysage baudelairien d'un univers qui se survit à lui-même sans qu'on sache pourquoi ni comment ni jusqu'à quand.

Les terribles images qui trouent notre actualité sont autant de fleurs du mal. Elles ponctuent la *doxa* occidentale, désormais planétairement dominante, de l'esprit « post ». L'aventure est derrière nous. Il ne reste qu'à évaluer choses et idées en fonction de leur mort avérée. On proclame la fin des idéologies, on décrète obsolètes l'action et les savoirs. On fait pleu-

1. Charles Baudelaire, « N'importe où hors du monde », *Petits poèmes en prose*, in *Œuvres complètes*, *op. cit.*, p. 278.

voir des pleurs de rhétorique sur l'art et la philosophie, balancées choses du passé. On organise les musées et les boudoirs en antichambres de cimetières. Tristesse des tropiques et entropie de la civilisation occidentale, faillite des lois et nécrose des enthousiasmes, décidément tous nos soleils s'éteignent quand les doctes, les professeurs et les éditorialistes rivalisent de nécrologies savantes.

Le charme équivoque et contagieux de cette universelle injonction à postpenser tient au plaisir de définir les choses et les êtres par leur démolition. J'ai goûté la joie de casser les jouets pour découvrir « ce qu'il y a dedans », non sans devenir peu à peu sensible aux limites d'un tel exercice. Lycéen, j'ai trouvé à la lecture de Baudelaire (puis de Nietzsche, puis de Marx) une analogue et fascinante méthode de casse, de démystification ou de déconstruction, comme on voudra. Je ne connais vraiment que ce que je détruis – chauffées à blanc, l'ascèse du dandy et l'hystérie du satanique conjuguent une seule et même vérité. « Les grands poètes, les philosophes, les prophètes sont des êtres qui, par le pur et libre exercice de la volonté, parviennent à un état où ils sont à la fois cause et effet, sujet et objet, magnétiseur et somnambule [1]. » C'est-à-dire créateurs et dislocateurs d'eux-mêmes.

L'opération autonettoyante culmine dans l'alchimie de la décomposition, où chaque terme des oppositions polaires, chair et esprit, conscience et folie, annihile l'autre et se trouve anéanti par lui. Pareille identité

---

1. Charles Baudelaire, *Les Paradis artificiels*, in *Œuvres complètes*, *op. cit.*, p. 391.

des contraires égalise l'Etre et le Néant au bénéfice de ce dernier. « Ormuz et Ariman vous êtes le même [1]. » Lorsqu'on identifie le Diable et le Bon Dieu, ou bien Satan monte au Ciel, ou bien Dieu descend dans la boue, cette dernière solution étant bien sûr préférée par Baudelaire et les nihilistes contemporains. Avant d'avoir lu Cioran, Heidegger et Derrida, je connaissais les équations du « goût de la destruction ». Lesquelles assurent que « toutes les vertus se retrouvent dans le goût divin de la Mort [2] ». Pourquoi divin ?

Le coup d'œil du poète ou du photojournaliste s'avère « divin », lorsqu'il se veut panoramique et définitif. Tout comme Dieu, il sonde les reins et les cœurs. Il est omniscient et omnivoyant. Il y a, certes, de la charogne, il est inutile de feindre un œil céleste pour en dresser le constat. Par contre, pour affirmer qu'il n'y a *que* de la charogne, il faut dépasser l'expérience commune et nécessairement parcellaire, il faut se donner l'œil qui se confirme lui-même, le regard qui tue.

Après le dandy, apparaît alors une deuxième figure du nihilisme, le Destructeur. Nietzsche dit « le lion » carnivore en empruntant au folklore animalier. Baudelaire préfère « Satan », s'accommodant de l'imagerie religieuse intelligible à son époque. En vérité, le destructeur se passe de références, fussent-elles zoologiques ou extramondaines. Il est à lui-même sa

1. Charles Baudelaire, *Maximes consolantes sur l'amour*, in *Œuvres complètes*, *op. cit.*, p. 1386.
2. Charles Baudelaire, *Œuvres posthumes I*, Editions Louise Conard, p. 300.

propre référence. Son démontage est simultanément une opération et une démonstration.

La thèse du dandy – celle du nihilisme « passif » – est : il n'y a pas de Mal. L'activité du destructeur fomente, pour sa part, un saut dans le néant, plutôt vouloir le rien que ne rien vouloir [1]. Sa vérité se manifeste par la « conscience dans le Mal », dont la formule ne contredit pas la négation du Mal, mais la prolonge : le Mal c'est moi, et seulement moi. Le dandy devenu actif s'investit satanique et révèle que la plus haute forme de la conscience de soi est l'annihilation. Annihilation de soi dans l'existence cadavérique prônée par le dandy. Annihilation de l'autre dans les couples homicides des *Fleurs du mal.* Annihilation de la conscience de soi par la conscience de soi, sur les chemins délétères de la drogue et de l'ivresse : mieux vaut trouver le rien que ne rien trouver.

Pareille assomption narcissique dans l'aliénation la plus radicale exige que la mort, mentale et physique, détermine pour chacun sa possibilité la plus authentique. Pourquoi une balle dans la tête plutôt qu'un bon bain ? Pourquoi une dose de crack plutôt qu'une saucisse-frites ? Parce que l'autodestruction s'autodéfinit comme la forme éminente de la coïncidence avec soi : dans un seul et même élan je me fais et je me défais. Mieux, je suis ce que je défais. Moment par excellence où l'acte coïncide avec l'énoncé de l'acte [2].

---

1. Qu'importe « l'éternité de la damnation à qui a trouvé dans une seconde l'infini de sa puissance » (Charles Baudelaire, « Le mauvais vitrier », *Petits poèmes en prose*).

2. Voir Emile Benveniste, *Problèmes de linguistique générale*, Gallimard, 1966, p. 264, et S. L. Austin, *Quand dire c'est faire*, Editions du Seuil, 1970.

Certains linguistes désignent comme « performatif » le moment où « dire c'est faire ». Dans ce cas, plus spécifique qu'on ne le croit, la vérité du fait énoncé dépend de l'autorité de l'énonciateur : je prie, je jure, je déclare la séance ouverte. Encore convient-il que l'autorité vaille comme telle, que l'oraison ne soit pas celle d'un tartufe, le serment pas un faux témoignage et la déclaration pas celle d'un fou qui se prend pour Napoléon. Si je détruis pour détruire, je peux espérer atteindre le performatif absolu qui échappe au doute. Si mon autorité est volonté de détruire, la destruction témoigne de mon autorité : dire c'est défaire. Baudelaire nomme « magie » la vertu performative d'un langage qui fait exister ce qu'il nomme par le simple fait qu'il le nomme. L'inspiration est magie par excellence « de la langue et de l'écriture prises comme opérations magiques, sorcellerie évocatoire [1] ». Le performatif est un verbe créateur : *Fiat lux !* Il dit que la lumière soit et la lumière fut.

Ici, il faut distinguer magie rose, celle de l'idéalisme platonique, et magie noire, celle des « maudits » qui rêvent, dans « La mort des artistes ».

C'est que la mort, planant comme un soleil nouveau
Fera s'épanouir les fleurs de leur cerveau [2] !

La parole du poète témoigne pour sa vie et sa vie authentifie ses paroles. Magie rose et magie noire,

1. Charles Baudelaire, *Fusées*, in *Œuvres complètes*, *op. cit.*, p. 1430.
2. Charles Baudelaire, « La mort des artistes », *Les Fleurs du mal*, in *Œuvres complètes*, *op. cit.*, p. 136.

toutes deux performatives, divergent dès que la rose prétend créer au-delà d'elle-même un nouveau monde offert à une nouvelle humanité. Au contraire, l'inspiration noire de Baudelaire ne fuit pas sa fuite, elle s'affirme dans la destruction et se confirme de ses négations. Elle fait apparaître une troisième figure du nihilisme, celle du joueur qui flambe dans son propre jeu.

Si le nihilisme passif escamote le mal, si le nihilisme actif s'exhibe conscience dans la destruction, le nihilisme total culmine dans la négation de soi. Il ne se veut pas simplement conscience dans le Mal. Il se revendique destruction de la conscience, c'est-à-dire conscience dans la folie. Témoins « ce bouillonnement d'imagination, cette maturation du rêve et cet enfantement poétique auxquels est condamné un cerveau intoxiqué par le haschisch[1] ». La conscience dans la folie, l'« ivresse » baudelairienne est une fin du monde en modèle réduit, à usage personnel. L'œuvre orgiaque et mélancolique du poète expérimente en l'anticipant l'apocalypse terminale :

Cher poison préparé par les anges ! Liqueur
Qui me ronge, ô la vie et la mort de mon cœur[2] !

Le tour est bouclé : 1) le poète dandy, photojournaliste à ses heures, expose l'image du monde-charogne ; 2) le poète visionnaire propose : je suis le

1. Charles Baudelaire, *Les Paradis artificiels*, in *Œuvres complètes*, *op. cit.*, p. 420.
2. Charles Baudelaire, « Le flacon », *Les Fleurs du mal*, in *Œuvres complètes op. cit.*, p. 46.

monde, « je suis un cimetière abhorré de la lune [1] ». La chute du soleil révolutionnaire, platonicien ou théologique n'a rien d'une crise passagère, dont le performatif positif du poète progressiste annoncerait la rédemption [2]. Dans la prédication nihiliste, le Crépuscule reste indépassé [3]. A l'affirmation du jour (proche) succède l'affirmation non moins péremptoire de la nuit noire. Le progressisme cède devant le nihilisme, comme dans les années 1970 l'Europe occidentale a délaissé la rhétorique des avancées victorieuses pour se recroqueviller en effeuillant des postpensées rétrospectives et moroses, agitant avec gourmandise les perspectives d'un Occident voué à l'autodévoration et et confessant à demi-mot que « tout » est illusion hors de l'affirmation que tout est illusion. Le nihilisme – Baudelaire l'a compris avec un siècle d'avance – est une théologie du néant de toutes choses. Ni plus ni moins autoritaire et dogmatique que les théologies classiques de la providence divine. Tout aussi affirmative et arbitraire, mais dans la négation.

Le nihiliste ne se contente pas d'insinuer, avec le détachement du dandy, « le monde est une charogne ». Ajoute-t-il, écrivain ou psychologue, « je suis une charogne », nous restons loin du compte, puisqu'à ces aperçus informatifs nous pourrions

1. Charles Baudelaire, « Spleen, *Les Fleurs du mal*, in *Œuvres complètes*, *op. cit.*, p. 67.

2. « Place à tout ! Je suis Pan ! Jupiter, à genoux ! » Victor Hugo, « Le satyre », *La Légende des siècles*.

3. « Hélas ! Tout est abîme, – action, désir, rêve,/ Parole », Charles Baudelaire, « Le gouffre », *Les Fleurs du mal*, in *Œuvres complètes*, *op. cit.*, p. 165.

opposer d'autres témoignages – tel acte de compassion ou d'héroïsme – qui relativisent la noirceur de trop rapides conclusions. Pour que la profession de foi nihiliste l'emporte, il ne suffit pas qu'elle informe, il faut qu'elle performe et se donne pour indubitable du seul fait qu'elle est proférée.

La thèse nihiliste ne s'autorise pas de faits – toujours contestables par d'autres faits. Elle se fonde sur un sentiment d'ensemble qui surdétermine la multiplicité des êtres et des choses. Au moment où je transcende les points de vue encore partiels des dandys et des sataniques, dès que je me rends capable de jurer, de prier, d'imaginer que telle charogne, n'importe laquelle, est « le monde », je m'élève à la vision panoramique du nihiliste. J'atteins ainsi une « sensation d'universel » dont Valéry crédite la poésie. Je me déplace à l'intérieur d'une « corrélation transcendantale » proprement philosophique. Un lieu où les conditions de la pensée de l'expérience sont en même temps – *zugleich* – les conditions des objets de l'expérience, dit Kant. Troisième figure de l'ascèse poétique baudelairienne, la conscience dans la folie assure au nihilisme une éminence performative.

La première figure nous situe par-delà le Mal. La deuxième, celle de la destruction, au-delà du Beau. La troisième au-dessus de la vérité et du principe de réalité, sur les sommets sublimes où les contraires coïncident, que ce soit pour définir Dieu avec Nicolas de Cues, Lucifer avec Baudelaire, ou l'indistinction surréaliste des deux selon André Breton. « Un certain point de l'esprit d'où la vie et la mort, le réel et l'imaginaire [...] cessent d'être perçus contradictoirement[1]. » Le Néant est l'horizon indépassable de l'expérience nihiliste, tout comme Dieu celui non moins indépassable de l'extase religieuse, et comme le « progrès » socialiste ou libéral était celui des idéologues séculiers.

Je l'avoue, aucune de ces trois visions du monde ne me semble plus vraie ou moins prétentieuse que les deux autres. Elles totalisent à trop bon compte et survolent fort insolemment les aléas et les contradictions des simples mortels, dont je suis. Ni dandy, ni satanique, ni nihiliste, je ne dispose d'aucun piédestal d'où statuer sur un Tout, dont la notion, la perception et l'intuition m'échappent. J'ai, ma vie durant, tenté de me dégager de ces fascinations globalisantes, subodorant que Tout-est-néant ou Tout-est-bien font jeu égal et ne sont que paroles en l'air.

Quand ces visions sont poétiquement suggérées, elles charment d'une musique simultanément mystique et nihiliste qui laisse libre de juger. Faut-il souscrire aux espérances d'Hugo ou aux désespérances de Baudelaire pour entendre et goûter leurs splendeurs ? Précisément pas ! Le privilège de la parole poétique est de pouvoir à la fois délivrer un message et nous délivrer de ce message. J'ai compris par Hugo l'aveuglement « engagé » de mes aînés et celui de mon adolescence. Et, par Baudelaire, le système nihiliste de mes contemporains. Mieux encore, je dois à tous les deux la possibilité de prendre mes distances en contemplant avec ravissement les fascinations qui ne

1. André Breton, *Second manifeste du surréalisme.*

sont pas les miennes et des logiques qui me restent étrangères.

Hommage. Au fin fond d'un bagne roumain et communiste, un descendant des empereurs de Byzance, Paleologu, s'échine et s'ennuie rivé à sa forge. Il récite les poèmes de Baudelaire à haute voix, histoire de narguer les gardes-chiourme qui n'y comprennent mais et d'oublier un temps qui ne finit pas de le meurtrir. Son tout jeune acolyte l'interroge : « Comme c'est beau ! Quelle langue parles-tu ? – Le français. – Apprends-moi. » Voilà comment un adolescent illettré, paysan des Carpates prisonnier de Ceauşescu, dans la crasse et la terreur, apprit par cœur à lire et à écrire le français en égrenant *Les Fleurs du mal*.

Une photo parle de multiples façons. Soit elle constate : c'est un fait, aussi horrible soit-il, regardez, dépouillez-vous de vos ignorances et de vos préjugés. Soit elle performe et conclut, du singulier qu'elle présente, à l'universalité d'un être-dans-le-monde, saisi dans son immuable éternité. L'instantané devient symbole et se veut poétique dans le sillage du dépassement de Socrate par Baudelaire. « Il existe cette différence entre le Démon de Socrate et le mien, que celui de Socrate ne se manifestait à lui que pour défendre, avertir, empêcher, et que le mien daigne conseiller, suggérer, persuader. Ce pauvre Socrate n'avait qu'un démon prohibiteur, le mien est un grand affirmateur [1]. » Il

1. Charles Baudelaire, « Assommons les pauvres ! », *Petits poèmes en prose*, in *Œuvres complètes*, *op. cit.*, p. 280.

existe un art de la photographie socratique qui dénote, avertit, éveille et prohibe. Il existe une prédication photographique qui en donne davantage, elle connote, prêche, conclut et promeut le positif à consommer ou, pas moins prétentieusement, le négatif à consumer. J'opte pour la photo-constat qui ne conclut pas, travaille dans l'éphémère et le contradictoire.

Le nihilisme rate la conversion philosophique. Il se borne à inverser. Si tu n'es pas Napoléon, tu rampes plus bas que terre ; si tu n'as pas accès au septième ciel, habite l'enfer ; si tu ne te comptes plus dans la race des vainqueurs-nés, capitule ! Pareil tournis maniaco-dépressif, auquel s'adonne par saccades l'humanité européenne, manque furieusement de philosophie, puisque la connaissance de soi socratique indique : ose te connaître comme non-Dieu et ne te crois pas pour autant la proie de Satan. Garde tes distances. La mort n'est pas le dernier mot de la vie, mais le premier. Elle ne conclut pas ton existence mortelle, elle l'inaugure.

8

A quoi sert la philosophie ?

Où il est suggéré que se connaître soi-même, c'est connaître Typhon en nous. D'où l'utilité des infos de 20 heures et l'examen des liaisons dangereuses : Freud et Junon, Alcibiade et Socrate, le prince Potemkine et le neveu de Rameau, Poutine et moi.

J'ai, pour commencer, été qualifié de philosophe à mon corps défendant. J'avais certes parcouru la succession d'examens et de concours qui vous sacrent professeur de ladite discipline. Je n'estimais pas que les palmes du « philosophe » pussent pour autant être déposées sur mon front. Je croyais que les détenteurs de ce titre prestigieux se comptaient sur les doigts de la main : Platon, Aristote, Descartes, Kant, Hegel. Peut-être Heidegger l'avait-il mérité du temps de sa jeunesse mais il compromit son titre en appelant étudiants et collègues à suivre le Führer. Pis encore, chacun ayant droit à l'erreur, il avait, après la capitulation du Reich, tenté, trente longues années, comme un gros chat, d'enterrer ses déjections dans le sable de sa théorie. Du moins me semble-t-il après lecture attentive. Passons.

Si, jeune homme, je plaçais la barre de la « grande philosophie » très haut, trop haut pour moi, mes contemporains au contraire la situaient très bas, plus bas que terre, car la prétention à la « sagesse » était passée de mode. Ils se voulaient alors savants et objectifs ; ils s'affichaient sociologues, structuralistes, linguistes, économistes, dépositaires de savoirs plutôt qu'animés du désir de savoir. Le marxisme-léninisme, version Ecole normale supérieure, régnait. Le vent tourna, dans les années 75-80, quand beaucoup de mes semblables se mirent à signer « psychanalyste et philosophe », « mathématicien et philosophe », biologiste et... historien et... écrivain et philosophe. La 2CV Citroën se vit sacrer dans les gazettes « voiture philosophique ». Que s'était-il passé ? En déboulonnant les idoles du marxisme hégémonique dans l'intelligentsia parisienne, peut-être ai-je contribué à ce renversement. Lorsque de bonnes plumes rejoignirent mes blasphèmes, Bernard-Henri Lévy et les médias baptisèrent un peu abruptement cette cohorte provisoire et volatile « nouvelle philosophie ». Si la science du matérialisme historique pliait sous les coups, force était de conclure que la volée de bois vert administrée, au nom de la philosophie, sur les adeptes de la dictature du prolétariat n'était pas aussi frivole qu'on aimait à le dire.

Je ne laissai pas d'être surpris du retentissement de mon essai intitulé *La Cuisinière et le Mangeur d'hommes*, sous-titré insolemment : « Essai sur le marxisme, l'Etat et les camps de concentration ». Le voisinage des termes sonna comme un coup de carabine dans un ciel serein. Mon éditeur avait laissé dormir le manuscrit dans son tiroir pendant plus de six mois, anticipant la diffusion médiocre d'un texte qui heurtait ses convictions de gauche. Sorti le 15 juillet 1975, sans intervention télé, un seul passage radio sur Europe, dans la folie des départs en vacances, mais soutenu par un bouche-à-oreille flatteur et imprévu, porté par quelques articles spontanés et enthousiastes de gens que je ne connaissais pas ou mal [1], il tourna très vite au best-seller.

Des dizaines de milliers d'exemplaires s'arrachèrent dans les librairies et s'échangeaient sur les plages. C'était drôle, curieux, inattendu. J'avais écrit dans l'isolement le plus extrême, sans souci du public, juste pour exprimer la rage et le désir que je partageais avec quelques amis de « ne pas mourir idiot ». Le brûlot véhiculait une révolte à fleur de peau contre le plus grand mensonge du siècle : le communisme. Il était rédigé par quelqu'un qui y avait goûté dans son enfance et que le Tout-Paris estimait « de gauche ». Je jouissais d'une « bonne réputation ». Lacan, prince de la psychanalyse, avait gratifié mon premier livre, *Le Discours de la guerre*, d'une louange publique et Althusser, pape du marxisme parisien, que j'avais pourtant accroché comme théoricien « ventriloque », m'offrait de tenir leçon à son séminaire. Soudain, patatras ! Le garçon bien élevé, promis à un digne ave-

1. Remerciements à Maurice Clavel, Jean Daniel et Bernard-Henri Lévy.

nir universitaire, se mettait à casser ses hochets. Pour compléter un tel gâchis, l'écrivain était juif et se permettait de comparer l'incomparable, le marxisme au nazisme, les camps de concentration allemands et le Goulag soviétique. « Enfants de Buchenwald et de la Kolyma... », l'étincelle mit le feu aux cervelles. On était pour, on était contre, violemment. Les rumeurs les plus stupides allèrent bon train, j'étais stipendié par la CIA, j'arborais des bracelets en or, mon téléphone était du même métal, je possédais deux appartements, un grand à Neuilly que je gardais secret, un minable dans un faubourg alors artisanal à usage des médias pour la jouer prolétaire... Ainsi de suite, je passe.

Du règne animal de l'esprit

Le fait que mon livre fut un instant populaire renforça ma conviction que l'esprit critique n'était pas réservé aux *happy few*. Peut-être le public avait-il raison d'estimer « philosophique » ma bataille contre les utopies transcendantes et massacreuses. Peut-être était-ce moi qui m'abusais en réservant le titre de « philosophe » à une poignée de têtes auréolées par la tradition et les académies ? Peut-être que philosopher n'est pas le privilège d'une mince élite, mais l'exercice du bon sens, un effort de lucidité ouvert au grand nombre et surtout à ceux qui résistent à l'obscurantisme ? Qu'avais-je fait d'autre que d'énoncer, à haute et intelligible voix, une contestation du communisme que chacun – une cuisinière, par exemple, celle à laquelle Lénine n'offrit jamais le pouvoir – pouvait effectuer en scrutant son expérience ? Soljenitsyne, Matriona, Denissovitch et Chalamov, Boulgakov, tous les martyrs du communisme avaient crevé mon champ de vision de jeune homme éduqué et me renvoyaient à mes révoltes d'enfant traqué. Je n'attribuai pas mon « succès » à quelque influence magique, confortée par la renommée de mes incomparables qualités, je tombais simplement à pic pour confirmer les lecteurs dans ce qu'ils avaient pensé par eux-mêmes sans le dire. Il arrive que le bon sens soit la chose du monde la plus, sinon partagée, du moins partageable.

A vrai dire, la nouvelle (ou plutôt renouvelée) popularité du questionnement philosophique sur le monde tel qu'il va me surprenait moins que d'autres. Vers quatorze ans, collégien fauché, j'avais dépouillé la collection complète des *Temps modernes* de Sartre et Merleau-Ponty en piochant dans la bibliothèque que m'ouvrait son heureux possesseur, tour à tour chaudronnier et charpentier de son état. Lorsque, étudiant au lycée Henri-IV, j'habitais Billancourt, entre la grande entrée des usines Renault et la cantine du comité d'entreprise où couraient les métallos à l'heure du déjeuner, je filais de longs conciliabules avec le garçon du café-bar-tabac qui s'affirmait nietzschéen. En 1968 je revins sur les lieux, quelques heures avant le cortège étudiant, pour palabrer avec les ouvriers sur la place Nationale. Ils enfreignaient les consignes syndicales interdisant tout contact avec les « petits-bourgeois » ; après des années de solitude, ils se sentaient plus de sympathie pour le « rouquin » vaguement anarchiste qu'ils avaient entrevu à la télé qu'à l'égard des autorités, de gauche comme de droite. Ils m'en firent part. Ainsi, me réclamant des dissidents soviétiques et de Soljenitsyne, pratiquant un anticommunisme dit « primaire », je n'ai jamais connu l'angoisse de « trahir la classe ouvrière », selon le jargon des dogmatiques, ni de « désespérer Billancourt » en disant la vérité sur le paradis des ouvriers.

Restait à tirer la conséquence du bon accueil général : les questions présumées « d'intellos » ne sont pas réservées aux intellos. Sartre, dans les années de son magistère, avouait dix millions de concentrationnaires en Union soviétique, mais, sous prétexte de ne pas servir la contre-révolution, s'interdisait toute discussion publique. « N'oubliez jamais de certifier préalablement que vous êtes de gauche », m'intima le directeur d'un grand hebdomadaire avant mon premier passage à la télévision. Il ne convenait pas de gambader hors des chemins tracés et des pensées codées devant « des millions de spectateurs ». Je crois l'avoir déçu. Et, s'il a jamais éprouvé quelque affection pour moi, il ne m'aime plus. Je le prie et je vous prie de m'excuser, mais la philosophie n'est ni de droite ni de gauche. Tout le monde peut, donc doit, philosophiquement s'interroger.

Diverses expériences d'immersion dans l'opinion publique, et j'en connus beaucoup, me poussèrent à quitter le culte exclusif des « grands philosophes ». J'avais trop servilement adopté l'académisme de la tradition germanique, je retrouvais le sillage, moins universitaire et plus inclassable, de l'homme de lettres philosophant à coups d'essais provocants; les Lumières l'adulèrent exagérément; la Renaissance et le Grand Siècle en dessinaient déjà la silhouette polémique. Qu'est-ce que l'art de la pointe et de la conversation tel que le magnifiaient les « moralistes » et les salons du XVIIe siècle, sinon l'efficace d'une critique philosophique de l'opinion publique au cœur de l'opinion publique? Je m'acceptai donc philosophe puisqu'on me disait tel. L'étiquette en France est décernée sans garantie, n'importe qui peut y prétendre et n'importe quel âne peut en abuser. Au lecteur de juger en dernier ressort. Rançon de son ouverture aux multiples courants d'air d'une communication sans censure toute-puissante ni arbitre suprême, la scène parisienne s'avère une jungle. C'est, assenait Hegel quelque peu rebuté, « le règne animal de l'esprit » – qui provoque écope, fût-ce injustement; qui jamais ne s'expose endort.

Chemin faisant, les années passant, la différence entre le personnage français (ou anglais) du philosophe et le modèle allemand du Maître Penseur m'apparaît décisive. Pourtant Français, Anglais, Allemands se réclament des mêmes percées grecques. La philosophie est « connaissance de soi », disent-ils. « Souci de l'âme », dit Patocka. « Souci de soi », dit Foucault. La philosophie reprend l'injonction « Connais-toi toi-même » recueillie par Socrate au sanctuaire de Delphes. Mais attention! Sous le couvert de mots identiques, les activités spirituelles qui s'en revendiquent divergent diamétralement et ce, depuis l'Antiquité.

Ou bien la connaissance de soi, se refermant sur elle-même, devient connaissance intérieure et, voie royale de l'intuition du moi, de soi par soi. Quitte à prétendre toucher dans le fin fond du soi, par un tour de prestidigitation dont le secret me demeure étranger, Dieu, ou un Sujet infaillible, ou un Etre plus intime que notre intimité. Tel est le legs transmis par le néoplatonisme aux postkantiens allemands jusqu'à Heidegger [1].

Ou bien la connaissance de soi affronte une altérité sauvage, irréductible et indépassable, que la philosophie interroge en s'interrogeant. Chemin que je tente d'emprunter.

Socrate éclaire ce qu'il entend par « se connaître soi-même » en exhibant l'exemple de Typhon, le Titan qui ébranla l'Olympe et le règne de Zeus [2]. Socrate sait parfaitement qu'il s'appuie sur une fable. Si Typhon est une créature mythologique, il figure aussi une puissance naturelle. Typhon, pour tout un chacun, c'est la tempête, l'ouragan, le cyclone, un ébranlement tellurique. Et Socrate de signaler aussitôt qu'il n'a que faire de la météo : « Ma flânerie à moi, ce n'est point du tout vers des explications de ce genre qu'elle est tournée; et en voici, mon cher, la raison; je ne suis pas jusqu'à présent capable, suivant l'inscription delphique, de me connaître moi-même; je vois donc clai-

1. Qui voudra retrouvera dans *Les Maîtres Penseurs* le divorce d'avec cette orientation imposante et inquiétante.

2. Platon, *Phèdre*, Les Belles Lettres, 1985, p. 6 (230 a).

rement le ridicule qu'il y aurait, pour moi à qui cette connaissance fait défaut, d'examiner les choses qui y sont étrangères... Ce n'est point elles que j'examine, c'est moi-même : peut-être suis-je une bête plus étrangement diverse et plus fumante d'orgueil que n'est Typhon ? peut-être suis-je un animal plus paisible et moins compliqué, dont la nature participe à je ne sais quelle destinée divine et qui n'est point enfumée d'orgueil [1]. »

Socrate se cherche en Typhon. Ou bien, fumant d'orgueil, il lui ressemble ; ou bien il s'en éloigne, se reconnaissant *a-typhos*. Le « a » ou alpha privatif, qui flanque ici le nom du titan, précise un choix, celui de ne pas sombrer comme lui dans les fureurs de l'*hybris*. *Atyphos* veut dire « caractère modeste ». Se connaître soi-même ne signifie aucunement, dans ce cas, se contempler narcissiquement, et pas davantage se projeter dans un moi idéal. Socrate, lui, se confronte à la démesure radicale, qu'il a le choix d'épouser ou de rejeter. C'est en se mesurant à la plus « ébranlante » entité, en dévisageant la puissance monstrueuse qui entreprend de casser l'harmonie cosmique et de déraciner ciel et terre, qu'il tente, *a contrario*, de se situer.

Du bon usage des mauvaises nouvelles

La recherche d'une identité personnelle passe par l'épreuve du chaos. Hors de nous comme en nous.

1. Platon, *Phèdre*, *op. cit.*, p. 229 e-230 a.

Qu'est-ce alors que la connaissance philosophique de soi ? Rien d'autre que l'injonction première de se définir dans le plus complet dénuement, face à l'adversité la plus radicale. Le Typhon de Socrate annonce la fiction du malin génie qui conduit Descartes au doute hyperbolique. Ou le vertige général qui contraint Kierkegaard à s'affronter à une insondable « culpabilité », Husserl à risquer la mise entre parenthèses des plus fondamentales convictions (*épochè*) et le jeune Heidegger à se colleter avec l'angoisse réveillée par la Première Guerre mondiale. Réciproquement, l'impératif de garder son calme – *atyphos* –, la tête froide, en affrontant une violence absolue est la condition *sine qua non* de la « solidarité des ébranlés », qu'Athènes jadis et Prague hier découvraient aux fondements de la civilité occidentale.

Assimiler connaissance philosophique et connaissance du péril ne relève pas de l'anecdote ni de mes fantasmes, plutôt d'une tradition inaugurale. Socrate, dans *La République*, statuant sur l'éducation des guerriers protecteurs de la cité, les sélectionne en fonction de leur aptitude philosophique. Pourquoi ? Parce que pour combattre l'ennemi, Typhon, il faut le reconnaître de loin et le connaître de près. Le « souci de soi » c'est d'abord le souci de l'autre que soi. A l'extérieur comme à l'intérieur. Afin de défier l'inhumanité, je dois déshabiller l'inhumain en moi et le dévoiler alentour.

Qu'en est-il aujourd'hui d'une connaissance de soi à la guise socratique ? Où trouver le miroir qu'on doit interroger ? Existe-t-il une adversité au regard de laquelle nous devrions rassembler des idées éparses et faire front ? Ou bien ne nous reste-t-il qu'à parcourir les paysages paisibles d'une histoire réconciliée, où le bonheur est promis à qui ne se met pas martel en tête ? La guerre est finie, dit-on. Pour tous ? Pour toujours ? Depuis ma colère d'enfant juif jusqu'au malheur solitaire des Tchétchènes ces dernières années, le conseil réitéré de regarder ailleurs (*wegschauen* en allemand) m'insupporte.

A peine l'aigle totalitaire noir fut-il abattu, la moitié de la planète tombait sous le joug totalitaire rouge, sans que l'autre moitié s'en afflige outre mesure. A peine Nikita Khrouchtchev, numéro un du bureau politique du PCUS, avouait-il les crimes de Staline qu'il estimait l'affaire close et lançait ses blindés sur Budapest. A peine le Mur de Berlin tombé, tout l'Occident jette l'ancre dans un « autre monde », pacifié, parfaitement utopique. Tenace obsession ! Elle taraude les contestataires et les soi-disant rebelles comme les puissants du moment et les nantis de toujours. Qu'on imagine un « brave new world » pour aujourd'hui ou seulement pour demain, son mirage semble à portée de main, foi de promesses électorales, de prêches dominicaux ou de forums internationaux.

A ces débordements euphoriques plus ou moins sincères, peu me chaut d'opposer une prédication catastrophiste simplement inversée, histoire de nous perdre dans une nécrose maladive et fatale. Le Jugement dernier, bienveillant ou malveillant, prononcé du point de vue de Sirius, avec l'arrogance du bel esprit au courant du bout et du but de l'aventure humaine, n'est pas dans mes cordes. Je ne suis pas un prophète d'apocalypse, tout juste un penseur en colère. Je demande humblement ce qu'il en est de Typhon ces jours-ci. Comment prendre la mesure des défis qu'il incarne et par quel biais se dégager de son emprise ? Pour suivre Typhon à la trace, pour saisir au vol la secousse sismique qui fracture la condition humaine contemporaine, ce n'est plus la mythologie qu'il faut interroger, mais l'ordinaire de la planète, le journal du matin, les infos du soir et la chronique de ces derniers siècles. Le souci de soi passe par le miroir de l'actualité, aussi ténébreuse soit-elle.

La connaissance de nous-mêmes suppose que nous mesurions nos espérances, notre puissance et nos impuissances à l'effectivité de ce Typhon qui chamboule notre séjour de la cave au grenier. Les instruments ne manquent pas qui permettent de repérer, d'évaluer, remémorer voire anticiper les séismes socio-politiques, fureurs et folies de l'histoire. Les reporters et les photographes, à l'affût des « mauvaises » nouvelles, témoignent des crises et des conflits que l'historien archive et met en perspective avec plus ou moins d'à-propos. La grande littérature, authentique science du Mal, dévoile les artifices humains trop humains qui le dissimulent. Il en va de même du cinéma, du théâtre, des arts sans concession et des techniques de communication infinies, qui valent ce que nous en faisons. Avec une pointe d'audace supplémentaire, la culture contemporaine se cristalliserait en un Socrate collectif, conscience et sentinelle du néant.

N'est-elle pas le fruit public d'une communication planétaire où, comme sur l'agora athénienne, idées, questions, sentiments se croisent plus ou moins librement et débattent avec allégresse ou agressivité, toujours entretenant, étendant, creusant l'ébranlement qui fit la splendeur et la chute de la Grèce de jadis ?

Eloge des grands reporters

Je ne professe aucun mépris du journalisme, à la différence de maints journalistes. J'ai plus appris dans certains reportages, dont j'ai pu vérifier la lucidité, la scrupuleuse honnêteté et l'empathie, que dans force traités savants trop prétentieux. Les journalistes ont deux ancêtres que je place au-dessus de tout, deux super-reporters qui firent découvrir au XIXe siècle deux contrées décisives. L'un l'Amérique, l'autre l'Eurasie. Moins célébré que son rival Alexis de Tocqueville, parce que plus tragique, le marquis de Custine dans son *Voyage en Russie* annonçait les Typhons à venir. Il dessinait, pour les siècles futurs, les premiers portraits des pouvoirs nihilistes, bientôt candidats à la mise en bière de la civilisation européenne.

Tandis que Tocqueville pronostique que les peuples de l'Europe classique sont définitivement « arrêtés » dans leur élan et que seuls croissent « d'un pas aisé et rapide » la Russie et l'Amérique, Custine, loin de renvoyer l'Europe hors jeu, prévoit qu'elle deviendra le champ d'une bataille décisive entre la liberté et le despotisme. Certes le marquis voyageur n'a pas imaginé l'ascension d'un autre despote, le nazi. Il n'a pas non plus prévu les va-et-vient d'alliances et d'hostilité stratégiques que noueraient les deux Typhons russe et allemand. Pourtant force est de convenir avec son dernier éditeur : « Bien qu'il décrive la réalité russe de son époque, l'ouvrage de Custine a traversé presque deux siècles comme s'il était un miroir permanent. Pertinent au temps du tsarisme, il le reste sous le communisme et retrouve son actualité sous Poutine [1]. » Des publicistes et des universitaires font parfois la fine bouche. Hélène Carrère d'Encausse diagnostique une « myopie ». Pierre Nora estime que si Staline n'avait pas pris le pouvoir, Custine serait aujourd'hui oublié, ce qui revient à tenir son expertise pour nulle parce que les faits lui ont donné raison !

Par contre Herzen, parfois blessé dans son patriotisme russe, salue le visionnaire dès 1850 : « Un vrai talent de voyageur et d'observateur : son regard perspicace sait l'art de saisir au vol cette société terrible, ce pays, c'est la Russie. Son regard discerne une telle quantité de défauts qu'il en devient offensant [2]. » On ne saurait trouver plus bel éloge offert par un philosophe russe à un voyageur journaliste qui se révèle dans cet ouvrage tout aussi philosophe.

Custine construit son compte rendu *La Russie en 1839* comme le récit d'une conversion. Il serait parti, de Paris, conservateur. Il revient, de Moscou, libéral. Il cherchait un modèle de légitimisme et d'absolu-

1. Marquis de Custine, *La Russie en 1839*, à lire en édition intégrale, par exemple chez Actes Sud, 2005.
2. *Op. cit.*, p. 911.

tisme. Il découvre un repoussoir : « La Russie est policée ; Dieu sait quand elle sera civilisée. » Entendons bien : le gouvernement du tsar n'est pas primitif, raison supplémentaire pour s'alarmer des excès de son autorité, et d'« abus d'autant plus hideux que les sociétés qui les tolèrent sont plus avancées dans la civilisation matérielle ». Alors, civilisée ou pas, la Russie ?

Loin de se contredire, Custine pose la contradiction comme la clé du paradoxe : le pays qui à grande allure se modernise, simultanément, à rebours, renforce les instruments d'asservissement et de terreur propres à glacer un peuple « qu'on enrégimente sans le civiliser ». Les maîtres de la Russie abusent de fausses équations. A leur sens, « être discipliné, c'est être civilisé ». La barbarie tsariste n'a rien d'exotique, elle manifeste le pouvoir de « la bureaucratie, force terrible partout, parce que l'abus qu'on en fait s'appelle amour de l'ordre, mais plus terrible en Russie que partout ailleurs... On frémit pour un pays où s'est établi sans contrepoids ce système de gouvernement propagé en Europe sous l'Empire français ». Derrière le Tartare retrouvez un avorton de Napoléon. La monstruosité de l'Etat russe nous clone maladroitement.

Dans toutes les couches de la société qu'il visite, Custine rencontre « une indifférence au Bien et au Mal », où les grands écrivains russes repèrent le fléau du nihilisme et détectent la face moderne et moderniste du vieux Typhon. Engranger de gigantesques moyens de puissance et les utiliser sans scrupules, sans limites, sans respect des citoyens ou des sujets : voilà comment je définis un pouvoir nihiliste. La Russie a, quasiment toujours, été malmenée ainsi. Même la brillante Catherine II, qui séduisait les académies et les salons philosophiques de France, fut l'objet de critiques véhémentes : son gouvernement autocratique inquiétait déjà quelques écrivains courageux. La culture russe, celle que nous admirons, s'est toujours opposée au Kremlin. Et c'est un contresens ignoble et analphabète que de soutenir Poutine en mémoire de Pouchkine !

La tentation nihiliste colle au destin russe. C'est celle d'une occidentalisation à marches forcées sous le gourdin d'une autorité sans partage. Pierre le Grand s'est rendu sur les chantiers navals hollandais et s'en est inspiré pour créer une marine et une armée modernes. Il a également posé les jalons d'une administration à l'allemande, rationalisé la levée des impôts, fait surgir *ex nihilo* une capitale exportée d'Italie... O Magnitogorsk, grande cité de l'acier ! O Bielomorkanal ! édifiés par l'« enthousiasme révolutionnaire », en vérité par des esclaves. Depuis le règne de Pierre, au début du XVIIIe siècle, les autocrates qui gouvernent la Russie – qu'ils soient tsars, premiers secrétaires ou présidents – pratiquent semblablement.

La modernisation à la russe fait le tri de ses emprunts. Si elle imite volontiers les réussites techniques de l'Occident, elle ne s'inspire pas pour autant d'une éthique programmant l'Etat de droit, l'égalité devant la loi, puis le respect des citoyens et les droits de l'homme. Cette volonté d'importer les moyens de la puissance plutôt que les règles qui la contrôlent s'est perpétuée à travers tous les régimes que le pays a connus. Rien n'était fatal, il y eut quelques intermèdes. Alexandre II, en 1861, abolit le servage (sans trop de réussite). Des réformes politiques d'envergure ont été conduites à l'orée du XXe siècle, avant la révolution d'Octobre qui mit tout à l'eau. Sans parler de la *glasnost* gorbatchévienne, et des débuts pagailleux d'Eltsine. Il n'en reste pas moins que pour l'essentiel les élites gouvernantes russes s'en sont tenues à la formule « modernisation sans civilisation ».

Depuis, ce principe s'est vu appliqué dans un grand nombre de pays du tiers monde. La plupart des tyrannies nées de la décolonisation ont conduit non pas à l'émancipation promise des peuples, mais à celle des Etats. Ceux-ci ont entrepris, avec plus ou moins de succès, de se moderniser, sans se soucier des droits élémentaires de leurs habitants. Despotismes galonnés, pétromonarchies, narcodictatures, intégrismes religieux ou chauvins, autant de versions d'un identique paradigme dont trois siècles de développement « à la russe » étalent les mésaventures.

Ou Nécropolis ou les droits de l'homme

Custine avait soigneusement préparé son voyage initiatique. Il fréquentait les Russes qui préféraient Paris à Moscou et regrettaient l'échec de la révolution constitutionnaliste (1825). Il fut piloté par ces « décembristes », à l'occasion par Tchaadaev, l'auteur prestigieux des *Lettres philosophiques*[1]. Commencées en français, datées de « Nécropolis 1829 », entendez Moscou la capitale des morts vivants, elles furent interdites de publication. « Nous ne vivons que dans le présent le plus étroit, sans passé et sans avenir, au milieu d'un calme plat... Nous sommes pour ainsi dire étrangers à nous-mêmes... C'est une conséquence naturelle d'une culture toute d'importation et d'imitation. » Un brin nostalgique, Tchaadaev enfonce le clou : imiter la modernité de l'Occident, ses arsenaux, ses administrations, ses modes n'est nullement respirer « l'atmosphère de l'Occident ». Pierre le Grand « voulut nous civiliser et, pour nous donner l'avant-goût des Lumières, il nous jeta le manteau de la civilisation : nous ramassâmes le manteau, mais ne touchâmes point la civilisation ». Dix ans avant le périple de Custine, l'« exception russe » était livrée clés en main. Les neuf cents pages du marquis ne tombent ni du ciel ni d'une arbitraire équipée sauvage, elles font trait d'union entre les Russes éclairés d'hier et ceux de demain. Elles expriment en termes précis le jugement critique que la sublime littérature russe, de Pouchkine à Chalamov, porte contre l'énergie nihiliste d'une modernisation sans civilisation.

Pour percevoir, puis concevoir le lien entre modernisation et nihilisme, il me fallut découvrir combien le modèle russe (puis soviétique) cristallise des

1. P. Tchaadaev, *Lettres philosophiques*, Librairie des Cinq Continents, 1970.

tendances et des tentations manifestes sous toutes les latitudes. Il suffit pour s'en persuader de mettre en parallèle le cynisme ostentatoire du « Neveu de Rameau » selon Diderot et le portrait du prince Potemkine croqué par le prince de Ligne [1]. Mari morganatique de Catherine II et gouverneur, quasi-propriétaire de la moitié méridionale de l'empire, Potemkine était un personnage brillant et sans tabous, tout aussi émancipé que le « Neveu » de ses devoirs et ses obligations. L'un comme l'autre, le Neveu et le vice-tsar, flottent au-dessus des lois, en deçà du Bien et par-delà le Mal, s'abandonnent avec esprit à leurs humeurs contradictoires du moment et sacrifient sans bornes à leurs bon et méchant plaisirs. Le nihilisme moderne, c'est la rencontre voulue définitive de ce cynisme de toujours et d'une force libérée de toute attache morale ou traditionnelle. Peu importe que l'on dispose d'un immense pouvoir comme Potemkine, ou qu'on en rêve, comme le Neveu, l'important est de mesurer les êtres et les choses à l'aune d'une puissance pure, résolument moderne, sans entraves, sans retenue.

A l'union théologique du Trône et de l'Autel se substitue la neuve providence d'une fusion pure et simple entre le pouvoir politique et la puissance technique. Lorsque Hegel s'extasie devant Napoléon à Iéna, il discerne l'âme du monde caracolant sur son cheval pour conclure aussitôt au triomphe de la Raison. Le « savoir absolu » s'est accompli et dépasse,

1. *Cf.* Prince de Ligne, *Lettres et pensées*, d'après l'édition de Madame de Staël, Tallandier, 1989, pp. 184-186.

c'est-à-dire clôt la recherche philosophique. Le jeune philosophe découvre, à Iéna, le message (parachevé en chair et en os) que véhiculait la longue cohorte des statues équestres, du Roi-Soleil aux « despotes éclairés ». Catherine II avait érigé la plus fameuse en sa capitale. A Saint-Pétersbourg trône le bronze colossal de Pierre le Grand coulé par Falconet, sculpteur français très en vogue. L'époux de la tsarine exhibait quant à lui le rendez-vous d'un pouvoir sans limites et d'une science sans conscience. Avec Louis XIV, Catherine et Napoléon, le prince Potemkine incarne l'assomption fantasmatique d'une histoire parvenue à la connaissance et la maîtrise d'elle-même, qu'elle baptise « modernité ».

Science du gouvernement (raison d'Etat) + développement scientifique (Lumières) + progrès + guerres (Napoléon) + révolution (Lénine), le cocktail de la modernité sanctifie la croissance de la puissance et dédaigne souverainement les limites civilisatrices qui tentent d'en contenir les capacités de nuisance, sans cesse décuplées. « Le seul problème que la Russie rouge de 1917-1927 n'a jamais pu poser est celui de la liberté, la seule déclaration indispensable que le gouvernement soviétique n'a pas faite est celle des droits de l'homme », constate Victor Serge, compagnon déçu de Lénine et Trotski. [1]

Les guerres anticoloniales, menées au nom du droit des peuples à disposer d'eux-mêmes, furent souvent confisquées par des despotes qui promulguent le droit

1. Victor Serge, *Mémoires d'un révolutionnaire*, Robert Laffont, collection « Bouquins », 2001, p. 793.

des chefs armés à disposer de leur peuple. Aux maladies sociopolitiques universelles suscitées par une modernisation sans règle ni morale, il faut des contrepoisons non moins universels, au nombre desquels le respect humain, la démocratie, les droits de l'homme élémentaires, la possibilité de protester, de contester, de contre-peser, autant d'habitudes civilisées dont une bonne part du genre humain demeure privée.

L'exemple russe de modernisation-sans-civilisation prend au XXIe siècle valeur d'emblème. Trois cents années de rattrapage à marches forcées mènent d'échec en catastrophe. L'Etat russe, en dépit ou plutôt à cause d'un inouï gâchis humain, n'a jamais rejoint l'Europe occidentale ni en matière de prospérité et de bien-être, ni en vertu d'une aura culturelle fantastiquement prometteuse à l'aube du XXe siècle et réduite à zéro en soixante-dix ans de communisme. Seules désormais ses capacités de nuisance contraignent à classer la Russie parmi les « Grands ».

A la différence de l'Union soviétique, la Russie de Poutine ne prétend plus, ni matériellement ni spirituellement, « rattraper et dépasser » l'Europe prospère et l'Amérique en pointe. Deuxième arsenal nucléaire mondial, deuxième marchand d'armes planétaire, grande pétropuissance, il lui suffit, sans l'alibi de l'idéologie, d'agiter ses multiples capacités de chantage et de casse pour se sentir forte. Il en va pareillement ailleurs, du bas au sommet de l'échelle mondiale des violences. Des groupuscules terroristes infra-étatiques aux petits Etats pirates, aux puissances moyennes en quête d'armement nucléaire, jusqu'à des

« Grands » qui parrainent le tout, chaque état-major nihiliste affirme, en proportion de sa faculté de nuire : je détruis, virtuellement ou non, donc je suis.

Les Enfers sont parmi nous

« Si je ne puis fléchir les célestes d'en haut, j'irai mobiliser l'Achéron, les puissances d'en bas. »

S'il me fallait résumer en une maxime le pourquoi de mes écrits et d'une seule également désigner l'adversité que je combats, j'élirais paradoxalement ce même adage dans les deux cas. L'axiome ouvre *La Science des rêves*, le grand œuvre de Freud. C'est l'énoncé d'une obligation, celle de responsabilité et de lucidité. N'hésite pas, ne détourne pas les yeux ! Prends le risque de choquer les âmes tranquilles et les endormis, suis la piste d'un inconscient insoumis ! Contribue à démêler les tours et les détours où s'enferment les mortels. Que rien de ce qui est inhumain en l'homme ne demeure étranger. Là où « c'est », *Je* doit s'introduire. Que nul ne s'épargne la considération des Enfers [1] !

Il n'empêche, la formule vient de loin, chargée non point d'énergie lucide, mais de colère aveugle. Proférée (dans l'*Enéide* de Virgile) comme une menace et une imprécation par Junon qui se rebelle contre Jupi-

1. « C'est la différence entre ce qui marche et ce qui ne marche pas... Le monde va, il tourne rond, c'est sa fonction de monde... Il suffit de remarquer qu'il y a des choses qui font que le monde est immonde... c'est de cela que s'occupent les analystes... », Jacques Lacan, *Le Triomphe de la religion*, Editions du Seuil, 2005, p. 76.

ter, son époux. Le dieu des dieux, après le sac de Troie par les Grecs, entend confier à l'archaïque monarchie troyenne la gestion future de Rome, donc de l'univers. Junon jure d'y faire obstacle par tous les moyens, fussent-ils les plus infernaux. Selon Virgile, elle ne réussit pas à interdire l'*Imperium Romanum*, mais elle retarde son triomphe. Entre la décision originelle du Tout-Puissant et son accomplissement dans la paix d'Auguste, le travail de sape de Junon suscite l'intervalle très long où errent les descendants d'Enée et le peuple romain. Autrement dit, entre la protohistoire céleste où Jupiter décide et la posthistoire impériale, les heurs et les malheurs de l'histoire en tant que telle sont instaurés, produits, infligés par l'appel de Junon aux fureurs infernales. Ceux qui nous tiennent en haleine ne sont pas les idéalistes qui prétendent fléchir le Ciel, mais les cruels qui détruisent pour détruire. Loin de nous confronter à l'avènement progressif d'un sens, l'histoire nous affronte à une fureur insensée, « *signifying nothing* », redira Shakespeare.

Deux versions opposées d'un même précepte guident et ceux qui combattent Typhon, et ceux qui le mobilisent. Les premiers dévisagent et démasquent l'adversité ; les seconds réveillent et embrigadent sa puissance de chaos. Les uns ont beaucoup à apprendre des autres et vice versa. Tous deux interrogent la monstruosité passée et présente. Tous deux scrutent son avenir. Qui pour résister, qui pour pactiser.

Le nihiliste Alcibiade et le philosophe Socrate font couple, non pour échanger des déclarations d'amour, mais pour scruter chacun en l'autre une irréductible hostilité que la mort parfume. Socrate, démystifiant son élève prétendu, pourrait penser avec Freud : « Aujourd'hui encore les individus en foule ont besoin de l'illusion d'être aimés de manière égale et juste par le meneur, mais le meneur, lui, n'a besoin d'aimer personne d'autre, il a le droit d'être de la nature des maîtres, absolument narcissique, mais sûr de lui et ne dépendant que de lui [1]. »

Le principe de Junon, qui identifie force et nuisance, a depuis longtemps relégué les méfaits et les trahisons d'Alcibiade au rayon des farces et attrapes d'écolier. « Nous sommes entrés dans l'époque d'une morale que l'on ne peut plus qualifier que de " morale du pourquoi pas ". " Pourquoi doit-il être interdit de griller les yeux d'un Juif avec une cigarette ? " " Pourquoi ne doit-on pas mentir tranquillement ? " " Pourquoi ne doit-on pas rompre tranquillement les traités ? " " Pourquoi ne doit-on pas manger de chair humaine ? " et dans ce cas, chez nous, la préparation des bombances anthropophagiques se fera, bien entendu, de façon extrêmement moderne, dans les usines de conserves, etc. Je sais bien, il est vrai, que dans la Maison Muir [...] l'annonce de *canned minced Jew* (hachis de juif en conserve) ou de *fresh child liver* (foie d'enfant frais) rencontrera un intérêt qui ne serait pas négligeable [2]. »

Lorsque Hermann Broch, échappé d'Autriche, écrivait ces lignes, j'avais un an. Depuis, le nihilisme a connu de beaux jours. Hitler est mort, Staline pareil.

---

1. Sigmund Freud, *Essais de psychanalyse*, Payot, 2005, p. 191.
2. Hermann Broch, *La Grandeur inconnue*, Gallimard, 1968, p. 426.

Le nihilisme, lui, se porte bien et renaît sans cesse de ses cendres – y a pas de mal, donc tout est permis. Enoncé comme tel, il fleurit sous toutes les latitudes. Je l'ai rencontré en l'an 2000 en Tchétchénie, où, passager clandestin, j'ai lu « *Get what you want* » sur la gourmette en or d'un colonel du FSB-KGB, prospère et très à l'aise grâce au commerce de cadavres ou de torturés auquel lui et ses pairs se livrent. Je l'ai reconnu en Algérie, quand les groupes islamistes armés jouaient au foot avec des têtes humaines et décoraient, dans la forêt de Banheim, les arbres de Noël avec les entrailles d'enfants éventrés. « *Why not?* » dit l'enfant libérien à mon ami H.C. Buch (quand celui-ci s'inquiète de sa kalachnikov chargée : tu pourrais tuer père et mère). Je perçois la même allégresse chez le terroriste irakien qui fait sauter les passants et dans le cœur battant d'une bombe humaine qui s'explose au milieu des gamins.

INTRODUCTION AU MARXISME-NIHILISME

En apparence, rien n'a intellectuellement bougé depuis que Freud et Broch sonnaient l'alarme. Pourtant si. Au XXe siècle, le meurtre politique se prévalait d'une vision du monde : la Race, la Classe, le Christ-Roi, on faisait son marché. Au XXIe, de tels alibis ne sont plus nécessaires : inutile de feindre l'efficacité, même quand on se présente au nom de Dieu, le Royaume espéré n'est pas de ce monde. La folie nihiliste ne s'allègue pas comme utile, elle n'arrose pas d'un sang fécond une terre porteuse des moissons à venir. Elle tue pour tuer, pour éradiquer, non pour ensemencer. La table rase se suffit. Plus besoin des sornettes sur l'avenir meilleur. Les uns se sentent missionnés par Dieu, les autres libérés de toute contrainte par l'absence de Dieu, les deux rivalisent ou s'acoquinent et tuent à tire-larigot en s'accordant le droit de tout faire.

Il y a longtemps qu'à notre insu le tournant fut pris. Longtemps qu'en fait on ne terrorise plus au nom d'un idéal, mais simplement par fureur pure, sous prétexte de foutre en l'air le « système ». J'avais sept ans, mes aînés, quels que fussent leur parti pris, ne semblèrent pas remarquer que Staline, instruit par la Deuxième Guerre mondiale, avait définitivement renoncé à planifier la révolution aux Etats-Unis et, par extension, dans le camp occidental. Il dissout la IIIe Internationale et abandonne, sans espoir de retour, l'ambition cosmopolite de la subversion léniniste. Il ne renonce certes pas à utiliser au profit de sa citadelle les partis communistes extérieurs, mais peu lui importent les bouleversements autochtones. Le « capitalisme américain » s'est révélé plus résistant et puissant que ne l'avaient supputé les doctrinaires marxistes. La Patrie du Socialisme a failli disparaître de la surface du globe, plus vite que la petite Angleterre. Pour surmonter la catastrophe militaire, Moscou dut s'accrocher au prêt-bail américain, livraisons d'armes, de nourriture et d'objets industriels à la clé. Staline se le tint pour dit. Plus question de machiner un renversement du régime yankee. Le dictateur choisit d'attendre, de torturer en rond à l'intérieur de ses frontières, de renforcer son invulnérabilité et de parier que le « bloc communiste » de l'Est ne tomberait pas avant que ne sombre le capitalisme de l'Ouest, non sous les coups révolutionnaires mais sous le poids de ses contradictions.

Le tournant stratégique de 1944 implique une discrète mais radicale mutation idéologique. Nul ne s'aperçut alors qu'on était passé du marxisme-léninisme au marxisme-nihilisme. Les slogans surannés et les promesses mirifiques s'inscrivaient encore sur les calicots des benêts et le fronton des palais du peuple, quand déjà les Princes du communisme usaient entre eux d'un jargon plus terre à terre [1]. Moins le ponte est naïf et décervelé, plus il s'affranchit des euphémismes. Dernier patron de la police politique de Staline, tortionnaire émérite, savourant le plaisir non dissimulé de mettre la main à la pâte, Lavrenti Beria se révéla, du moins d'après les mémoires de son fils, aussi dénué de faux-semblants et de scrupules qu'un parrain de la mafia. Son cynisme fit peur. Ses pairs l'exécutèrent dans les six mois qui suivirent les obsèques du Petit Père des peuples. La fracture allait néanmoins s'approfondissant entre les spécialistes des « Services », tel Andropov, nouveau maître de la Gestapo soviétique, et les scribouillards pense-petit du Parti encore accros aux idéologies anciennes. Le double langage de Staline, depuis 40-44, idéaliste pour les larges masses, sec et sans fioritures sentimentales lors

1. S.S. Montefiore, *Staline, la cour du tsar rouge*, Editions des Syrtes, 2005.

des prises de décision, fit école. La *perestroïka* de Gorbatchev enterra la théorie, mais non la pratique effective. Le Parti, ses rhéteurs, ses propagandistes se dispersèrent, mais les « appareils de force » – espions, flics, officiers, gardiens de camp de tout poil – surent tirer leur épingle du jeu. Inutile de se demander si Vladimir Vladimorovitch Poutine est stalinien. La mode et le monde ont changé, les envolées lyriques sur le paradis terrestre renvoyées aux oubliettes. Mieux vaut découvrir combien Staline en fin de carrière se révéla poutinien.

Il existe deux stratégies de la colère : celle de Junon qui attise Typhon ; la socratique qui le combat. La première se veut offensive, déchaînée, aveugle ; la seconde se préfère défensive, distanciée, vigilante. La première s'invente une cible unique, un bouc émissaire, la « source » de tous les maux, un « système » qu'elle s'acharne à détruire par « purifications » sanglantes et successives ; la seconde s'exerce à repérer une adversité polymorphe et protéiforme.

Assimiler la lutte contre le terrorisme et l'intégrisme islamistes à une « quatrième Guerre mondiale » me parut toujours une hypothèse simpliste grosse d'une stratégie vouée à l'échec. Premièrement parce que le choc des civilisations n'a pas lieu entre l'Islam et l'Occident mais d'abord, à l'intérieur du prétendu « monde musulman », entre ceux qui se veulent ouverts sur l'univers extérieur et ceux qui les égorgent et les terrorisent au nom d'un fantasmatique retour aux racines. J'ai pu constater en Algérie dans les tragiques années 1990 que les femmes, les campagnards comme les journalistes, les enfants, les conscrits et les policiers du rang, tous mulsulmans, étaient les premières victimes des « fous de Dieu » invoquant Mahomet pour aiguiser leurs couteaux. Deuxièmement parce que les nihilistes islamistes ne jouent pas en solo, ils bénéficient du soutien avéré ou de la complicité tacite, voire du laisser-faire indifférent, d'autres nihilistes, « anti-impérialistes », chauvins ou purement égoïstes, cupides et affairistes. Le projet d'une Sainte-Alliance de tous les gouvernants de la terre contre une poignée de desesperados à turban et longues barbes relève d'un vœu pieux et puéril.

La guerre froide de jadis divisait la planète en deux blocs dominants, le chaos sanglant du XXIe siècle échappe à un découpage aussi schématique : les tueurs tuent leurs familles, les futures victimes pactisent avec leurs futurs bourreaux, l'anti-occidentalisme violent et mortifère déborde les frontières des mythomanies religieuses et des vitupérations nationalistes ou communautaires. Ici on invoque Mahomet. Là on brûle un cierge à Simon Bolivar ou au dernier Inca. Ailleurs on panthéonise Koutouzov ou Lénine, Mao ou Confucius. Mais lorsque diversement mobilisée la colère des « masses » s'enflamme contre « l'Occident » pervers, sachons reconnaître une identique haine annihilatrice. Celle des pseudo-enracinés contre les universels déracinés.

Junon, l'antiphilosophe, est, sous ses accoutrements multiples, religieux ou non, globalement marxiste-nihiliste. Elle se fiche de la dictature du prolétariat ou de la réconciliation universelle, en cela elle se manifeste nihiliste. Par contre, elle récupère du marxisme, de ses variantes et de ses ersatz, la péremptoire définition de l'objectif à annihiler : le « système » du Capital, ou de la Technique, de la Marchandisation ou du déracinement apatride par quoi l'Occident est censé gouverner le monde.

Peu importent les coquetteries des imprécations rivales, du moment qu'une dictature démoniaque est supposée administrer implacablement la totalité du malheur. Si nous ne vivons pas comme des dieux, c'est la faute au talon de fer du marché, à Wall Street, à la globalisation, à la libre circulation des hommes, des idées, des biens et des sentiments. De Marx cou coupé, l'anti-Occidental conserve la critique de la société marchande et l'impératif de la mettre à bas. Il jette au rebus les songeries communistes et les utopies vaseuses, mais cultive pieusement le radicalisme des dénonciations à l'emporte-pièce. Ce marxisme-nihilisme *new age* est le grand échangeur qui brasse les uns avec les autres, les intégrismes religieux, les fanatismes nationaux, les racismes réanimés et le cynisme des repus. Junoniens de toutes obédiences, unissez-vous ! Que toutes vos colères rivalisent d'aveuglement et se liguent contre l'unique objet de vos ressentiments, l'Occident supposé hyperpuissant.

Face à la sainte univocité de la colère junonienne, les colères socratiques sont plurielles et s'acceptent comme telles. Elles n'agglomèrent pas la diversité des maux en un paquet cadeau qu'il suffirait de renvoyer à son maléfique expéditeur pour s'en tirer intact et pur

Les colères socratiques n'excluent pas de mal tourner et ainsi de propager les pestes qu'elles traquent, ce pourquoi elles se veulent réflexives, en garde contre elles-mêmes et en obligation constante de penser. Elles parient sur une incertaine et difficile lucidité au cœur des combats, la connaissance de soi. D'où la nécessité de la démocratie et des minorités critiques. Junon la redoutable, qui se vautre dans la concurrence des incendiaires, est moins regardante. La déesse des saintes fureurs intégristes ne cesse de maudire et mal faire, si nous n'acceptons pas de vivre dans l'universel déracinement, nous ne survivrons pas.

9

La conscience Hugo

Que reste-t-il à respecter quand les gouvernants s'aveuglent et les gouvernés s'abusent ? La mère et l'enfant. Où il est dit que la conscience s'éveille devant eux. A travers les « French doctors », *c'est Hugo qu'on nobélise.*

Le plaisir de raconter sa vie est égal pour l'aïeul qui bassine sa progéniture de son exemple vivant et pour l'écrivain qui croit se statufier sur papier pour les siècles des siècles. Parler de soi revient trop souvent à dérouler un tapis rouge sous les pieds de celui qu'on eût été et qui s'avance, à pas comptés, pour imposer son personnage postfabriqué. Je n'échappe pas plus qu'un autre à la prétention rétrospective d'avoir vécu d'un seul tenant, alors que les multiples collisions et les changements d'aiguillages qui composent une vie auraient pu m'embarquer sur des rails que je n'imagine même pas. Je me vaccine volontairement contre l'illusion d'avoir suivi le droit fil d'une quelconque nécessité. Fatalité familiale, sociale, historique, caractérielle, que sais-je ? Je ne livre que les bribes éparses d'une existence en partie oubliée. Je ne peux que constater la multiplicité des influences hétéroclites que j'ai choisi de suivre, souvent à mon corps défendant, pour m'apercevoir après coup qu'elles m'ont moins accablé qu'aidé. En dressant le bilan d'une survie conquise sur la guerre et les cancers, je trouve sur ma route des poètes pour me tenir la main, plus fermement que les philosophes auxquels j'ai consacré l'essentiel de mes lectures, relectures, commentaires et réfutations.

En 1991, quand l'Ouest chantait la désintégration de l'Empire soviétique, les tueries commençaient aussitôt dans les Balkans. Je n'eus que peu de mérite à sonner l'alarme, mes amis dissidents m'avaient, à Moscou, mis la puce à l'oreille. La tragédie n'est pas close, disaient-ils, si beaucoup de communistes se retrouvent dans la panade, les plus malfaisants d'entre eux se sentent les coudées franches et, cette fois dispensés des faux-semblants idéologiques, ils vont tenter de sauvegarder leurs privilèges exorbitants. Après Marx, Sade devenait passion nationale. L'alliance « rouge-noire », si prisée à Hambourg dans les sections « beefsteak » des années 30 – noires à l'extérieur, rouges à l'intérieur –, revenait à la mode. Milošević, numéro un du Parti communiste serbe, confirma aussitôt le diagnostic et se lança à l'assaut des autres peuples yougoslaves qui espéraient goûter un zeste de la neuve liberté. Il combina (en bon *apparatchik* postcommuniste et spécialiste de l'embrouille) racisme ultranational, bolchevisme et croisade ethnico-religieuse. Il touilla cette accumulation de haines, le mélange fut détonant. La France, quatre années durant, crut assister en toute quiétude au retour tardif et sans avenir des barbaries ataviques d'avant 1914. La gauche au pouvoir décréta : c'est l'« Europe des tribus » ; le président Mitterrand, dans un haussement d'épaules coutumier, afficha son dédain : « Ces gens-là aiment la mort. » La droite, très vite en cohabitation, ne s'inquiétait pas davantage d'un conflit sur des pourtours qui paraissaient lointains ; la France franchouillarde renouait ses alliances « naturelles » de la Première Guerre mondiale sans se rendre compte que, depuis, les temps avaient été bousculés par quelques événements d'envergure.

Au début des hostilités, en novembre 91, alors que j'accompagnais Bernard Kouchner et Jean d'Ormesson dans Dubrovnik bombardé, nous fîmes le tour de la Croatie en flammes. En rentrant, j'écrivis un très long article pour mettre en garde l'Europe, dont le sort se jouait, sans qu'elle s'en doute, dans ce « Pearl Harbor moral ». La non-intervention était une capitulation. Elle laissait les mains libres au dictateur rouge-noir, qu'elle confortait dans sa paranoïa alors que sa propre « ethnie » elle-même n'était pas convaincue. Il eût suffi que l'Europe dise son mot pour que l'aventure sanguinaire s'arrête en chemin.

En juillet 1992, une grève étudiante, des occupations de campus et d'immenses manifestations secouaient Belgrade, la capitale des agresseurs ; je fus invité par l'opposant Draskovic à prendre la parole lors d'un meeting sur l'immense place de la République. Marée humaine, cent à deux cent mille personnes rassemblées, toutes très jeunes, parmi elles de futurs soldats qui avaient reçu l'ordre d'envahir la Bosnie. Je pris la parole qu'on m'offrait et dénonçai, sans prévenir quiconque, Milošević comme « criminel de guerre ». A la tribune, on s'inquiéta, lynchage ? pas lynchage ? Les gardes du corps firent cercle autour de ma personne. Mais, avec l'inconscience de l'étranger, je n'en démordais pas, Milošević était un criminel de guerre et la Serbie muette devenait sa complice. La foule frémit, mais contre toute attente la foule ovationna : « Oui, Milošević est un criminel de guerre ! » L'imprévisible mais attachant Draskovic, poète nationaliste à ses heures, s'empara du micro et à son tour hurla au « criminel ! ». L'anecdote prouve combien les Serbes, et les étudiants en particulier, étaient peu unanimes et guère enthousiastes à l'idée des purifications ethniques que Milošević entamait en leur nom. Ils le démontrèrent quelques années plus tard : après la guerre du Kosovo, ils renversèrent la dictature et livrèrent Milošević au Tribunal pénal international de La Haye. Ils inauguraient une marche vers la liberté qui partit de Belgrade, gagna Tbilissi et Kiev : « Une révolution permanente », s'inquiète le locataire du Kremlin.

Entre 92 et 94 j'effectuai des voyages à Sarajevo, capitale de la Bosnie assiégée, et je vis ce qu'il en coûte à une population éprise d'indépendance d'être livrée à son bourreau par le reste du monde. Après des années de massacres, deux cent mille morts et plus d'un million de réfugiés, expulsés *manu militari* du Kosovo, une intervention militaire euro-atlantique stoppa la dérive meurtrière et mit fin à l'apathie générale des démocraties qui regardaient, sereines d'hébétude, l'abîme se creuser.

Rien de plus facile que de baisser les bras en accusant l'insouciance des contemporains, la bêtise des mass media, les méfaits de la marchandisation, la fermeture du « système », la perte de Dieu, l'aveuglement des élites, l'égoïsme des électeurs, que sais-je ? Le florilège des bonnes raisons de ne rien faire est infini. Si je ferme les yeux sachant tout, la faute est toujours celle de l'autre. En décembre 1981, le syndicat libre Solidarnosc est interdit par le général Jaruzelski, que Moscou propulse maître de la Pologne ; en France, à l'Assemblée nationale, le Premier ministre Pierre Mauroy énonce la formule des formules qui commande l'horizon indépassable de nos inactions : « Il ne faut pas ajouter, au drame des Polonais privés de liberté, le malheur des Français privés de bifteck-frites faute de gaz. »

Un texte de Victor Hugo m'a tiré, à plusieurs occasions au cours de ma vie, d'une torpeur au parfum de friture que je partage trop volontiers avec mes contemporains. C'est l'appel « Pour les Serbes », qui, il y a cent vingt ans, n'étaient pas les massacreurs, mais les massacrés en butte aux armées turques. Il demeurait, lors des exploits de Milošević, d'une actualité criante ; il le reste face au malheur des Tchétchènes. Ce texte est mon secret mignon, ma drogue, une récurrente piqûre de rappel à la réalité :

« Les nations ont au-dessus d'elles quelque chose qui est au-dessous d'elles, les gouvernements. A de certains moments, ce contresens éclate : la civilisation est dans les peuples, la barbarie est dans les gouvernants. Cette barbarie est-elle voulue ? Non. Elle est simplement professionnelle. Ce que le genre humain sait, les gouvernements l'ignorent. Cela tient à ce que les gouvernements ne voient rien qu'à travers la raison d'Etat ; le genre humain regarde avec un autre œil, la conscience...

« Nous allons étonner les gouvernements européens en leur apprenant une chose, c'est que les crimes sont des crimes, c'est qu'il n'est pas plus permis à un gouvernement qu'à un individu d'être un assassin... Nommons les choses par leur nom. Tuer un homme au coin d'un bois qu'on appelle la forêt de Bondy ou la Forêt-Noire, est un crime ; tuer un peuple au coin de cet autre bois qu'on appelle la diplomatie, est un crime aussi.

« Plus grand, voilà tout.

« Est-ce que le crime diminue en raison de son énormité ? Hélas ! c'est en effet une vieille loi de l'Histoire. Tuez six hommes, vous êtes Tropmann ; tuez-en six cent mille, vous êtes César. Etre monstrueux, c'est être acceptable. Preuve : la Saint-Barthélemy, bénie par Rome ; les dragonnades, glorifiées par Bossuet ; le Deux-Décembre, salué par l'Europe...

« Nous apprenons aux gouvernements d'Europe ceci, c'est que l'Europe est solidaire, c'est que tout ce qui se fait en Europe est fait par l'Europe, c'est que s'il existe un gouvernement bête fauve, il doit être traité en bête fauve ; c'est qu'à l'heure qu'il est, tout près de nous, sous nos yeux, on massacre, on incendie, on pille, on extermine, on égorge les pères et les mères, on vend les petites filles et les petits garçons ; c'est qu'on ouvre les femmes grosses pour leur tuer les enfants dans les entrailles, c'est qu'il y a dans les places publiques des tas de squelettes des femmes ayant la trace de l'éventrement... *c'est que tout cela est horrible, c'est qu'il suffirait d'un geste des gouvernements d'Europe pour l'empêcher, et que les sauvages qui commettent ces forfaits sont effrayants, et que les civilisés qui les laissent commettre sont épouvantables...*

« Mais on nous dit : vous oubliez qu'il y a des questions. Assassiner un homme est un crime, assassiner un peuple est une question. Chaque gouvernement a sa question : la Russie a Constantinople, l'Angleterre a l'Inde, la France a la Prusse, la Prusse a la France.

« Nous répondons :

« L'humanité a aussi sa question, et cette question, la voici : elle est plus grande que l'Inde, l'Angleterre et la Russie : c'est le petit enfant dans le ventre de sa mère.

« Remplaçons les questions politiques par la question humaine.

« Tout l'avenir est là.

« Disons-le, quoi qu'on fasse l'avenir sera. Tout le sert, même les crimes, serviteurs effroyables... Finissons-en avec les empires meurtriers. Muselons les fanatismes et les despotismes... L'avenir est un Dieu traîné par des tigres (Paris, 29 août 1876) [1]. »

---

1. Victor Hugo, « Pour la Serbie », in *Œuvres politiques complètes*, Editions J.-J. Pauvert, 1961, pp. 751-752.

Il ne s'agit pas là de remarques de circonstance, de celles que le vent emporte et rapporte au gré des événements. Il y va du langage et de la vérité : « Nommons les choses par leur nom : tuer un homme au coin d'un bois [...] est un crime ; tuer un peuple au coin de cet autre bois qu'on appelle diplomatie est un crime aussi. Plus grand, voilà tout. » La capacité de ne *pas* nommer les choses par leur nom, la « diplomatie », de considérer qu'un crime n'est plus un crime lorsqu'il est fomenté à grande échelle, relève d'une myopie assassine que Victor Hugo attribue à la « raison d'Etat », là où, en termes plus modestes, Soljenitsyne dénonce l'« idéologie ». On tue ou on laisse tuer au nom de l'Etat ou au nom de la « cause ». Le résultat est identique.

L'honnête homme se fourvoie qui condamne Landru et acquitte l'autorité massacrant par milliers, voire millions. Aux pieuses euphémies que débitent les pouvoirs, ceux qui tuent comme ceux qui laissent tuer, Hugo oppose la voix qui nomme un chat un chat et un assassin criminel, Milošević et Poutine des criminels de guerre. Ce ne sont plus l'Etat, le Parti ou Dieu qui parlent, mais une instance qu'il baptise « conscience ». Abandonner à leur sort les Serbes massacrés (1876) ou ceux que les Serbes massacrent (1996) revient à trahir, outre des populations voisines, le langage lui-même ; c'est renoncer à la possibilité d'énoncer ce qui est : « Un chat un chat, et Rolet un fripon. »

Victor Hugo n'est pas mon poète favori. Son style trop grandiloquent m'effraie parfois. Peut-être n'ai-je pas sa générosité ? Et certainement pas son génie. Par contre, inévitable introducteur, il initie son lecteur aux premiers balbutiements de la « conscience », cette référence extrapolitique autant qu'extraconfessionnelle léguée par la littérature du XIXe aux siècles suivants. Qui parle ? Qui s'engage ? Qui résiste ? La « conscience », répond le poète. Avec le sans-gêne par lequel le romancier baptise son héros Fabrice ou Julien. Qui se divise ? Qui cède ? Qui erre ? La « conscience » encore. Les noms communs appartiennent au domaine public. Ils échappent par définition aux droits d'auteur. Nul ne saurait interdire à quiconque, diplômé ou non, parapsychologue ou prêcheur, de définir la conscience au gré d'une inspiration vagabonde.

Pourtant la « conscience » dont ont disputé Hugo, Baudelaire après lui et Mallarmé enfin, demeure le carrefour des angoisses et des espérances du jour. On attribue, plus ou moins abusivement, à André Malraux l'affirmation raide que le XXIe siècle serait religieux ou ne serait pas. J'aurais préféré : « conscient ou ne sera pas ». Le fond de sa pensée n'en eût pas été modifié et le retentissement de la formule plus clair. L'Eglise invisible où s'élisent quelques immenses poètes est secrète. Plus précieuse, et mieux fréquentée, que d'autres lieux saints.

Comment la conscience nous habite-t-elle poétiquement ? Pas en accompagnant nos plus banales pensées d'une signature qui grandit son banal énonciateur d'un « c'est moi qui le dis ». La conscience devient poétique lorsque, au lieu de demeurer le simple véhicule de vaines paroles, elle place chacun face à lui-même. D'où parle celui qui parle ? Quel horizon règle son débat avec soi et les combats qu'il livre avec tous ou n'importe qui ? Victor Hugo donne très tôt la réponse dans *Les Derniers Jours d'un condamné* : c'est la mort. Tel ne fut pas toujours le cas. Il a fallu Shakespeare et la Révolution pour que l'individu ordinaire accède à la vérité de ses « dernières heures ». Ni la Bible ni la littérature antique, pense-t-il, n'imposaient un tel dépouillement. « L'ode (biblique) chante l'éternité, l'épopée (Homère) solennise l'histoire, le drame (depuis Shakespeare) peint la vie [1]. » Entendons : peint la vie du mortel en tant que mortel.

La Révolution, confie le jeune Hugo, a désacralisé la vie, parce que la Révolution a désenchanté la mort, l'individuelle et la collective. « Quelle espérance mettez-vous sur l'échafaud maintenant que la grosse foule ne croit plus ? » L'opération est devenue banale par laquelle l'homme règle son compte à l'homme, la mort n'introduit plus à un autre monde. Terreur jacobine et guerres impériales aidant, nul n'ignore qu'on peut trancher les cous comme on coupe « une tête de chou », aussi simple, disait Hegel, « que d'avaler un verre d'eau ». Jadis la mort faisait sens. Biblique, elle véhiculait son message à l'humanité. Epique, sa beauté parlait à tous. Aujourd'hui, même accompagné, on meurt seul. La dernière heure ne convie pas à la communion définitive, mais à un anonymat non moins définitif. Au lieu d'être projeté dans

1. Victor Hugo, « Préface » à *Cromwell*, in *Œuvres dramatiques et critiques complètes*, Editions J.-J. Pauvert, 1963.

l'imagination d'outre-tombe, le contemporain est renvoyé modestement à lui-même. L'aumônier qui tente de consoler et confesser le condamné s'emberlificote et se prend les pieds dans ses prédications. « Il avait l'air de réciter une leçon vingt fois récitée. » Le Ciel a des ratés. Celui qui va mourir se mure dans son angoisse, « c'est comme si le couteau de la guillotine mettait six heures à tomber [1] ». S'il n'y a plus d'après, l'avant va se révéler incomparable, sous un jour nouveau.

Le noyé, dit-on, dans les dernières secondes de son agonie, acquiert la faculté « hypermnésique » de voir défiler devant lui, d'un coup, tous les événements d'une histoire oubliée. La sienne. Dans cette rétrovision ultime, ce qui fut successif devient simultané. Le temps « perdu » serait en quelques instants « retrouvé ». Le vertige de la lucidité attribué aux mourants définit assez précisément la rencontre de soi à soi que la poésie et la littérature entendent dans la méditation de la mort. Julien Sorel dans sa prison, Fabrice dans sa Chartreuse « prennent conscience » de leur mort, donc reprennent possession de leur vie. Et la revivent comme ils ne l'ont jamais vécue. Baudelaire en creusant son gouffre, Mallarmé en expérimentant « Igitur » élèvent une parente rétrospection au principe de la vision poétique. Quand le poète décide « Rien n'aura eu lieu que le lieu [2] », il dit un

---

1. Victor Hugo, *Les Derniers Jours d'un condamné*, in *Œuvres romanesques complètes*, Editions J.-J. Pauvert, 1962, p. 198.
2. Stéphane Mallarmé, « Un coup de dés », in *Œuvres complètes*, vol. 1, Gallimard, « La Pléiade », 1998, p. 385.

espace fini éclairé par un minuit sans échappatoire. Désormais toute vie peut se vivre au futur antérieur, comme une avant-mort.

La « conscience » se révèle à elle-même sur le lieu de sa dernière heure, si, et seulement si, précise Hugo, la mort se dévoile principe d'individuation. Personne ne peut mourir à ma place, d'où ma place s'avère irréductiblement mienne. Cette perception détermine (dès la « Préface » à *Cromwell*) l'originalité des drames. L'ode légendaire et biblique chantait les « colosses », Adam, Caïn, Noé, qui ne mouraient pas vraiment ; ils s'éteignaient dans les flots d'une vie qui les emportaient vers l'Eternel : « L'amour est plus fort que la mort », l'antienne était vérité. L'épopée, deuxième étape, célèbre les « Géants », Achille, Atrée, dont la mort – belle ou atroce, mais toujours solennelle – rayonne d'emblée dans l'universel. Ces demi-dieux ne meurent pas seuls, à la différence des consciences shakespeariennes. La mise en perspective, quelque peu désinvolte, de l'héritage littéraire nourrit une contestation pas seulement datée : derrière l'épopée qui « solennise l'histoire » se profile la rivalité des poètes et des trop solennels historiens.

La Révolution – la « grande » – est une césure. Décisive pour les poètes comme pour les historiens. Tandis que les seconds, occupés à reconstruire le lien social, entendent dévoiler la substance de la France éternelle et ressusciter son âme, les premiers, tout aussi attentifs à rendre un son plus pur aux notes de la tribu, ne se soucient pas de lien, mais de lieu. Le poète, loin de vouloir rétablir coûte que coûte consensus et continuité, explore à haute voix l'espace inouï et impitoyable, ouvert en 1789, où l'on se coupe la parole et la tête. L'historien ne néglige pas la crise fondatrice ; il y trouvera, avec Michelet, le secret du passé antérieur et l'annonce de l'accomplissement à venir ; mais il inscrit l'événement dans un temps qu'il sacre porteur du sens de l'Histoire, supposant d'emblée que le sens, en fin de compte, l'emporte sur les conflits insensés.

A l'inverse du poète, son contemporain, l'historien préfère le tribunal de l'Histoire au jugement de la conscience individuelle. Il compte trois moments : il y a l'Ancien Régime, qui séjournait dans les vertus « théologiques » d'une tradition se croyant éternelle ; il y a l'entre-deux de la crise révolutionnaire des consciences ; enfin vient l'étape organique d'une société rationnelle et réconciliée.

Le souci premier du poète n'est pas d'établir le calendrier du « train » de l'Histoire où, de l'amont à l'aval, les événements prennent un sens définitif. Pour lui, la Révolution dans les têtes ne s'interrompt pas une fois les journées d'insurrection et de terreur passées. Quarante ans après, Hugo coiffe le dictionnaire d'un bonnet rouge. Un siècle plus tard, Mallarmé redouble la fracture factuelle d'une « crise dans le vers ». Le poète, autrement ambitieux que l'historien, ose une question redoutable. Rien de nos manières de parler, de vivre et d'aimer ne doit échapper à la subversion révolutionnaire. Ainsi promet Victor Hugo : « La poésie fera un grand pas, un pas décisif, un pas qui, pareil à la secousse d'un tremblement de terre, changera toute la face du monde intellectuel[1]. »

Quand, au crépuscule de sa vie, Victor Hugo raconte *Quatre-Vingt-Treize*, il ne considère pas la partie finie, ni les jeux faits. Entre Lantenac, Cimourdin et Gauvain, entre les aristocrates éclairés, les modérantistes et les activistes, la « conversation suprême » ne cesse jamais. Ne se poursuit-elle pas entre le « Yogi » et le « Commissaire » selon Koestler ? N'excite-t-elle pas les tempêtes, innombrables et interminables, sous les crânes militants dont le xxe siècle se montra si prodigue ?

Je vous dirai qu'en moi j'interroge à toute heure
Un instinct qui bégaye, en mes sens prisonnier,
Près du besoin de croire un besoin de nier[2].

La Conscience juge. Non l'Histoire, la Conscience. En ne cédant jamais sur cet axiome, Hugo échappe à toute tentative de mise en carte ou d'embrigadement. Il révèle le recours que des millions de fourvoyés, fussent-ils momentanés (moi parmi d'autres), retrouvent après les dérives, non sans avoir essuyé sarcasmes et noms d'oiseaux. Pour qui se prend-il ? Sa conscience au-dessus de tout ! Voyez-vous ça ? Suffisance idéaliste ! Autisme narcissique ! Quelle prétention petite-bourgeoise, égoïste, vaniteuse, péremp-

1. Victor Hugo, « Préface » à *Cromwell*, in *Œuvres dramatiques et critiques complètes, op. cit.*, p. 141.
2. Victor Hugo, « Que nous avons le doute en nous », *Les Chants du crépuscule*, in *Œuvres poétiques complètes*, Editions J.-J. Pauvert, 1961, p. 199.

toire ! Réactionnaire ou néo-réac ? Voilà bien mise à nu l'expression surannée d'une morgue de grand seigneur !

Rien n'est plus choquant, semble-t-il, de nos jours que la supériorité du jugement du « je » sur le jugement du « nous ». Rien de plus inévitable cependant, dès que le « je » constate combien, aussi bien que lui-même, le « nous » peut se tromper, trébucher, tomber et même se dévorer. La conscience est consciente de sa mortalité, de celle des autres, de celle du « nous » ; cette œcuménique faillibilité la renvoie forcément à elle-même. Non par orgueil, mais par une humilité qu'elle voudrait partager : la finitude collective n'a pas à fanfaronner davantage que l'individuelle.

Nous jugeons. Nous dressons l'échafaud. L'homme tue
Et meurt. Le genre humain, foule d'erreur vêtue,
Condamne, extermine, détruit,
Puis s'en va. Le poteau du gibet, ô démence !
O deuil ! est le bâton de cet aveugle immense
Marchant dans cette immense nuit[1].

« Droits-de-l'hommistes ! », détrompez-vous, le mot-valise n'était pas un compliment, mais une injure. Et curieusement le reste pour qualifier la conscience sans tanks ou les partisans du pot de terre contre le pot de fer. Le Tout-Paris politique s'empara du néologisme dans les années 1970, pour tourner en dérision les individus qui prenaient fait et cause pour les

1. Victor Hugo, « Horror », *Les Contemplations*, in *Œuvres poétiques complètes*, *op. cit.*, p. 462.

victimes du Goulag et les dissidents en lutte contre l'Empire soviétique au nom des « droits de l'homme ». Après une lecture rapide de Sartre et *La Nausée*, de Foucault et l'*Histoire de la folie*, fustigeant l'illusion d'une « essence de l'homme » qui s'imposerait *urbi et orbi*, l'intelligence française avait proclamé la « mort de l'homme ». Et toujours péremptoires les épigones boudaient : quel est cet « homme » dont vous exigez le respect, alors que son inexistence est prouvée ? Allez-vous chanter la bonté de l'homme naturel selon Rousseau ? Ou la transcendance des créatures de Dieu ?

La réponse que Foucault et moi concoctâmes était simple : les « droits de l'homme » ne se réclament pas d'une image édifiante et idéale de l'Homme en majuscule, mais se fondent sur l'inhumanité. Ces droits élémentaires font autant de barrages aux cruautés et autres abominations dont nos siècles passés et notre présent ne sont pas avares. Peu importe le modèle d'humanité proposé. Chacun en cultive un dans son for intérieur, différent de celui du voisin. « Vérité en deçà des Pyrénées, erreur au-delà », dit Pascal. Il suffit de (et il faut) s'entendre sur l'inacceptable. Contre les abominations criantes pratiquées sous diverses bannières. Contre le massacre des innocents. Contre les tortures. Contre les exterminations en camps ou à l'air libre. Contre toutes ces joyeusetés dont l'actualité nous submerge.

En fondant les droits de l'homme, non sur la nature de l'Homme, mais sur un principe de réalité, de dérangeante et cruelle réalité, nous retrouvions la « conscience » hugolienne qui rejette les « bonnes raisons » des diplomates face au mal : « L'humanité a aussi sa question [...] plus grande que l'Inde, l'Angleterre et la Russie : c'est le petit enfant dans le ventre de sa mère. » Le privilège de la conscience est d'être capable de constater, de percevoir et de sentir l'intolérable, et de le désigner comme tel. Un camp d'extermination est un camp d'extermination, rouge, noir, blanc, vert. A charge pour chacun de ne plus tolérer et de le manifester.

La conscience qui guide le poète est le lieu où la mort, la sienne, celle des autres, se donne à voir. Ecouter ce qu'énonce « la bouche d'ombre », c'est détenir le principe de tous les engagements possibles – au nom de l'enfant qu'on égorge dans le ventre de la mère – et maintenir en eux la nécessité d'une distance et la possibilité d'un dégagement, en criant casse-cou – au nom de l'enfant qu'on égorge dans le ventre de la mère. L'engagement que prône l'écrivain s'étaie de la solitude intérieure de l'homme de lettres, laquelle n'est qu'une solitude dans une solitude, celle de la condition humaine.

La méditation de la mort est condition d'efficience autant que d'écriture. Cet apparent paradoxe ne soulève guère d'objections en France, où l'homme d'action par excellence, Napoléon, termine à Sainte-Hélène en s'appropriant l'avenir. De même, en moins menteur, Hugo proscrit à Guernesey. Ou Baudelaire exilé volontaire dans les bas quartiers de Paris. Contempler la mort transforme la vie.

Regard de la mort la plus mortelle sur la vie la plus vivante, la poésie « sentira que tout dans la création n'est pas humainement beau, que le laid y existe à côté du beau, le difforme du gracieux, le grotesque au revers du sublime, le mal avec le bien, l'ombre avec la lumière [1] ». Une telle profession de foi ne s'arrête pas à la mode éphémère du drame romantique ; la littérature, la peinture, tous les arts plastiques et musicaux prolongent et accentuent un semblable renversement des priorités. Ils interrogent le bien à partir du mal, explorent le beau en procédant à l'examen clinique du laid, Picasso, mais Goya, mais Rembrandt, mais Caravage... Baudelaire cueille des vérités au bout de l'artifice et de la fiction, il ne recule plus devant l'obscène ou la corruption. A partir de Hugo, pour l'essentiel à son insu, la sarabande de l'art s'affirme, que les bien-pensants nomment « décadente », les nazis « dégénérée » et les communistes « bourgeoise ». Etiquettes dénigrantes au demeurant interchangeables.

L'exigence de la conscience poétique recoupe celle de la conscience médicale qui exige pareillement que la vie soit pensée à partir de la mort. « Avec Bichat, le regard médical pivote sur lui-même et demande à la mort compte de la vie et de la maladie... » Le regard poétique procède à l'anatomie de la conscience et des tempêtes sous un crâne, comme la perspicacité médicale anatomise le corps et ses pathologies. « Au lieu d'être ce qu'elle avait été si longtemps, cette nuit où la vie s'efface, où la maladie même se brouille, elle est douée désormais de ce grand pouvoir d'éclairement

1. Victor Hugo, « Préface » à *Cromwell*, in *Œuvres dramatiques et critiques complètes*, *op. cit.*

qui domine et met au jour [1]. » De même le poète : « Toute vie d'un moment [est] l'agonie dans laquelle on ressuscite ce qu'on a perdu, pour le voir. On l'ignorait avant [2]. » La mort est un point de vue, un don de seconde vie.

Deux Hugo coexistent. Je ne pousse pas le respect des grands hommes au point de les supposer tout d'une pièce, pourvus d'une identité de granit ou d'airain immuables, survolant, tels des bolides supersoniques, les contradictions bassement terrestres. Le Hugo numéro un bouge encore. Il secoue ses médailles, défripe sa défroque de pair de France, replace les palmes et sa couronne d'exilé sur son front pour mieux savourer sa gloire de génie éternel, mais s'inquiète du sort de l'enfant assassiné dans le ventre de sa mère. Il émeut toujours aux XXe et XXIe siècles, quand se réveille le « frémissement de générosité » qu'il exigeait de son pays devant la Pologne martyrisée par le tsar ou l'enfant grec empalé par les janissaires. C'est dans son ombre que naissent les garde-fous de notre modernité, ces personnages poétiques, mes contemporains côtoyés durant des décennies, « French doctors [3] » et Bernard Kouchner, promoteurs d'une action humanitaire

1. Michel Foucault, *Naissance de la clinique*, PUF, 2003, p. 146.
2. Stéphane Mallarmé, « A Eugène Lefébure, 27 mai 1867 », in *Œuvres complètes, op. cit.*, p. 720.
3. Merci aux docteurs Patrick Aeberhard, Jacques Berès, Patrick Laburthe, Jacques Lebas, Marc Siguier d'avoir croisé mon chemin. Hommage à Marek Edelman, médecin, qui, de la résistance du ghetto de Varsovie à Solidarnosc, devint notre parrain. Merci à Frédérique...

lucide. Ils tentent de parer au pire – tel massacre, telle famine – sans prétendre posséder les clés du paradis.

Hugo numéro un parraine les actions d'urgence, lorsque les chirurgiens, les mains dans le sang, non seulement taillent dans le vif humain pour sauver qui peut l'être, mais, tels les poètes et les reporters, ouvrent et forcent les yeux des indifférents, dévoilent les gouffres, travaillant au cas par cas pour établir une échelle du pire. Un médecin n'a pas besoin de poser au gourou pour, en cas de gangrène, scier le pied pour sauver la jambe, puis la jambe pour sauver la personne. L'efficacité médicale, la générosité publique et la conscience poétique (n'est-ce pas, Tchekhov ?) attestent que la lutte pour la vie est d'abord une lutte contre la mort. Ce qui présuppose une considération méthodique de cette dernière.

Hélas ! Hélas ! Nul n'étant parfait, nul n'échappe à Napoléon. Un Hugo numéro deux s'instaure meneur d'âmes, obsédé par la concurrence qu'il livre au meneur d'hommes. Oubliant les limites shakespeariennes qu'il assigne au drame de la conscience, Victor Hugo pose en Moïse pour piloter le vaisseau Humanité vers la Terre promise.

Il est l'homme des utopies
Les pieds ici, les yeux ailleurs
C'est lui qui sur toutes les têtes,
En tout temps, pareil aux prophètes,
Dans sa main, où tout peut tenir,
Doit qu'on l'insulte ou qu'on le loue,

Comme une torche qu'il secoue,
Faire flamboyer l'avenir[1] *!*

Terrible est la fonction de bon pasteur, qui l'intronise guide de l'humanité souffrante, cette fois en vertu d'une infaillibilité plus pontificale que poétique ! Hugo II n'est pas seul à sacrifier bon sens et modestie sur l'autel d'une *hybris* des plus communes. Familles, partis, Etats, empires et librairies regorgent de conducteurs de foules virtuelles ou, plus dangereusement, réelles. Qu'ils soient penseurs, écrivains ou politiques, les maîtres prêcheurs s'entendent à merveille pour promettre la lune. Ils postulent avec une certitude déconcertante que du mal naît nécessairement le bien, *via* le fameux tour de prestidigitation de l'hégélienne « ruse de la Raison ». Hugo II se met à faire tourner les tables de la condition humaine. Le poète s'estime à même de clore les portes noires de l'enfer, d'ouvrir les paradis à venir.

On voit l'agneau sortir du dragon fabuleux,
La vierge de l'opprobre, et Marie aux yeux bleus
De la Vénus prostituée ;
Le blasphème devient le psaume ardent et pur,
L'hymne prend, pour s'en faire autant d'ailes d'azur,
Tous les haillons de la huée[2].

1. Victor Hugo, « Fonction du poète », *Les Rayons et les Ombres*, in *Œuvres poétiques complètes, op. cit.*, p. 239.
2. Victor Hugo, « Plein ciel », *La Légende des siècles*, in *Œuvres poétiques complètes*, *op. cit.*, p. 725.

La France officielle demeure sous la législature d'Hugo II. A droite comme à gauche, une campagne électorale doit promettre le passage de l'ombre à la lumière, proposer un « choix de civilisation » et jurer de « changer la vie ». On ne saurait présider aux affaires sans s'ériger berger des brebis égarées, par la grâce de quelque inspiration, historique ou divine, foncièrement roborative. Au temps de ma jeunesse folle, les sirènes élégiaques sifflaient plus stridentes encore. Il fallait à tout prix ne pas « désespérer ». Quoi ? Tout. Les usines Renault pour les uns ; la France pour les autres ; l'Humanité ou Dieu pour tous. En fait, il s'agissait de ne pas désespérer de soi-même, du prolétariat sauveur, de son règne à venir, de la nation sacro-sainte ou des promesses dont l'espèce humaine était mère porteuse. Sartre reprochait à Camus une vision désabusée, « analytique », de la condition humaine, à laquelle il opposait le lien optimiste d'une vision « synthétique », la sienne, où le futur rachète la misère présente. Camus n'en transportait pas moins lui aussi son petit paradis, une civilisation méditerranéenne clouée au soleil qu'il supposait intrinsèquement pacifique, mais dont l'actualité a fait perdre la trace. Nul n'y échappait. C'était au temps des lendemains rose bonbon, quand plus tard, encore plus tard, toujours plus tard, l'Homme, le solaire comme le prolétaire, deviendrait Dieu sur terre.

L'injonction dominante était de taire les choses qui fâchent, sauf, par un tour de passe-passe, à leur assurer une issue favorable. Les rares lecteurs qui gardent en mémoire les premiers livres que j'ai écrits constateront combien l'impératif m'était insupportable, tant par les sujets qui m'occupaient – la guerre, la terreur noire ou rouge –, que par les cibles que je visais – le fanatisme idéologique, le marxisme dominant alors plus qu'aujourd'hui, même s'il retrouve ces jours-ci quelques couleurs fanées. J'avais choisi de m'arrêter à Hugo I et m'en suis trouvé bien le reste de ma vie.

J'ai besoin du méchant mal à l'aise, et du crime
Retombant sur le monstre et non sur la victime [1].

Puisse le poète désormais campé sur son nuage me pardonner de conclure mon hommage par un point d'actualité qui me tient à cœur depuis plus d'une décennie. Puisse-t-il deviner que sa flamme couve encore dans la cendre prosaïque de mes indignations. Il excusera certainement à un ex-morveux échappé des rafles de retrouver une part de son destin dans la solitude des enfants tchétchènes abandonnés par l'univers entier.

Aux yeux des grands de ce monde la Tchétchénie passe pour un détail. Moins d'un million d'habitants. Une disparition annoncée et amorcée, cent ou trois cent mille victimes depuis 1995, qui sait (soit, proportionnellement pour la France, six à vingt millions de cadavres) ? Une cruauté de l'Histoire entre mille ? Qu'importe ! D'autres drames, plus peuplés, mieux suivis, passionnent les médias internationaux, mobi-

1. Victor Hugo, « Ecrit en exil », *La Légende des siècles*, in *Œuvres poétiques complètes*, *op. cit.*, p. 687.

lisent les militants, taraudent les états-majors et secouent les chancelleries. Une guerre oubliée ? Un huis clos lointain ? Pas de quoi troubler les G8 et les contre-G8, de Davos à New York ou Porto Alegre, quand on se prépare à sabrer le champagne à Moscou.

Justement. Ce silence mondial, ce désintérêt quasi unanime, cette solitude absolue, ça ne vous rappelle rien ? Il y a bientôt dix ans, le quatrième et dernier génocide du XXe siècle, celui des Tutsi au Rwanda, bénéficia déjà d'une inattention assidue, têtue, non moins générale et volontaire. Pareillement, Milošević, désormais inculpé de crimes contre l'humanité, put des années durant, en toute impunité, perpétrer ses épurations ethniques sous l'œil impavide des Princes qui nous gouvernent. Aujourd'hui rebelote, les autorités politiques et morales de la planète accordent un blanc-seing à l'armée russe et à ses collabos qui à leur guise pillent, torturent et exterminent. La peau du Tchétchène ne vaut pas un clou. Aucun diplomate ne se risque à élever la voix, aucune manifestation de masse ne rassemble des générations si avides pourtant d'afficher avec fracas leurs « bons » sentiments universels, leur hémiplégie idéologique et leur haine de l'impérialisme (yankee, uniquement yankee).

Rien ne sert de détourner le regard. Nul ne peut feindre ignorer qu'à l'orée du XXIe siècle le pire du pire s'étale à Grozny, une capitale de quatre cent mille habitants, réduite en poussière. Depuis Varsovie rasée, en punition pour son insurrection, par Hitler (1944), aucune puissance européenne n'avait osé un tel forfait. Avec force avions, canons, hélicoptères, la prétendue « opération antiterroriste » fut conduite (novembre 1999-février 2000), du ciel puis à distance de missiles, de manière parfaitement indiscriminée. Ensuite les soldats ratissèrent et jetèrent des grenades dans les caves où de pauvres ombres s'étaient recroquevillées. Officiellement le Kremlin visait entre trois cents et deux mille terroristes (l'exactitude des chiffres n'est pas le propre de ses porte-parole). S'il faut célébrer de semblables exploits comme le fin du fin de la lutte contre les risques d'attentat, messieurs Blair et Aznar ou Zapatero ont beaucoup à apprendre : le premier aurait dû raser Belfast afin d'éliminer les irréductibles de l'IRA et les seconds mettre à sac le Pays basque, repaire des tueurs de l'ETA. Par quel manque de caractère les Américains ont-ils limité et ciblé leurs frappes sur Belgrade, Kaboul et Bagdad ? Au Kremlin, question d'habitude et d'héritage bolchevique, on affiche moins de timidité ; Eltsine présenta son dauphin en ces termes : « Vladimir Poutine est la solution finale au problème tchétchène. » L'intronisé répondit aussi sec qu'il exterminerait les rebelles, que, « au besoin, s'il en restait, il les buterait jusque dans les chiottes » (ce qui fut dit fut filmé).

Nous ne pourrons jamais alléguer après coup que nous ne savions pas. Même si le *black out* politico-militaire interdit les informations au jour le jour, même si les reporters qui se risquent dans la nuit et le brouillard sont rares, et les caméras indépendantes davantage encore, il suffit de compter sur ses doigts pour comprendre : Grozny, c'est Guernica puissance X. En fait d'opération antiterroriste, l'armée russe poursuit, en gros et en détail, incendiant et « nettoyant » villes et hameaux, une guerre interminable contre les civils.

On nous explique que l'énorme attentat du 11 septembre interdit désormais qu'on plaide la cause des Tchétchènes : en résistant à Moscou, ils auraient choisi le mauvais camp puisque Poutine a choisi le bon, foi de rencontres au sommet. Allons donc ! Le fil des événements qui aboutissent à « Ground Zero » suggère un tout autre diagnostic. Le scénario est limpide, souvenons-nous : l'armée russe, alors rouge et soviétique, envahit l'Afghanistan et dix ans durant décime, dévaste, démolit les structures sociales, morales et mentales. Dans les ruines s'installent les plus gangsters, les plus fanatiques et finalement les talibans, Ben Laden et sa clique. Résultat : Manhattan. Les gradés russes peaufinent au Caucase un sinistre *remake*. A nouveau ils font table rase, derechef ils ouvrent le terrain aux petites mafias avides et sans scrupules, manipulables par leurs « Services » et/ou achetables par des islamistes wahhabites. Les pompiers pyromanes de Moscou s'obstinent, récusant tout dialogue, ils jouent une deuxième fois la carte du pire, fomentant des attentats bidon, encourageant les dérives, propageant les mensonges, plaçant leurs hommes de main à la tête d'un pays humilié. Imaginez que la résistance tchétchène soit totalement tombée, comme ils le disent, dans le benladénisme, croyez-vous que les plus fous se borneraient à prendre en otage un théâtre ou une école ? Après que la foudre a frappé le cœur de la si policée Amérique, pensez-vous un seul instant que des Tchétchènes sont incapables, dans le chaos russe, d'un second Manhattan ?

Glissant sur les méthodes inhumaines mises en œuvre pour « libérer » les otages du théâtre moscovite, Bush félicita Poutine pour sa victoire sur les ravisseurs. En séquestrant et menaçant de mort de braves spectateurs sans défense, le commando de Baraev relevait du terrorisme. Le porte-parole de la Maison-Blanche souligna cette évidence, à juste titre. Mais, tout en acquiesçant, nombre de journalistes regrettèrent que l'Amérique démocratique s'arrête en si bon chemin et stoppe net son raisonnement : ne devait-elle pas, dans le même souffle, retourner un identique contre-compliment à l'ami Vladimir et aux cent mille hommes en armes qui exercent leurs cruels talents sur une population tout entière prise en otage ? « Pulvériser à l'explosif des morts ou des vivants est la dernière tactique introduite dans le conflit tchétchène par l'armée fédérale russe. L'exemple qui fait référence est certainement celui du 3 juillet 2002 dans le village de Meskyer Yurt où vingt et un hommes, femmes et enfants ont été fagotés ensemble et pulvérisés à la grenade et à l'explosif, leurs restes jetés dans un trou. Du point de vue des auteurs de ce massacre, cette méthode pour tuer est parfaitement adaptée : impossibilité de compter le nombre de corps, grande difficulté à les retrouver, même si, sur ce dernier point, la tactique du fagot ne résout pas tout » (*Newsweek*, 14 octobre 2002). Ce que les jeunes veuves n'ont pas fait au théâtre (bien qu'elles en eussent le temps, d'après les témoins), les soldats russes l'expérimentent à répétition en toute internationale impunité.

Comme un verre grossissant, l'expérience tchétchène dramatise une controverse qui risque de s'avérer décisive. Depuis le 11 septembre 2001 s'affrontent sourdement deux concepts du danger suprême et partant deux stratégies de survie. Première définition, celle des démocrates : est terroriste l'homme en armes (quelle que soit sa bannière) qui agresse délibérément des êtres désarmés. Seconde définition, proposée par les gouvernements russe et chinois : est terroriste l'irrégulier qui met en cause un pouvoir établi (sacro-saint, quel qu'il soit et quoi qu'il fasse). Aux yeux d'un amoureux de la démocratie, tout Etat ou appareil d'Etat verse à son tour dans le terrorisme lorsque sa violence vise sciemment des innocents. En revanche, pour Nicolas Ier, pour Staline, pour Poutine, toute contestation de l'Etat vaut incitation au terrorisme et la moindre rébellion appelle les grands moyens. Aux yeux de l'autocrate, la chasse est ouverte. Tout réfractaire ou présumé tel faisant une bonne cible, la conclusion coule de source : un bon Tchétchène est un Tchétchène mort. La formule fut énoncée en Russie, cinquante ans avant qu'en Amérique le général Sheridan ne l'appliquât aux Peaux-Rouges. Voilà pourquoi Poutine, sauf à sortir de ses gonds, ne souffre pas qu'on l'interroge sur le sort réservé aux civils de Tchétchénie. Et c'est au nom de la seconde définition du terrorisme qu'il conseillait à un journaliste trop curieux d'aller se faire castrer à Moscou.

Le terroriste est-il l'ennemi public de l'Etat ou l'ennemi public du public ? Loin de se recouvrir, les deux définitions s'avèrent souvent concurrentes. Leur antinomie ronge de l'intérieur, comme un virus informatique, les unions sacrées antiterroristes. D'où deux conséquences sévères pour l'avenir des Européens que nous sommes.

1) La question tchétchène n'est pas tchétchène, mais russe. Relançant une guerre de trois cents ans, Poutine souligna d'emblée qu'elle serait « exemplaire » ; elle devait symboliser le retour à l'ordre promis pour la Russie entière. Finie la « bacchanale des libertés » imputée à Eltsine ! Il rétablit la « verticale du pouvoir ». En jouant de la poigne, sans considération pour le désastre humain qu'il provoque, l'autocrate promeut l'« éducation sentimentale » de cent cinquante millions de concitoyens. A charge pour eux de contempler ce qu'il en coûte de ne pas obéir. La Tchétchénie ensanglantée n'est pas un misérable « reste » colonial mais l'image, projetée sur un petit coin de terre, de l'avenir dévolu aux récalcitrants, de Kaliningrad à Vladivostok. Dès 1820, le général Ermolov, boucher du Caucase, expliquait au tsar : « Ce peuple tchétchène inspire par son exemple un esprit de rébellion et d'amour de la liberté jusque dans les sujets les plus dévoués de Votre Majesté. » Vaste entreprise pédagogique : en éradiquant à n'importe quel prix le « chardon tchétchène » cher à Tolstoï, c'est l'idée de liberté qu'il s'agit d'extirper de chaque tête russe. La mise au pas des mass media, le rétablissement des censures et surtout de l'autocensure, le maintien des camps à régime sévère, la persécution du plus récalcitrant des « oligarques », Khodorkovski, et la réhabilitation du servilisme soviétique vont

de pair. Armée et services secrets ne combattent pas pour du pétrole, ils font la guerre à l'âme et à la culture russes. Ils veulent en finir avec la fascination jamais démentie (de Pouchkine et Lermontov à Elena Bonner-Sakharov) devant « une nation – les Tchétchènes – sur laquelle la psychologie de la soumission reste sans aucun effet » (Soljenitsyne).

2) La question russe n'est pas seulement russe mais irréversiblement mondiale. Un membre permanent du Conseil de sécurité prêche d'exemple. Si tout paraît permis dès qu'on détient la Bombe, peut-on imaginer plus décisive incitation à la prolifération des armes de destruction massive ? Tyranneaux de tous les pays, assemblez un engin dévastateur, puis payez-vous sur l'habitant, taillez un Caucase à votre pointure et massacrez comme il vous plaît. Une, deux, trois Tchétchénies. Un, deux, trois Kim Jong-il ! Va-t-il suffire de quelques bricoles nucléaires pour lever les tabous, affamer les siens par millions et défier l'univers ? L'abandon total des malheureux Tchétchènes, livrés à une soldatesque sans foi ni loi, laisse mal augurer de l'avenir du monde.

Les expéditions qui déferlent sur le Caucase depuis Pierre le Grand montent facilement aux extrêmes – l'historien Mayerbek Vatchagaev rappelle que l'empire aligna autant de soldats qu'il y avait d'adultes mâles en face, du jamais-vu dans une guerre coloniale classique ! Dès le XVIIIe siècle la conquête russe escalade vers une violence sans frein qui se rapproche dramatiquement de la « forme absolue » définie par

Clausewitz. Au XIXe siècle, par une succession de campagnes impitoyables et de promesses jamais tenues, le peuple tcherkesse (les Circassiens d'Hérodote) est simplement rayé de la carte, des millions meurent, le reste est expulsé dans des conditions infâmes vers la Turquie (1860-1865).

C'est une fois de plus dans l'horizon de cette montée aux extrêmes que Beria et Staline expédient en bloc les Tchétchènes au Goulag et brûlent les intransportables dans les mosquées (février 1944). Un tiers mourront au cours du « transport ». Le Kremlin choisit cyniquement la date de son forfait : au pays, il ne reste que des femmes, des enfants, des vieillards, des impotents. Les hommes valides sont en première ligne sur le front antinazi. Quelques exemples pour remettre l'histoire sur ses pieds : quatre cents Tchétchènes bloquent les premiers l'avancée des troupes allemandes, à Brest-Litovsk ; le mitrailleur Khanpasha Huradilov, à lui seul, abat neuf cent vingt ennemis ; il reçoit, pour ce fait de guerre inédit, l'Etoile d'or de Héros de l'Union soviétique pendant que sa famille est décimée. Un bataillon de cavaliers tchétchènes (et non russes comme l'exige la légende) fait la jonction avec les troupes américaines sur l'Elbe et leur commandant, Movlid Visaïtov, est décoré du *Purple Heart* par le gouvernement US. Un Tchétchène, Khakim Ismaïlov, accroche le drapeau rouge sur le Reichstag ; la séquence est immortalisée par la caméra d'Evgueni Khaldei, persécuté plus tard parce que juif. Que ceux qui ont des yeux pour voir, des oreilles pour entendre, une mémoire pour se souvenir méditent.

Aujourd'hui, face à l'oubli, aux falsifications, à la guerre totale sans cesse remise à l'ouvrage par les stratèges de Moscou, la résistance tchétchène réinvente difficilement une stratégie de survie. Comme le Grand exige du Petit une capitulation sans condition (ni garantie) et laisse planer la menace d'une extermination sans lendemain, les dérives terroristes risquent de s'accélérer. Avec la prise d'otages à l'école de Beslan, l'inimaginable devient imaginable.

En adoubant Vladimir Poutine au nom d'une immaculée alliance des Etats contre le terrorisme, les démocraties jouent soigneusement sur les mots. En avalisant les mensonges et les bains de sang où il patauge sans réticence ni scrupule, « l'Europe est tombée bien bas, jusqu'à se profaner », comme le regrette, à Moscou, Anna Politkovskaia après quarante périlleux reportages dans l'« enfer » caucasien. La communauté ouest-européenne s'était construite sur un triple refus, celui (posthume) d'Hitler et des nationalismes racistes, celui (alors contemporain) de Staline et de son Rideau de fer, celui (implicite) des aventures coloniales désormais révolues. Sans mot pour condamner, sans initiative pour bloquer cette guerre coloniale qui mêle procédures staliniennes et pulsions ethnocides, l'Europe en effet se renie elle-même et semble avaler son bulletin de naissance.

Interrogeant, il y a déjà un demi-siècle, les responsabilités du vieux continent, l'écrivain antifasciste Hermann Broch ne se contentait pas de condamner la fureur nazie. Il pointait, tapie dans l'ombre, une faute plus insidieuse, générale, continentale et commune : le « crime d'indifférence », condition de possibilité des abominations. Ce laisser-faire tranquille, confortable et obtus permit à un peintre raté, parti de rien, de semer cinquante millions de cadavres. Hitler et Staline ont quitté la scène, aucun successeur de leur taille ne hante nos plateaux, donc... notre indifférence repart de plus belle ! Le musée de l'Holocauste à Washington – peu suspect d'allégeance islamiste – classe la guerre en Tchétchénie cas numéro un d'alerte au génocide (*genocide watch*). Le 1er janvier 2000, Poutine, fraîchement promu, atterrissait sur le front du Caucase, en compagnie de Madame et des caméras, à la rencontre de soldats émérites. En guise d'étrennes, il ne leur remit pas des montres comme le veut la tradition, mais leur offrit cérémonieusement des armes de chasse, longues lames courbes, gravées à son chiffre, des couteaux d'égorgeurs. Ainsi finit le XXe siècle. Ainsi démarra le nouveau.

Le crime d'indifférence structure, selon Ionesco, les sociétés de rhinocéros. Doublement cuirassé contre le monde extérieur et contre son monde intérieur, ni réaliste ni sentimental, l'eurorhinocéros est du genre placide sinon sympathique. Une proie rêvée pour les chasseurs, snipers et maîtres chanteurs qui envient son standing en lorgnant ses richesses. Aucune SPA, fût-ce l'ONU, ne saurait à la longue garantir la survie d'une espèce aussi myope, égoïste et savamment muette.

Au Kremlin les impavides poursuivent leur politique du pire, ils éliminent les indépendantistes modérés et tolérants, ils assassinent leur chef, le Président démocratiquement élu sous contrôle international, mon ami Aslan Maskhadov, ils favorisent la montée progressive aux extrêmes de la violence qu'illustre l'abomination de Beslan. La prise en otages de plus d'un millier de civils, enfants, parents, enseignants, est un crime contre l'humanité ; leur « libération » à coups de lance-flammes, de grenades et de tanks russes tirant à l'aveugle en est un autre, pas moins « effroyable ». Et le mutisme diplomatique des capitales démocratiques, un troisième. Tout aussi épouvantable, me chuchote Victor Hugo.

Sourire : Paris 1900, Exposition universelle, on élit « la plus belle femme du monde » ; elle s'appelle Dara Tchermoeva, c'est une jeune Tchétchène.

Soupir : Moscou, 19 décembre 1999, première et dernière « conférence internationale » sur la guerre en Tchétchénie organisée par *Tass* et *Les Nouvelles de Moscou*. Ambiance lourde. Décorum soviétique. Deux cents journalistes internationaux, l'état-major du FSB (ex KGB) et de l'armée russe plus quelques dissidents historiques opposés au conflit. BHL et moi-même avons été conviés à prendre la parole pour de courtes minutes. Mon tour arrive, je lance quelques mots impuissants pour exprimer l'horreur que m'inspire le massacre des civils caucasiens. Que faire de plus ? Toute la nuit j'ai ressassé des plans foireux, en vain. Une inspiration soudaine, la colère surtout face à ces galonnés assassins : je me dresse et déclare respecter seul une minute de silence pour les enfants, les femmes et les hommes tombés sous les balles russes le temps de mon intervention (qui m'approuve me suive...) Stupeur ! Serguei Kovaliev se lève. Puis Alexandre Guinzburg. Un à un tous les présents imitent. Les militaires rouges ou blêmes de rage se sentent contraints de suivre le mouvement. Et voilà, devant les caméras du monde entier, le chef des cruautés au Caucase, le général Manilov debout, silencieux, en hommage aux morts qu'il ordonne ! La scène surréelle eut pu rester comme un souvenir plaisant, mais il grince : le même Manilov programmait la destruction totale de Grozny. Ce qu'il entreprit sans scrupule quelques jours plus tard.

10

Mallarmé ou la révocation de la providence

Où il est dit que le soleil se couche sans savoir s'il se lèvera à nouveau. Où l'on se demande comment ne pas s'aimer à en mourir ? Que la vie est une brève rencontre et le plaisir d'icelle. Que l'auteur pêche les bouteilles à la mer du poète.

« L'être humain agit en fonction de ses intérêts. » Qui ne souscrit à un tel truisme ? Reste à définir lesdits intérêts. On imagine que, dans les temps anciens, ils aient pu être sublimes ; selon les cas, l'Honneur, la Foi, le Prestige donnaient des ailes à nos aïeux. On gémit qu'aujourd'hui il n'en va plus de même. On suppute que seul l'intérêt matériel, chiffrable, monnayable règle la conduite des contemporains vaticinant et consommant. Singulière erreur ! Combien de fois ai-je constaté avec quelle facilité les « intérêts » économiques et concrets se retrouvaient sacrifiés d'un coup d'un seul à des motivations éthérées, qu'il faut bien nommer « intérêts idéologiques ». L'actualité de la si publiée « crise d'identité » universelle en témoigne. L'idéologie fournit moins des idées que des plaques d'immatriculation. Elle est affirmation d'un soi; elle le cadre dans l'existence; elle lui confère une origine et lui dessine une destination.

L'intérêt économique calcule mon avoir, je gagne, je perds, je me situe dans le plus ou le moins, donc dans le relatif. L'intérêt idéologique définit mon être, il touche à l'absolu : je ne suis pas ce que j'ai, par contre je suis ce que je suis. D'un côté la déclaration des revenus, de l'autre la déclaration d'état civil. L'idéologie distribue les certificats de baptême et tamponne les lettres de noblesse. Comment lui résister? J'ai, comme tout le monde, éprouvé le plaisir de prendre la pose. Enfant je m'affichais communiste au service des damnés de la Terre. En vieil adolescent, je me comptai dans une génération rebelle et extralucide, ou plus tard, voire simultanément, citoyen du peuple le plus intelligent de l'univers. Quelle félicité de se situer à l'avant-garde; ou en serre-file, témoin d'une civilisation supérieure en voie de disparition. Si je quittai, non sans errer, les chatoyantes Cythères où les locataires s'entre-admirent, se serrent les coudes et brandissent les poings, c'est grâce à la lecture d'un poète français, un de plus! qui m'enseigna l'art difficile de larguer les amarres.

Je dis poète, pas philosophe. Car il est des poètes plus philosophiques que les philosophes. Stéphane Mallarmé siège au premier rang de mes amours. Et je ne suis pas seul. Jean-Paul Sartre, qui reproche hâtivement au prof d'anglais ses éventails, son salon et sa tour d'ivoire, reconnaît la percée lumineuse qui donne cent ans d'avance à ce « mystificateur triste », ce « mort en sursis » : « Plus et mieux que Nietzsche il a vécu la mort de Dieu, bien avant Camus il a senti que le suicide est la question originelle que l'homme doit se poser [1]. »

Mallarmé, dès ma peu tendre adolescence, s'imposait en grand frère, il accompagnait mes élucubrations amoureuses, inspirait mes débuts infructueux de poète et m'initiait aux charmes distanciés d'une langue que j'avais choisie plus que subie. Je pris un temps fou pour découvrir le secret d'une telle connivence. Une remarque de Sartre me mit sur la voie. C'est entendu, le poète est excommunié dans la fournée de Baudelaire et Flaubert comme un affreux « petit-bourgeois »; mais, avant de céder à d'aussi plates considérations sociologisantes, Sartre a détecté une technique inouïe qui permet de voir « l'Etre à la lumière du Néant ». Le poète rompt avec la *doxa* commune : « Les enfants heureux découvrent la plénitude comme une donnée immédiate; la négation, l'absence et toutes les formes du Néant leur apparaissent ensuite sous l'aspect d'insuffisances locales, de lacunes provisoires, de contradictions volatiles; bref, le Néant est postérieur à l'Etre. Mais pour cet orphelin, c'est l'inverse : l'Etre est au-delà du Rien; le passage par le Néant est la seule voie d'accès au réel; il contemple le monde à la froide lumière de la Mort [2]. » Passons sur l'angélique innocence attribuée aux enfants normaux, ces chères têtes blondes et

1. Jean-Paul Sartre, *Mallarmé*, Gallimard, 1986.
2. *Ibid.*, pp. 102-103.

bergsoniennes qui font très très IIIe République. Reste le renversement que Mallarmé, un frère surdoué, sut chanter comme personne. J'y repère le sillage d'une galoche folle. « Je ne connais pas d'autre bombe qu'un livre », écrit-il ; moi non plus.

Le naufrage du soleil

De la perception sur fond de vie à la perception sur fond de mort, la conversion, ponctuée par le rythme à trois temps des sonnets, émerge dans « le drame solaire ». Au départ, le poète embarque dans la contemplation immédiate des soleils couchants, ou s'investit dans les traces encore vives que prolonge sa mémoire. Deuxième étape, la splendeur des nuages incendiés par les rayons déclinants cède à la « loi fatale » de l'obscurité victorieuse. Troisième station, dans un intérieur désert, une chambre sans éclairage, l'extinction des feux questionne : y aura-t-il « transposition » ? Le souvenir du prodige crépusculaire éveille-t-il les poètes fantomatiques ? Va-t-il embraser dans la nuit noire la chevelure blonde de Méry :

Comme un casque guerrier d'impératrice enfant
Dont pour te figurer il tomberait des roses [1] ?

Nul ne sait. L'authenticité du drame se vérifie par l'angoisse où il baigne. Le soleil disparaît « pour de

1. Stéphane Mallarmé, « Victorieusement fui le suicide beau... », *Poèmes*, in *Œuvres complètes, op. cit*, p. 37.

bon », sans garantie de retour. Aucune promesse ne promeut la résurrection de l'aurore. Oublions la météorologie et les lois de l'astronomie ! Davantage qu'un intermède éphémère, la nuit est l'indice de gouffres, dont la « neutralité identique » ménage d'incessants et peut-être universels, voire définitifs, naufrages. Mallarmé met en mots une scène primitive où s'affrontent l'ombre et la lumière. Tragédie de la nature, que vivent religieusement les peuples de la préhistoire selon Cox, dont Mallarmé traduit le traité des *Dieux antiques*. Tragédie mythologique, où les dieux et les héros « solaires » vengent l'astre blessé, pour sombrer finalement avec lui. Drame individuel du minuit, quand l'inspiration paraît et disparaît. La tragédie solaire est une lutte pour la vérité. Et la vérité doit sans cesse s'arracher à l'obscur – comme l'*aletheïa* grecque s'oppose au « noir Léthé », fleuve de l'oubli et de l'inconscient, comme Vénus surgit de l'abîme océanique.

Crépuscule des dieux selon Wagner ? Apocalypse gnostique ? Aucune évocation n'est étrangère aux écrivains du XIXe siècle finissant. Mallarmé ne s'y arrête pas. Comme sur une toile du Greco, la disparition de l'astre s'affirme destin, et l'aventure d'un soir sonne le glas du monde ancien. L'éclipse est définitive. Le ciel et ses nuages ont beau s'efforcer, en Cinémascope couleurs, de prolonger la magnificence défunte, le rire du soleil disparu moque leur vaine tentative. Inutile de dresser un mausolée nocturne au Dieu absent. Si fastueux qu'on l'imagine, le sépulcre demeure vide. Ainsi parle l'astre perdu :

Victorieusement fui le suicide beau
Tison de gloire, sang par écume, or, tempête !
O rire si là-bas une pourpre s'apprête
A ne tendre royal que mon absent tombeau[1].

L'affaire, qui fut la grande aventure des civilisations jusqu'à la nôtre, est close. Le ciel n'est peuplé ni de présence ni d'absence, il glisse tel un plafond opaque. La suite a lieu à tâtons, dans une chambre obscure. On songe à Fabrice dans la Chartreuse, à l'ombre de l'échafaud qui attend Julien ou le Condamné d'Hugo. Minuit sonne pour tout un chacun. Le poète, qui tourne en rond dans sa nuit, n'est ni élu ni maudit. Il est « fantôme », en perte d'identité, juste un peu plus n'importe qui que n'importe qui.

« Une danseuse n'est pas une dame qui danse. » Le poète n'est pas davantage un monsieur qui signe des poèmes. Il n'a pas à prendre la place – perdue – ou la voix – éteinte – du soleil. Il en assume la disparition. Au point de disparaître lui aussi. « C'est t'apprendre que je suis maintenant impersonnel et non Stéphane que tu as connu. » Principe de vie et de reconnaissance, l'astre assurait aux profanes qu'il éclaire une identité solide et prépondérante. Ceux qu'il ne recouvre plus de son paternel manteau de lumière errent déracinés. O Hamlet ! « le seigneur latent qui ne peut devenir, juvénile ombre de tous[2] ».

1. Mallarmé, « Victorieusement fui le suicide beau... », in *Œuvres poétiques complètes op. cit.*, p. 37.
2. Stéphane Mallarmé, « Hamlet », *Crayonné au théâtre*, in *Œuvres complètes*, vol. 2, Gallimard, « La Pléiade », 2003, p. 167.

Tant que la noyade vespérale n'est pas accomplie, on pressent sur décor d'harmonie un univers où tout n'est qu'« ordre et beauté, luxe, calme et volupté ». Même lorsqu'il plie sous le spleen, Baudelaire veut percevoir le désespoir, l'incongru, la misère et toutes les charognes de l'existence comme autant de contretemps, tristes défaillances locales et pécheresses d'une providence. Ici c'est fini. Corps, personnes, soupirs et songes ne trouent plus un ensemble symphonique, mais s'extirpent péniblement du néant chaotique.

Se demander si Mallarmé croit en Dieu ne présente pas le moindre intérêt. L'important, c'est que, en prenant le relais, en s'emparant du flambeau de la vocation poétique, il tranche le cordon ombilical qui nouait la parole inspirée à l'inspiration divine (ou satanique). Mallarmé est athée en poésie. Il ne fait pas mine de prêcher ou de blasphémer. Il ne s'encombre pas d'enthousiasmes, non plus qu'il ne déplore leur absence. Tant de rigueur serait de nos jours encore déprécié par le poète mystagogue – lieutenant ou tenant lieu de Dieu. Mallarmé siège loin de la sauce dévote dont Heidegger badigeonne Hölderlin. Ce poète trahi avait pourtant prévenu ses lecteurs : « Le défaut de Dieu aide. » Traduit en bon français révolutionnaire, cela donne : « Il n'est pas de Présent, non – un présent n'existe pas. Faute que se déclare la Foule, faute – de tout [1]. »

1. Stéphane Mallarmé, « Divagations », in *Œuvres complètes*, vol. 2, *op. cit.*, p. 217.

La troisième révolution poétique

Quand la foule ne se déclare pas, le poète ne peut plus s'ériger, à la manière de Victor Hugo, fier porte-voix du peuple, ni condamner un présent détestable au nom d'un passé glorieux ou d'un avenir vengeur. L'absence du « peuple », sujet unique de la grande Histoire, âme révolutionnaire d'une France Lumière du Monde, renvoie l'écrivain à sa finitude et à sa solitude.

Les fleurs du Bien cultivées dans *La Légende des siècles* se fanent et le poète gît dans le regret des actions populaires ratées, ô 1848 !, puis s'en retourne humer les floraisons mélancoliques « du Mal » dans les arrière-cours de la modernité. Baudelaire, ultime chef d'orchestre, aurait-il donné le *la* définitif ? Mallarmé adolescent le crut. Plus âgé, il propose en un seul sonnet la rétrospective distanciée d'un siècle de poésie française, le grand XIXe.

Le vierge, le vivace et le bel aujourd'hui
Va-t-il nous déchirer avec un coup d'aile ivre
Ce lac dur oublié que hante sous le givre
Le transparent glacier des vols qui n'ont pas fui !

Un cygne d'autrefois se souvient que c'est lui
Magnifique mais qui sans espoir se délivre
Pour n'avoir pas chanté la région où vivre
Quand du stérile hiver a resplendi l'ennui.

Tout son col secouera cette blanche agonie
Par l'espace infligée à l'oiseau qui le nie,
Mais non l'horreur du sol où le plumage est pris.

Fantôme qu'à ce lieu son pur éclat assigne,
Il s'immobilise au songe froid de mépris
Que vêt parmi l'exil inutile le Cygne[1].

Le sonnet se répond enroulé sur lui-même. Trois destins de la poésie s'entrechoquent : le « coup d'aile ivre » tente d'escalader le ciel ; la « secousse du col » se retrouve impuissante à apostropher l'azur ; le « fantôme » paralysé enfin ne songe plus à délaisser des lieux dont il cristallise « l'éclat ». Soient Hugo, Baudelaire, Mallarmé. Douze vers pour dresser le bilan d'un échec ?

Un siècle de poésie se terminerait-il en impasse ? Le départ en trompette du premier quatrain, au ton hugolien s'il en est, s'étouffe sur-le-champ. Cloué sur place. L'aujourd'hui d'un commencement (« vierge »), le *fiat lux* révolutionnaire et platonicien qui confère son existence à l'humanité (« vivace »), la connaissance (la beauté est « la plus manifeste » des Idées selon Platon) sont pris au piège de leur trop sublime désir.

A Prométhée succède Icare. Coincé dans la glace (« lac » = lacet), le poète n'a pas touché le soleil, il se retrouve rejeté au sol, ailes non pas brûlées mais gelées. L'impuissance du performatif positif – dire, c'est s'envoler – se redouble d'un performatif négatif

1. Stéphane Mallarmé, *Sonnets*, in *Œuvres complètes*, *op. cit.*, pp. 36-37.

– dire, c'est dégringoler. A son tour le poète du spleen et de la mélancolie, le « sans espoir », est happé par la « blanche agonie ». Il a beau refuser l'enthousiasme ailé d'Hugo, il a beau se rebeller contre l'optimisme solaire et ne pas chanter la « région où vivre », il paraît s'immoler dans l'espace stérile. Suicidaire, il profane ce qu'il croit, mais paraît croire encore en ce qu'il profane : « L'impuissance ne consiste pas dans l'impossibilité de rejoindre l'autre monde (thèse de Baudelaire), mais dans la croyance justement qu'il en est un [1]. »

Voudrait-on que j'en conclue, comme la plupart des exégètes, qu'en se plaçant en serre-file, délivré des illusions d'omnipotence, positive ou négative, de la parole poétique, Mallarmé s'enterre dans un échec au carré ? Le troisième cygne finirait « fantôme » à ne plus savoir « performer », soit de manière édifiante par ses ailes, soit dans la rébellion du col dressé. Il ne clame plus son oui, ni ne chante son non. Il mène une existence fantomatique, une vie désincarnée, si bien qu'il semble parachever l'impuissance et la stérilité générales, jusqu'à crever poétiquement sans voix. Mallarmé aurait-il refermé sur lui-même son propre tombeau ? Peut-être pas ! Même à lire dans le sonnet une implacable montée de « paralysie spirituelle », on repère dans les derniers vers un « ressaisissement » qui casse l'apathie polaire et contredit l'échec prétendu [2].

---

1. J.-C. Milner, *Mallarmé au tombeau*, Verdier, 1999, p. 59.
2. J.-P. Richard, *L'Univers imaginaire de Mallarmé*, Editions du Seuil, 1961, p. 236.

La sculpture glorifie le marbre ; le poème, le papier. Mallarmé refuse l'échappée belle, ou sombre. Il demeure attaché à une modernité qu'il peint *blanc sur blanc*. Givre, glacier, hiver stérile, blanche agonie, songe froid : les cygnes sont menacés de fondre dans l'uniforme virginité du lieu. Rien avant. Rien après. Rien au-dessus. Le monde est d'entrée désensorcelé. « Indéfectiblement le blanc revient, tout à l'heure gratuit, certain maintenant, pour conclure que rien au-delà et authentiquer le silence [1]. » Interdits désormais les faux-fuyants ! Ni la légende ni la malédiction des siècles ne viennent peupler la solitude du poète incliné « sur le vide papier que la blancheur défend [2] ». L'écriture *a contrario* chante le papier en s'imposant *noir sur blanc*, comme les étoiles symétriquement trouent de lumière la nuit cosmique. « L'encrier, cristal comme une conscience, avec sa goutte au fond, de ténèbres relatives à ce que quelque chose soit [3]. »

La maladie du moi

Porter le deuil de l'au-delà ne désole pas mon poète, ni ne le condamne au mutisme. En 1867, très tôt donc, il confie à son copain Cazalis en avoir fini avec les oiseaux du Seigneur, pas peu fier d'avoir

1. Stéphane Mallarmé, « Divagations », in *Œuvres complètes*, vol. 2, *op. cit.*, p. 234.
2. Stéphane Mallarmé, « Brise Marine », in *Œuvres complètes*, vol. 1, *op. cit.*, p. 15.
3. Stéphane Mallarmé, « L'action restreinte », in *Œuvres complètes*, vol. 2, *op. cit.*, p. 215.

gagné la « lutte avec ce vieux et méchant plumage, terrassé, heureusement, Dieu [1] ». Peu avant sa mort, il réitère : « Rien n'aura eu lieu que le lieu. » Attention ! Il ne postule pas que rien n'ait lieu. Il dit : il n'y a pas d'autre lieu. Il dit : rien de ce qui a lieu n'a lieu ailleurs. Inutile de battre des ailes. Inutile de tendre le cou vers un « autre monde ». Soulignons la double entente des quatre derniers mots du sonnet : « exil inutile le Cygne ». Soit on lit : « inutile le Cygne », il n'y a que l'exil, inutile de rêver au départ. Soit on lit : « exil inutile », inutile le chant supposé funéraire du cygne, car s'il n'est pas d'autre lieu, ce lieu n'est pas l'exil. Valéry soupire et conclut platement : « Il faut tenter de vivre. » Mallarmé évite la platitude, mais pas la conclusion, il ne « tente » pas de vivre, il vit. En chantant le lieu, fût-il glacé, où il survit au naufrage du cosmos ancien.

Si l'envolée hugolienne est exclue, la descente dans l'en deçà des Enfers baudelairiens aussi. Alors rien ? Pas si simple ! Pour Mallarmé, comme pour Proust, ce n'est pas l'attrait des pays lointains qui suscite le désir de fuir, mais ce désir qui invente et projette l'ailleurs dont on rêve. Rien n'a lieu ailleurs, donc c'est ici que chaque existence a lieu. La soif d'exil et d'exotisme ne renvoie pas à l'attraction d'un autre monde, infiniment variable, car cette attirance n'est que l'envers de la distraction, que Pascal nomme « divertissement ». Au fond des maladies de l'idéal – « L'Azur ! L'Azur ! » – bouillonne le mal du moi, cette pathologie

1. Stéphane Mallarmé, « Lettre de mai 1967 », in *Œuvres complètes*, *op. cit.*, vol. 1, p. 714.

de l'identité dont elles émanent. Dédaignant se moquer des idéaux bâclés ou des religions confites en dévotion (pour Mallarmé c'est un combat d'arrière-garde), le poète affronte le cœur du malaise moderne. Soit la douloureuse crise identitaire que traverse tout individu en perte des emblèmes traditionnels qui authentifiaient l'équation Moi = Moi. Comment trouver « sa place » quand les hiérarchies entrent en déliquescence et que les liens moraux se désagrègent ?

Première tentation mortelle : se contempler une fois pour toutes dans le miroir de sa dernière heure, en imitant le « suicide beau » de l'astre platonicien. Ainsi résonnent le défi de minuit et l'« Igitur » de Mallarmé. Lorsqu'un ordre du monde, bénéficiant du consensus général, s'effondre, lorsqu'il n'assigne plus à chacun son lieu et sa fonction, lorsque les paroles vides ne président qu'à des baptêmes provisoires et des identités sans garanties, le meurtre de soi s'avère la moins falsifiable des signatures. « Il ferme le livre – souffle la bougie – et, croisant les bras, se couche sur les cendres de ses ancêtres. » La preuve de soi par le moyen de la mort consacre doublement l'impétrant, qui se prend en main définitivement et s'accepte tel que la tradition l'appelle non moins définitivement : « Plus rien, restait le souffle, fin de parole et gestes unis – souffle la bougie de l'être, par qui tout a été. Preuve [1]. »

Les conflits identitaires à la mode vérifient le schéma d'Igitur : je ne sais plus où j'en suis, ni qui je suis, donc j'invoque mes ancêtres. J'existe en

1. Stéphane Mallarmé, « Igitur », in *Œuvres complètes*, *op. cit.*, vol. 1, p. 474.

eux afin qu'ils existent en moi, comme si le vide de ma vie accolé au vide de leur absence témoignait d'une plénitude continue et opaque, pour laquelle il est bon de se sacrifier. Le fou de Dieu est d'abord un fou de soi. « Car tel est son mal : l'absence de moi selon lui. Et sa race s'incarne dans le corps qu'il ne sent pas – tandis que la folie de cette race s'incarne en son esprit filial. Quant à son moi – il est divisé entre ces deux. » Le soi qui se désire tout à soi court-circuite la vie en identifiant la mort à ses morts. A l'occasion, il se fait exploser pour les rejoindre plus vite. Sa mémoire tourne au cénotaphe, « pour que l'ombre dernière se mirât en son propre soi [1] ».

Intrasubjective dans « Igitur », la mise à mort devient intersubjective avec Hérodiade. La Belle danse tous voiles dehors pour obtenir la tête de saint Jean-Baptiste ; dans le regard de sa victime, elle va enfin vivre et déjà mourir. Le sang de la décollation se mêle au sien pour arroser un crépuscule de l'univers. Profanatrice et tueuse, amoureuse et pure, masochiste, sadique, sensuelle et sainte, narcissique et désincarnée, tous les ingrédients de la bombe humaine se nouent dans son désir de s'éterniser par le meurtre. En elle, comme en Igitur, se tarambouille la formule du *crime identitaire* et se forge la clé des religions séculières ou sacrées des siècles à venir. Le poète, qu'on prétend reclus dans sa tour, a vu et bien vu.

Cette pathologie, on ne peut plus contemporaine, émane d'un délirant désir d'abolir le hasard,

1. Stéphane Mallarmé, « Igitur », in *Œuvres complètes*, vol. 1, *op. cit.*, p. 485.

l'angoisse, et l'incertitude. En s'administrant le néant, Hérodiade et Igitur recherchent la pleine, la pure, l'infaillible coïncidence avec eux-mêmes. Ils croient prononcer le « *Nunc Stans* » qui exaucerait leur passion identitaire. Ils se flattent d'échapper aux contingences de l'humaine condition en s'instituant absolus auteurs de leur destin. Lorsque le crépuscule du soleil platonicien signifie l'exténuation de la providence cosmologique (et céleste, et mondaine), la question du suicide et du meurtre devient centrale. Elle met en jeu la capacité individuelle de s'autogérer providence : je tue et me tue, donc l'existence m'appartient.

Selon la légende, Salomé offrit au roi Hérode sa plus lascive danse du ventre pour qu'il lui serve sur un plateau la tête de Jean-Baptiste. Mallarmé a resserré le scénario, éliminé le roi et limité la scène au face-à-face cruel de Salomé (Hérodiade) et de saint Jean-Baptiste expirant. Le poète isole le noyau suicidaire et homicide du désir d'être tout à soi. S'atteindre en s'éteignant : le projet coagule Eros et Thanatos, sacralise le lien entre la « petite mort » de l'extase amoureuse et la grande mort de la disparition physique. « Tu meurs, donc fais-moi être », disent les volutes d'Hérodiade à sa victime, quand elle guette dans les yeux du sacrifié la preuve de son assomption. Elle s'imagine pur reflet d'un regard du mourant, qui la fixe et la tue. La tentative échoue, le poème reste inachevé. La parfaite réciprocité de soi à soi (Igitur) ou de soi à l'autre (Hérodiade), placée sous le patronage d'une mort donnée et reçue simultanément, est un leurre. L'obsessionnelle poursuite de soi reste une impasse absolue. « Mal informé celui qui se croirait son propre contemporain [1]. »

Igitur héroïse le nihilisme passif. Il veut assumer sa « race » et se charge d'histoires, immémoriales peut-être, défuntes à coup sûr, qui le vampirisent. Hérodiade ou Salomé, nihiliste active, inverse la relation : avec Jean-Baptiste, prophète chrétien, la tradition gît décapitée. La jeune vierge assumera-t-elle le défi d'un meurtre peut-être trop grand pour elle ? Toujours en deçà et au-delà de l'instant fatal, les héros de Mallarmé méditent un acte dont ils s'exigent maîtres, ils se veulent à la fois origine, tenant et aboutissant. Pourtant le moment où ils décident d'en finir, donc de finir de penser, ce moment leur glisse forcément entre les doigts. Le calvaire d'Igitur se prolonge en boucle. Il pense sans cesse à s'arrêter de penser, donc sans cesse n'y parvient pas. Incapables d'être Dieu, nous demeurons soumis aux coups de dés, lesquels n'abolissent pas le hasard.

Igitur s'est sacrifié au narcissisme de la fidélité. Il a choisi de mourir dans les plis du drapeau, enfant d'un napoléonisme hugolien. Hérodiade chante le narcissisme de la Pureté, mêlant les musiques du dandysme et des satanismes baudelairiens. Mallarmé explicite la conséquence nihiliste des « visions du monde » de ses deux grands prédécesseurs. La crise du verbe et la crise d'identité sont les deux faces d'une modernité mise en demeure par l'éclipse du soleil.

---

1. Stéphane Mallarmé, « Divagations », in *Œuvres complètes*, *op. cit.*, vol. 2, p. 217.

Adieux à la providence

Hölderlin apostrophe le « manque de Dieu », quand Mallarmé pense « défaut » des langues. Le jour se dit en une voyelle obscure, la nuit crie par une voyelle claire. Il faut partir de cette faille initiale entre le son et le sens. Jamais le dire et le faire, le signifiant et le signifié, la pensée et le verbe ne seront un et le même. Aucune magie des mots ne suture pareille béance permanente. Rien n'épargne au sujet parlant les risques et les périls de l'expression. « Toute pensée émet un coup de dés [1]. »

Quel rapport noue Mallarmé à la philosophie ? Le poète s'est défendu de théoriser à la manière des sommités académiques. Il appréciait pour la forme les carambolages dialectiques de Hegel, mais abandonnait à son ami Villiers de L'Isle-Adam le soin d'en traiter avec le sérieux spéculatif exigé. Descartes l'inspira. Il l'a lu et projeta sur la lancée une thèse universitaire. Sans suite. Le poète pense la « sensation » et refuse, il en est fier, de subordonner le vers au concept. Evitons de conclure trop vite que ses poèmes ne sont pas philosophiques. Ils le sont, et de part en part. Bien davantage que s'ils se réclamaient d'une vision du monde en vogue, platement étiquetée « philosophie ».

Lorsque Mallarmé énonce : la poésie « rémunère le défaut de la langue », il part du même pied que

1. Stéphane Mallarmé, « Un coup de dés », in *Œuvres complètes*, *op. cit.*, p. 371 *sq*.

Socrate. Platon consacre un dialogue, *Cratyle*, au langage, ou plus précisément à un langage pris « en défaut » parce que « duplice », un langage capable du faux comme du vrai, un langage donc à jamais faillible, incertain et trompeur. En traduction mallarméenne, cela donne : chacun est voué à « feindre », les sons ne collent pas aux sens, ni les mots à la présence de la chose ou de l'idée. Ne dis pas : la rose, suggère « l'absente de tout bouquet ». Pour « rémunérer », c'est-à-dire remédier, transcender, dépasser la finitude de la parole, Mallarmé poste le poète « qui rend plus purs les mots de la tribu » et relaie le « dialecticien » inventé par Socrate. A l'un comme à l'autre incombe le juste usage des mots [1].

Le dialecticien et le poète partagent le même recul critique devant un « ça parle » tribal – la *doxa* – qui avant même qu'ils n'interviennent, a déjà affirmé tout et n'importe quoi . Ni le mallarméen ni le socratique n'acceptent de se laisser porter, à la guise romantique ou mystique, par une « langue maternelle » qui les duperait en promettant une parole sans duplicité. D'où leur impératif commun d'autoréflexion. L'intellectualisme de Mallarmé, décrié à tort, n'est que la version poétique de la « connaissance de soi » socratique, un souci de ne pas s'étourdir en s'enivrant de déclamations à l'emporte-pièce. Le démon qui inspire Mallarmé comme Socrate se révèle avant tout négatif et ascétique. Il retient, il

1. Platon, *Cratyle*, 390c, Les Belles Lettres, 1989.

prohibe plus qu'il ne transporte, « la destruction fut ma Béatrice [1] ».

« Nous ne savons rien des dieux », confie Socrate. Le langage divin serait toute vérité, dit Homère, mais il nous échappe. Rien ne sert de fabuler un fabricant de mots à l'origine du langage humain, un « nomothète », répètent les anciens Grecs. Force serait alors de l'imaginer victime d'un rhume de cerveau, pris de vertige ou de boisson, bref : défaillant. On juge l'artisan à son œuvre. Puisque le *logos* est trompeur, son créateur supposé ne mérite pas la confiance que les naïfs lui accordent. Le maître des mots selon Socrate s'annonce mystificateur, comme le « malin génie » auquel se mesure Descartes dans ses *Méditations*. La fracture s'impose, première et répétitive, entre les mots, les choses et les idées. La fracture impose la nécessité de travailler en elle, avec elle, sans espoir de la colmater. Tel est le Graal d'une quête mallarméenne.

« Rien n'aura eu lieu que le lieu. » Car ce lieu fracturé est le lieu de naissance du langage. C'est un espace sans recours ni balise où, dès les premiers mots prononcés par l'humanité, le nomothète-créateur se déclare forfait. Radicalement forfait. De sorte que parler à sa place, en s'autorisant d'une inspiration infaillible, relève de la forfaiture ou d'une pantalonnade. Lorsque la poésie se retourne sur sa condition de possibilité et « scrute » le langage à l'état naissant, elle conclut que seul le hasard arbitre nos paroles, et

---

1. Stéphane Mallarmé, « A. Eugène Lefébure, 27 mai 1867 », in *Œuvres complètes*, *op. cit.*, p. 727.

non quelque pouvoir omniscient sorti tout droit d'une boîte à malices. Voilà pourquoi « Le coup de dés », l'œuvre dernière, la plus achevée, évoque un inaugural naufrage, celui du mystérieux « maître » qui n'est autre que le maître des mots, le nomothète platonicien :

> Le maître
> Surgi
> Hors d'anciens calculs...

Le naufrage a eu lieu. La noyade est inéluctable. Au désastre originel répond le poème. Il s'élève, coup de dés lancé dans l'univers comme une constellation lointaine dont l'éclat « rémunère » la nuit.

Igitur et Hérodiade luttaient désespérément contre le hasard. Ils respectaient trop les « anciens calculs ». Ils revendiquaient un héroïsme providentiel. Ils exigeaient de leur mort qu'elle authentifie la parole des ancêtres, la « race » d'Igitur; ils désiraient qu'elle reflète une vie où dire et faire se confirment dans l'absolue et virginale transparence d'Hérodiade. Le lancer de dés, quel que soit le nombre final, loin d'abolir le hasard, au contraire le confirme. Igitur, poète de jadis, trébuche sur l'impossibilité d'échapper à la contingence. « Dans un acte où le hasard est en jeu, c'est toujours le hasard qui accomplit sa propre Idée en s'affirmant ou se niant [1]. »

1. Stéphane Mallarmé, « Igitur », in *Œuvres complètes*, *op. cit.* vol. 1, p. 146.

Loin d'abolir le hasard, Mallarmé, dans son poème-testament, l'exalte. Il l'érige fondement poétique : « Toute pensée émet un coup de dés. » Le renversement est total. C'est la providence qu'il faut rayer de la carte. Et, avec elle, balancer par-dessus bord son intercesseur, le poète-mage. Les poèmes ne sont pas l'expression d'un destin plus immémorial que lui. Ils n'orientent pas vers un avenir prédestiné. Un poème n'cst pas une boussole, mais une bouteille à la mer. Il trouve et prouve sa pureté à s'accepter fruit d'un hasard envoyé au hasard. « Le coup de dés [1] » est une méditation philosophique, celle d'un art émancipé de toute griffe théologique et politique, un art affranchi de l'outrecuidance qui prête voix à une communauté, qui donne sens à l'histoire et fixe un but à l'humanité souffrante. La pureté mallarméenne invente le témoignage fini de l'humaine finitude et de la possibilité d'y exister, à l'occasion joyeusement.

Déclare-toi !

L'amour narcissique s'affirme performatif, je dis donc c'est, je dis je t'aime donc tu m'aimes [2]. L'amour tout court prend le risque d'une demande inquiète, laquelle ne présuppose pas une réponse positive.

1. *Cf.* le magnifique livre de G. Davies, *Vers une explication rationnelle du « coup de dés »*, Editions José Corti, 1953.
2. « En stricte justice quiconque est aimé doit aimer. Celui qui n'aime pas celui qui l'aime se rend coupable d'homicide, c'est un voleur, un sacrilège. » Marsile Ficin, *Commentaire sur* le Banquet (1484), Les Belles Lettres, 1978, p. 157-158.

L'amour qui se performe poursuit à huis clos son autogestion imaginaire. L'amour qui se déclare s'ouvre au suspens et à l'imprévu ; il ne sait pas du tout ce qui l'attend, et pas tout à fait ce qu'il attend. Il se jette à l'eau. Il lance les dés.

« La déclaration foraine [1] » surprend le poète en promenade avec une « contemporaine ». Un landau les berce silencieux à la brune, quand soudain le tumulte joyeux d'une fête foraine les surprend. Elle décide de s'y aventurer. Il la suit. Ils découvrent une baraque déserte, sans emploi ni public. Mue par un brusque caprice, la jeune femme fait battre le tambour. Les badauds accourent et se pressent autour d'elle, qui, grimpée sur une table, immobile, s'expose « sans supplément de danse ou de chant ». Pour ne pas décevoir la foule et répondre à sa curiosité, le poète s'installe bonimenteur et entreprend de déclarer à haute voix sa flamme pour la belle. Il déclame un de ses précieux sonnets que l'assistance saisit au vol, sans le comprendre, avec pourtant « la certitude pour chacun de ne pas être refait ». Quelque chose – un mystère ? un miracle ? – a lieu. « Rien qu'à simplifier avec gloire la femme » fait communier les regards et la parole poétique « ainsi qu'une joyeuse et tutélaire torche ». L'astre de l'harmonie platonicienne s'est éteint, mais rien n'est perdu. Çà et là, un flambeau s'allume et des étoiles brillent.

Observons de plus près l'impromptu de la « déclaration foraine ». Le succès n'était pas garanti, le ridicule

1. Stéphane Mallarmé, in *Œuvres complètes*, *op. cit.*, vol. 1, pp. 423-428.

rôde dans les parages. La vamp eût pu déraper dans une sorte de strip-tease nunuche ; le poète, se bloquer, méprisant, grognon, juché sur ses échasses élitaires ; l'assistance, s'en tenir aux roulements du tambour et préférer le style pompier au mystère de la femme. La triple dérive kitsch a été évitée de justesse ; en témoigne, dans un coin, le militaire (« tourlourou ») obsédé, « l'attente en gants blancs encore d'un enfantin tourlourou qui les rêvait dégourdir à l'estimation d'une jarretière hautaine ». Conclusion : le risque d'incommunicabilité, « inévitable doute du jeu suprême », est inhérent à la communication. Sauf si stérilement tout est su et dit d'avance ; ce qui revient, pour échanger des pensées, à prendre ou mettre « dans la main d'autrui, en silence, une pièce de monnaie » et réduire ainsi le langage à « une fonction numéraire ». Une déclaration qui défie le silence en prenant du même coup le risque d'y tomber, si « foraine » qu'elle s'affiche, est poétique. Au rebours d'une parole performative, enfermée dans sa narcissique performance, qui ne risque rien et ne découvre rien.

Reprenons :

1) Quelque chose a lieu, le public s'éloigne satisfait, il « en » a eu pour son argent.

2) Entre les trois partenaires, l'assistance et, sur la scène, l'homme face à la femme, le courant de la séduction « passe ».

3) Le poème, si hermétique qu'il paraisse, chante. Et tous apprécient, non ce qu'il dit, mais sa manière de dire. Ils savourent la poésie.

L'événement « forain » noue ces trois dimensions. Le public, dépositaire du code – « on paie pour voir » –, atteste la valeur référentielle – « on a vu » – du spectacle. La séductrice fait partager l'émotion qu'elle exprime et suscite. Elle manifeste la dimension émotive qui noue le destinateur au destinataire en tout langage. Quant au poète, pris à l'improviste, il ne témoigne plus pour le rapport du langage à la réalité ou à la communauté, mais il chante le rapport auto-référentiel du message à lui-même. Dans cet instant de communication passagère mais totale, rien n'est oublié des multiples dimensions du rendez-vous : réalité, séduction, musique.

La marque de fabrique mallarméenne veut que nul metteur en scène n'ait prévu ni dominé l'aventure. Là, l'important. Le coup de tête de la dame, la présence d'esprit du poète, la bonne volonté des spectateurs n'étaient pas programmés à l'avance. Le hasard a présidé au succès de l'improvisation, qui eût pu capoter. Les uns et les autres fêtent la réussite d'une aventure sans garantie préalable, splendide justement parce que sans garantie. « Le hasard est la plus vieille noblesse du monde », confirme Nietzsche. Non seulement la rencontre se produit sans qu'aucune harmonie préétablie ne la régente, mais c'est l'absence de toute prédestination qui bricole le charme suprême de cet accord inopiné. Le public, l'homme et la femme ne sont pas « par nature » destinés à s'entendre, voilà qui rend leur entente d'autant plus précieuse.

Aucun nomothète platonicien ne contrôle la circulation des mots, des sons et des images. Le « maître du langage » est absent depuis toujours. Sa disparition originelle définit pour Mallarmé la condition irréductible du sujet parlant. Puisque toute pensée émet un coup de dés, le plaisir de *s'entre-tenir* s'ajoute à la parole comme à la jeunesse sa fleur.

La Bonne Nouvelle mallarméenne soigne le langage par le langage. Elle « rémunère » le défaut des langues et montre qu'en l'absence d'un Maître omniscient et tout-puissant une parole de vérité demeure possible.

A) Il y a du référent, l'homme n'est pas condamné au bavardage, n'en déplaise aux nihilistes postmodernes. Dire le rien, c'est dire. Dire le chaos des origines, la possibilité d'une fin de toutes choses, n'est pas ne rien dire, c'est évoquer les ors et les ombres des soleils couchants. Certes, il faut auparavant abolir la prétention si peu poétique de boutonner à chaque chose son mot et renoncer au vain espoir d'un calcul universel. Loin de s'en désoler, Mallarmé convertit son désenchantement en chance. Il lance son poème et parie qu'il allume, au-delà de lui, une constellation nouvelle. Chaque sonnet explore une réalité nocturne ; l'écrit et la chose s'éclairent par une « réciprocité de feux ». Les surréalistes parlent alors de « hasard objectif ».

B) Il y a du répondant. Si une parole authentique n'est portée ni par le fantasme d'une « voix du peuple » ni par la déploration de son absence, son côté « forain » s'impose. Le public juge sur pièce, mais son jugement ne jouit d'aucune infaillibilité. Comme la mise en scène et les acteurs, le public peut sombrer dans « l'inanité sonore ». La menace d'un océan d'insignifiance fait ressortir *a contrario* l'émergence d'un sens qui lie inopinément le spectacle et les spectateurs.

C) Il y a du signifiant. Le langage, écartelé entre le désignant et le désigné, la forme et le fond, l'expéditeur et le destinataire, est capable de « transposition ». C'est-à-dire capable de jouer avec ces écarts pour donner à voir et à penser. « Le poème », dit Valéry, est une « hésitation prolongée entre le son et le sens ». Lorsqu'elle chante – en prose ou en vers –, la parole n'assène pas de point final. Loin de conclure une fois pour toutes, elle relance la quête. Elle approfondit le « mystère dans les lettres ». Jamais un unique coup de dé n'abolira les coups de dés.

Ici se rencontrent poésie et philosophie. Elles retrouvent de conserve « cette question qui est un objet passé, présent et éternel de recherche et d'embarras : qu'est-ce que l'être [1] ? ». Face à l'énigme de toujours, Mallarmé n'interroge pas les voies de la providence, mais les inventions du hasard, et cela bien avant que la science moderne annonce que « le hasard seul est à la source de toute nouveauté, de toute création dans la biosphère [2] ».

Mallarmé n'est pas un poète d'avant-garde. Il ne cosigne pas de manifeste pour proclamer la solution catégorique des crises et s'enorgueillir de les résoudre toutes. On n'échappe pas à la duplicité des mots et des relations humaines. On la « rémunère » par des bonheurs d'expression et de convivialité, d'autant plus

1. Aristote, *Métaphysique*, 1028, b2.
2. Jacques Monod, *Le Hasard et la Nécessité*, Editions du Seuil, 1971, p. 127.

sublimes que hasardeux et hasardés – à condition de savoir substituer au coup de Dieu les coups de dés et à une providence suprahumaine la majesté profane du hasard. Sans prétention de meneur d'âmes ou de maître penseur, mon poète rappelle sans cesse le « forain », l'aléatoire et le dérisoire des belles rencontres entre les mots comme entre les humains.

O si chère de loin et proche et blanche, si
Délicieusement toi, Méry, que je songe
A quelque baume rare émané par mensonge
Sur aucun bouquetier de cristal obscurci [1] [...]

1. Stéphane Mallarmé, « O si chère... », in *Œuvres complètes*, *op. cit*, p. 67.

11

Le sens de l'Europe

Où l'insolente dissidence bouleverse l'ancien monde, renouvelle sa morale, empêche de dormir debout et permet de ne pas vivre décervelé. Où il est dit non à l'élargissement, oui à la réunification. Comment à la fin du parcours on voit qu'il débuta au Café de la Paix, où Martha jeta les dés.

Existe-t-il une manière de vivre non pas dans, mais face à l'absurde ? Je dois à mon enfance en France occupée d'avoir connu de près des êtres ordinaires capables de ne pas baisser les bras et de résister dans des circonstances extraordinaires. Mais encore ? Ces héros non professionnels, lorsqu'ils ont survécu, ne se montraient pas plus malins que n'importe qui, capables d'illusions, de bourdes, de découragements, parfois emportés par les grandes vagues nihilistes des après-guerres et des postrévolutions où les lendemains chantent plus faux qu'ils ne le prévoyaient. Quand bien même j'insistais sur la parenté stellaire de la Matriona de Soljenitsyne et de ma Martouchka de mère, cette dernière supportait mal, au soir de sa vie, que je pusse un instant l'identifier à une paysanne crottée du fin fond des steppes ; les braves gens, sur cette planète pourrie, elle les comptait sur les doigts d'une main. Et encore, avec difficulté. Moi, j'eus la chance d'en rencontrer pléthore. Après sa mort, quand je me retrouvai dans Prague communiste pour assister à des séminaires clandestins, je fus pas mal remué de participer aux activités subversives de quelques audacieux dans la ville où elle vit le jour et vécut une enfance heureuse, même dans la pauvreté.

Václav Havel, alors poursuivi, m'avait fait savoir qu'il désirait me rencontrer, entre deux séjours en prison et l'écriture d'une pièce de théâtre. Il était le plus fameux des opposants aux dictateurs réinstallés par les tanks de l'Armée rouge qui, en août 68, avait refermé dans le fer et le sang la parenthèse réformatrice du Printemps de Prague. Après plusieurs années de déprime, une nouvelle génération d'intellectuels relançait la contestation. Sa première manifestation publique fut une pétition, la *Charte 77*, contre l'interdiction et l'enfermement de « Plastic People », un groupe de musiciens rock. Ces jeunes gens n'avaient pas eu l'heur de séduire, ni par leur musique électrique ni par les paroles de leurs tubes, les ganaches nommées par Moscou à la tête de la république démocratique et populaire de Tchécoslovaquie. La *Charte* réunissait dans la protestation environ deux mille courageux.

Václav Havel était en Occident un écrivain reconnu et déjà célèbre. Il entretenait des rapports cordiaux avec les écologistes allemands, mais à sa grande tristesse découvrait que ceux-ci donnaient tête baissée (déjà ! encore !) dans un pacifisme antiaméricain, exalté mais traditionnel. Petit rappel à l'usage des oublieux et des jeunes générations : les Soviétiques avaient aligné des rampes de missiles nucléaires pointés sur l'Europe de l'Ouest ; les Américains décidèrent de parer la menace et d'installer symétriquement des missiles Pershing II. Cela s'appelle la dissuasion, la paix était à ce prix. Le sang des gauchistes et des écolos allemands (bientôt du monde entier), qui s'étaient tus face aux SS20 soviétiques, ne fit qu'un tour, les vieilles et rituelles marmites idéologiques se mirent à bouillonner. Les rues des villes allemandes s'emplirent de cris vengeurs vitupérant l'« impérialisme » de la Maison-Blanche ! Oubliées les menaces russes. Oubliés les centaines de millions d'opprimés sous la férule rouge. Oubliés les « frères » allemands de RDA. Le chantage venant de l'Est, les pacifistes partaient à l'assaut de l'Ouest.

La philosophie des laveurs de carreaux

Havel avait lu dans un hebdomadaire des extraits de la polémique sévère [1] que j'entrepris contre eux ; il voulait me rencontrer, curieux de jauger un type qui,

1. *La Force du vertige*, Grasset, 1983. Le livre partit comme une traînée de poudre en Allemagne. Une fois n'est pas coutume, je reçus l'approbation, sur TF1, de François Mitterrand, qui venait de déclarer au Bundestag : « Les fusées sont à l'Est et les pacifistes à l'Ouest. »

comme ses amis au parfum de ce qu'il en coûte de perdre sa liberté, pensait et écrivait en Occident : « Ni rouges ni morts », quand les pacifistes entonnaient sur l'air de la servitude volontaire : « Plutôt rouges que morts ! » Le rendez-vous fut manqué à l'aéroport. Havel, tout juste sorti d'une prison où il devait très vite retourner, jouait à cache-cache avec la police. Une jeune fille blonde et longiligne me réceptionna. Zdenka venait d'être renvoyée de l'université pour avoir refusé l'examen obligatoire de marxisme-léninisme. Ils étaient nombreux comme elle, qui suivaient des cours clandestins chez des professeurs interdits d'enseignement pour d'identiques malpensances. Je fréquentai en catimini la fine fleur de l'intelligence tchèque, soit : des employés du nettoyage, des chauffagistes, des balayeurs, des hommes et des femmes à tout faire. Tous diplômés, tous savants, tous exclus de leur faculté, soumis à des travaux manuels pénibles, dernière marche avant l'incarcération. Le professeur Haïdanek, laveur de carreaux, souffrait du dos mais ne pouvait pas se soustraire à la tâche, sous peine de mourir de faim.

Il organisait des séminaires de philosophie « bourgeoise » dans son appartement. Au risque des descentes de police, filles et garçons avides de connaissances hérétiques s'y pressaient, après avoir semé les « grandes oreilles », pour l'écouter, de longues heures après le travail, disserter sur Nietzsche ou Heidegger. Je prononçai une « conférence » sur Platon et Soljenitsyne. Mi-sérieux mi-moqueur, Haïdanek me compara à Jésus-Christ ! C'était la seconde fois que le parallèle cocasse me tombait sur le crâne; la première, Maurice Clavel, théâtral, l'énonça à genoux dans la Brasserie Lipp : « Je suis votre saint Jean-Baptiste. » Je ne suis pas sûr d'avoir goûté la saveur plaisante du compliment, tant les prêcheurs, barbus ou non, m'ennuyaient, même pour rire. Dans ces assemblées praguoises, qui évoquaient quelque peu la Cène christique, je rencontrai par contre un jeune philosophe, Pietr Fidelius, qui ressemblait, lui, trait pour trait aux portraits de Jésus peints par Léonard. Il possédait la douceur parabolique, le timbre chantant et l'humilité qu'on se plaît à imaginer chez le Fils de Dieu, mais travaillait, toute la sainte journée, dans la cave d'un gigantesque et sinistre immeuble du Parti, à remplir des chaudières fuyardes. « Là au moins il fait chaud ! » disait-il en pensant à ses compagnons qui s'escrimaient dans le froid. Entre les tas de charbon, il avait dressé son lit, posé un piano entré je ne sais comment et camouflé une ronéo où, à l'insu des préposés, il tirait les tracts et controverses clandestins de la *Charte*.

Dix jours passèrent ainsi dans l'admiration de ces gens de plume passés manœuvres qui ne cédaient rien de leur for intérieur. Ils semblaient philosopher dans les catacombes et grâce à eux le fil ténu de la pensée libre n'a pas été rompu. Havel n'avait toujours pas semé ses flics. Il décida de passer outre et fixa la rencontre dans la salle grise et enfumée d'un café populaire. Les hommes des « Services » tenaient les murs sans aucunement se dissimuler. Leur allure drolatique collait à la fonction. Véritables caricatures, telles qu'on en croise dans les films d'espionnage hollywoodiens : il y avait les gros bras en blouson de cuir avachi, un bonnet enfoncé sur le crâne, et les chefs en imper sombre et chapeau mou, façon Kremlin le 7 novembre sur la place Rouge. Havel risquait gros. Moi pas grand-chose, je fus seulement interdit de séjour jusqu'à la fin d'un régime qui six ans plus tard tomberait. Nous parlions en anglais. Il m'interrogea d'abord sur Mai 68. Mon anticommunisme m'avait valu l'étiquette de « renégat » dans les syndicats marxistes-léninistes, qui venaient de me décerner à la Foire du livre de Francfort le « Prix de la littérature de guerre et nazie ». Le quiproquo se dissipa en quelques secondes et nos rires secouèrent la salle. Les espions, qui n'y comprenaient mais, sortirent un instant de leur torpeur. Rien de plus, dodo.

La suite de la conversation sur la pensée de la dissidence les aurait davantage éclairés, s'ils avaient entendu des langues et des pensées étrangères. Je rendis hommage au maître de Havel, le philosophe Jan Patocka. Né en 1907, longtemps proscrit de l'université, il avait succombé en 1977 entre les mains de la police après des interrogatoires prolongés. Seuls quelques *happy few*, à Prague et dans d'autres capitales, avaient vent de son importance et de son rayonnement. Je l'avais découvert dans une traduction des *Essais hérétiques* préfacée par Paul Ricœur [1]. Havel confirma mon admiration pour cette très socratique volonté de « vivre dans le vrai », devenue avec les années une stratégie philosophico-politique dont la

1. Jan Patocka, *Essais hérétiques*, Editions Verdier, 1981.

dissidence praguoise s'était emparée. Havel en particulier, qui traquait de ses moqueries la « vie dans le mensonge ». Il repartit le premier, les anges gardiens lui emboîtèrent le pas. Il en resta tout de même un ou deux sur mes talons afin de satisfaire mon ego.

Je revins, en novembre 89, à Prague, pour voir l'homme de lettres ovationné par la foule sur la place Venceslas. Entre-temps il m'avait fait un grand honneur : me désigner pour prononcer sa *laudatio* dans l'église St Paulus de Francfort, lorsqu'il reçut le prix de la Paix. La cérémonie, en présence du chancelier Kohl et du président Weiszäcker, se déroula sans lui. Assigné à résidence, redoutant d'être banni sans espoir de retour, il n'avait pu se rendre en Allemagne. Maximilian Schell s'offrit à prononcer son discours [1]. C'était le 15 octobre 1989. Pendant ce temps, les Allemands de l'Est, *Flüchtlinge*, votaient avec leurs pieds et fuyaient en masse la RDA. Le 9 novembre, je regardais à Berlin le Mur tomber. Le 27, j'ovationnais à Prague Václav Havel, le proscrit, en route pour le « Château ». Le 23 décembre, j'entrais en Roumanie avec le premier convoi étranger organisé par Médecins du monde, dans quelques jours Ceauşescu serait fusillé. Un an plus tard l'Union soviétique était dissoute. Des milliers d'étincelles isolées avaient mis le feu à la plaine. Les pays commu-

1. Les Editions de l'Aube ont publié nos deux discours en un seul volume : Václav Havel, *Quelques mots sur la parole*, André Glucksmann, *Sortir du communisme c'est rentrer dans l'histoire*, 1989.

nistes d'Europe s'effondraient l'un après l'autre comme châteaux de cartes.

Détour providentiel par Bucarest. Novembre et décembre 89 furent deux mois bénis, je parcourais l'Europe centrale en ébullition, sans savoir où donner de la tête tant les événements se précipitaient. Voulais-je à nouveau partager les joies de la Libération ? Le cours des réjouissances n'était pas un fleuve tranquille, il eut ses sautes d'humeur. De la frontière bulgare à Bucarest, dans les camions de Médecins du monde on exulte, sur le parcours nous voilà acclamés tels des « libérateurs » que nous ne sommes pas. A Bucarest, climat plus tendu, les chars ont envahi les rues. Le bon peuple court dans tous les sens, qui tire sur qui ? Qui gueule sur qui ? Qui est qui ? Nous débarquons nos médicaments à l'hôpital d'urgence, présentation des premiers cadavres, moins nombreux que dans nos imaginations. Le directeur reçoit dans le noir : l'électricité est coupée. Il remercie avec emphase les docteurs français de l'aide qu'ils apportent, et conclut : « Repartez tout de suite, sauvez-vous, la Securitate va nous égorger dans la nuit...
– Nous en avons l'habitude ! » coupe Jacques Berès avec un brin d'humour lapidaire. Et tous de rester, moi compris, à attendre les « égorgeurs ».

L'immeuble de la Télévision d'Etat vient tout juste d'être libéré après quelques combats, nous sommes conviés, Jacques Lebas [1] (alors président de MDM) et

---

1. Sur cette aventure, voir Jacques Lebas, *A la vie, à la mort*, Editions du Seuil, 1993, et les photographies de Gérard Rondeau.

moi, à prononcer quelques paroles d'encouragement au peuple révolté. Bien. Flanqués de deux étudiants porteurs de kalachnikovs, nous traversons à pied la ville et les groupes de manifestants survoltés. Quelqu'un hurle en nous montrant du doigt : « Des espions libyens ! » ; il prend nos gardes du corps pour des gardes tout court. Pas le temps de dire ouf, des dizaines de bras s'emparent de nous, des dizaines de pieds nous cognent à terre. J'ai perdu mes Ray Ban et, comme un imbécile, le nez dans la gadoue et le crâne sous les coups, je tente de les récupérer. Sauvés par le gong. Ou plutôt non, par les rafales de mitraillette en l'air que nos protecteurs amateurs réussissent à lancer, ce qui calme l'alentour le temps d'expliquer aux lyncheurs que nous sommes des « invités de la Révolution ». Rentré à Paris, une semaine plus tard, je ne vois plus grand-chose. Les médecins diagnostiquent un cancer. Il s'était embusqué comme un tueur, indétectable, dans un coin, probablement depuis dix ans car il est dodu, les coups l'ont fait bouger ; une chance, il se retrouve plein centre. La médecine passe à l'action et m'accorde six mois de survie. Faites le compte. Ruse de l'histoire, facétie de la nature, ou victoire de la science ?

La solidarité des solitaires

Retour à Prague. On doit à Patocka une invention qui dépasse de loin le cercle de ses fidèles. Il la nomma « solidarité des ébranlés » et sut formuler le principe qui bouleverserait la carte de l'Europe, casserait la dictature rouge et forcerait la réunification du vieux continent. Jusqu'à l'intrusion de la dissidence de l'Est, la solidarité – à l'intérieur d'un peuple comme entre les peuples – se réclamait d'un enracinement ou d'un idéal communs et se couvrait d'un drapeau unique, celui d'une nation, d'une religion, d'une culture ou d'une classe supérieure sur le refrain : « Prolétaires de tous les pays, unissez-vous ! »

Au contraire, les mouvements d'émancipation anticommunistes ne renoncèrent jamais à leur diversité. Les dissidents que je croisai à Prague, à Varsovie, à Bucarest, à Moscou se retrouvaient certes liés dans leur opposition au régime dictatorial, mais n'en arboraient pas moins d'agressives différences. Ils étaient de droite, diversement de gauche, anarchistes, royalistes. Certains fermement religieux contredits par des agnostiques résolus. Plusieurs se voulaient socialistes, d'autres libéraux, et beaucoup hésitaient devant ces alternatives trop carrées. Les discussions allaient bon train.

Pourquoi devrions-nous être monolithiques comme le pouvoir que nous combattons ? répliquaient mes amis quand je faisais mine de m'étonner. Le luxe et la joie de discuter et disputer contribuaient à rendre la dissidence forte. En Pologne, une Eglise particulièrement traditionaliste et des intellectuels non moins traditionnellement anticléricaux, opposés les uns aux autres depuis plus d'un siècle, surent faire front commun dans le KOR, Comité de soutien aux ouvriers, puis au sein de Solidarnosc. En Russie, Soljenitsyne et Sakharov incarnèrent les deux pôles, « religieux » et « athée », d'une contestation qui mina les professions de foi officielles marxistes-léninistes. Pareille alliance de convictions, jugées incompatibles depuis le XIXe siècle, déséquilibra les maîtres de l'agit-prop soviétique habitués à diviser pour régner. La dissidence anticommuniste, prenant plaisir à se rassembler sans se ressembler, n'opposait pas une autre idéologie à l'idéologie dominante : elle s'opposait tout simplement. De multiples croyances ou convictions s'agrégeaient sous sa bannière, quitte à se séparer le travail accompli, ce qui advint dès la chute des régimes honnis. Telle est l'énergie de la démocratie. A mon humble échelle, j'avais opéré de même en jetant le pavé Soljenitsyne dans les mares intellectuelles de Paris pour défendre bec et ongles un immense écrivain dont, de notoriété publique, je ne partageais ni la foi religieuse ni le culte de l'antique Russie.

Le ressort qui solidarise n'est pas la communion des sentiments ou la communauté des idéaux, mais la « conscience du péril », analysait Patocka. La trouvaille, à dire vrai, n'est pas sans précédent. Dès l'origine grecque de la pensée occidentale, l'éthique d'Hippocrate codifie l'activité médicale selon l'impératif du *non nocere* – « ne pas nuire ». Combattre la maladie plutôt que promettre la santé. Combattre le feu plutôt que bâtir des châteaux en Espagne. Les médecins comme les pompiers font face au danger sans se soucier d'instaurer un « bon » mode de vie. Les dissidents élargissent le champ. Le péril qu'ils combattent concerne l'ensemble de la collectivité. Ils entendent freiner une agression générale. Ils luttent contre la prédominance de Caïn, ils s'opposent, sans dogmatisme ni anathèmes, à une fin du monde possible.

Que reste-t-il de cet esprit de dissidence ? Rien, s'empressa de conclure l'Europe officielle dès la chute de l'Empire soviétique : finie la guerre froide donc évaporés nos ennemis, les périls ont disparu et avec eux la nécessité d'y faire face. Reléguons donc au musée des samizdats les souvenirs des internés des asiles psychiatriques ou des camps et ceux des syndicalistes contraints à la clandestinité. Vous avez perdu vos adversaires de quarante-cinq ans, vous voilà bien embarrassés ! signifiaient, narquois et compatissants, les chefs du Kremlin à leurs homologues occidentaux. Ces derniers acquiescèrent, heureux d'inaugurer un « nouvel ordre mondial » sans ennemis extérieurs.

Tant d'imbécile satisfaction entraîne des rodomontades qui auraient fait gerber Tartarin lui-même. Ainsi Schroeder, alors chancelier d'Allemagne, adoube-t-il le bourreau de la Tchétchénie « démocrate pur sucre », tandis que George Bush, président des Etats-Unis, repère « *a good guy* » dans les yeux bleus du tchékiste arborant une médaille de la Vierge Jacques Chirac, président de la République française, se surpasse : « au premier rang des démocraties », la Russie de M. Poutine montre « l'exemple ». Pareille suffisance aboulique sidère. Pas d'ennemis, disent-ils ? Le 11 septembre 2001, ils reçurent une réponse cinglante, venue cette fois-là du Moyen-Orient.

L'aventure des dissidents de l'Est demeure l'unique exemple récent d'Européens qui, sans renier leur diversité d'opinions et de croyances, sacrifient les commodités de la servitude volontaire pour obéir à une commune « conscience du péril ». Ils substituent, à l'union des convaincus par une idée du Bien suprême, celui de la « solidarité des ébranlés » devant des maux et des menaces brûlantes. Ils intronisent le primat de la lutte contre un mal évident et présent.

« Metanoïa » : la plus inouïe conversion

Patocka rappelle combien le séisme de 14-18 a bouleversé les certitudes établies et les persuasions antagoniques de l'Européen de la « Belle Epoque ». La Première Guerre mondiale introduit à la dévastation absolue dont l'inventivité technique dote les contemporains. Arc-boutées les unes contre les autres, dans la boue, le sang et les gaz, les nations font ce que Jünger nomme « l'expérience du front ». Le vieux continent suicidaire élève à l'universel concret le destin prémonitoire de la « charogne » baudelairienne. Dans les deux camps, les combattants s'avisent que les enjeux et les haines qui ont allumé le brasier sont dépassés par la force nouvelle que dégage l'incendie même.

« Pourquoi ce temps qui est nôtre déborde-t-il à ce point de forces d'annihilation ? » s'interroge l'Allemand Ernst Jünger. Dans les tranchées d'en face, l'écho lui répond : « L'humanité est seule... Ce soir, dans l'angoisse du schisme sanglant qui divise actuellement le monde sans recours possible à aucun arbitre [...] j'ai vu les bords de l'humanité – j'ai aperçu le noir et le vide autour de la Terre. » Pierre Teilhard de Chardin est alors un jeune soldat du rang. Devenu théologien, il retrouvera devant le feu d'Hiroshima une semblable obligation de « regarder bien en face cette ombre d'une mort collective qui monte à l'horizon ».

Les tonnerres de 14-18 précipitent un effondrement que les révolutions et les contre-révolutions totalitaires vont accélérer. La planétarisation des conflits qu'elles propagent est l'ordre du jour. Désormais l'« expérience du front » n'est plus réservée aux soldats. Si 80 % des tués de la Première Guerre mondiale portent l'uniforme, le compte s'équilibre pendant la deuxième (50 %) et s'inverse depuis. Les dizaines de millions de morts de guerre – non comprises les révolutions – depuis 1945 sont à 80 % des civils. Il n'y a plus d'« arrières ». Nul n'est épargné. Le civil est la cible. « La guerre est la preuve *ad oculos* que le monde est désormais mûr pour sa fin [1]. »

En transgressant les limites habituelles – quantitatives, géographiques, sociales ou sexuelles – des conflits entre humains, l'ébranlement n'a pas davantage respecté les freins religieux, ni les crans d'arrêt culturels, censés stopper l'*hybris* dévastatrice. « La guerre comme *tout est permis universel* envahit les Etats, devient totale », souligne Patocka. Les dissidents des régimes communistes furent aux premières loges pour constater comment, paradoxalement au nom de la « lutte contre l'impérialisme » et « pour la

1. Jan Patocka, *Essais hérétiques*, *op. cit.*, p. 136.

paix dans le monde » (*Mir Mirou*), tout respect de la vie humaine est aboli et combien les discours perdent tout sens quand les « campagnes pour la paix » ne visent qu'à la « démoralisation cynique » du camp adverse.

Lorsque « la paix, le jour comptent sur la mort pour pousser la servitude humaine à son point extrême », céder et mettre bas les armes pour éviter une fin guerrière du monde n'est qu'une autre manière qu'a le monde de courir à sa fin. Guerre entre camps adverses, guerre civile ou révolutionnaire à l'intérieur des camps, guerre mentale où le mensonge est roi, où les mots et les concepts signifient l'inverse de ce qu'ils prétendent dire – l'amplification de l'ébranlement au XXe siècle marque l'émergence sans frontières d'une force de destruction physique et mentale, le nihilisme.

Transformer la rencontre avec la menace d'annihilation générale (« expérience du front ») en possibilité de contre-offensive lucide (« solidarité des ébranlés ») définit le revirement intérieur, la conversion radicale (*metanoïa*) de la dissidence [1]. A l'heure où j'écris ces lignes, la plupart des dirigeants des vieilles nations du vieux continent, persuadés d'être entrés dans la posthistoire, veulent croire que l'ébranlement de notre civilisation est chose du passé. Ainsi, dix ans durant, ils permirent à Milošević d'accumuler les morts et les ruines au cœur de l'Europe. Ainsi attribuèrent-ils à une mauvaise gestion des affaires du monde par l'« hyperpuissance » américaine la chute des Twin Towers, le 11 septembre 2001. Ainsi contemplent-ils,

---

1. Jan Patocka, *Essais hérétiques*, *op. cit*, p. 144.

avec une indolence de batraciens, Poutine qui rétablit l'autocratie dans le plus grand pays du monde. Mis à part les jeunes démocraties fraîchement sorties du despotisme moderne grâce à leurs dissidents, personne ne s'en inquiète. Nous vivons, n'est-ce pas, dans le meilleur des mondes, n'étaient quelques erreurs de management imputables pour l'essentiel à notre ami américain. Pourquoi s'embarrasser d'une « conscience du péril » anachronique ?

Etant trop mal luné, enfance aidant, pour consentir à transformer le tragique de l'histoire en roman à l'eau-de-rose, je n'ai pas perçu le 11 septembre 2001 comme un événement local. Qu'une poignée d'individus, avec un investissement financier minime, puissent frapper le cœur de la première puissance mondiale détermine une extension fantastique de l'« expérience du front ». Qui rase les gratte-ciel new-yorkais et incendie le Pentagone aurait pu atteindre une centrale nucléaire, donc perpétrer un cataclysme d'ampleur Hiroshima. Qui, de sang-froid, tue n'importe qui sur un périmètre donné manifeste une détermination criminelle digne des gardiens d'Auschwitz. « Pourquoi ? demande Primo Levi. – Ici il n'y a pas de pourquoi », lui rétorque le SS. L'addition de la capacité annihilatrice d'Hiroshima et de la volonté homicide d'Auschwitz constitue une première. Le privilège de mettre fin à l'aventure humaine par tranches échappe désormais aux « Grands » nucléaires, la dissuasion entre blocs n'opère plus. La pulsion génocidaire n'est pas un monopole des grandes idéologies noires et rouges. En 1994, déjà, le pouvoir hutu, ni rouge ni noir, a massacré les Tutsi durant trois mois à raison de dix mille par jour.

Le 11 septembre marque un bond en avant de la menace apocalyptique. La rencontre de la possibilité technique d'annihilation et d'une détermination sans scrupule constitue une figure jusqu'alors inédite du terrorisme nihiliste. Face à quoi, l'instauration d'une solidarité des ébranlés s'avère plus que jamais nécessaire. D'autant qu'en face la solidarité des nihilistes avance, à l'occasion, bon train. Le docteur Khan, inventeur de la Bombe pakistanaise, trafiquait avec la Corée rouge, le Brésil et l'Argentine du temps de leurs dictatures noires ; ce pieux sunnite s'accordait aussi avec l'Iran chiite et la Chine populaire lui prêtait main-forte. Le nihilisme n'a cure des frontières religieuses et idéologiques, sauf quand l'arrivisme des uns se heurte à la rivalité des autres. L'ébranlement dont Patocka balise l'expansion depuis la Première Guerre mondiale poursuit, après sa mort, ses secousses sismiques et creuse ses galeries. Le destin de l'Europe devient, dans « le sang et les larmes », destin mondial.

Vive la liberté !

L'ébranlement ouvre le face-à-face décisif avec le nihilisme. L'humanité est sortie d'une préhistoire vécue sous la garantie de traditions présumées éternelles. Elle doit délaisser le « jour » platonicien où l'idée du Bien ensoleille les réponses à tout. Est-ce à dire que, tétanisé par l'omniprésence nihiliste, le genre humain n'a plus qu'à spirituellement et spiritueusement sombrer ? Semblable abdication, très en vogue il y a un demi-siècle et de retour aujourd'hui, ne serait pas du goût de Patocka. « Il est évident désormais que les ébranlements n'épargneront rien. » S'il s'avoue « hanté par le nihilisme », c'est pour l'affronter, non sans l'avoir dévisagé, examiné sous toutes les coutures, non sans avoir ausculté ses ruses et ses tours de passe-passe.

Si le défi nihiliste est la plus vaste, la plus profonde, la plus intime des épreuves contemporaines, si la question de la survie qu'il martèle n'admet aucune solution miracle, ni par un retour à la « préhistoire » ni par un bond dans la posthistoire, Patocka maintient la nécessité de ne pas capituler. Là intervient son « socratisme ».

La dissidence n'escamote pas les périls d'un monde où les valeurs positives sont incertaines et le sens souvent absent ou trompeur. « Elle n'établira pas de programmes positifs, son langage sera celui du démon de Socrate : tout en avertissements et en interdits [1]. » Résister au nihilisme sans le quitter des yeux. Tout comme Socrate à Athènes n'esquivait aucune question insolente ou révoltée posée par les adolescents croisés sur l'agora. Tel est le pari dissident : « vivre non pas sur un sol ferme, mais dans un ensemble mouvant, vivre dans le *déracinement* », dit Patocka. Et encore : « Les dissidents ont plutôt tendance à dresser la carte du présent et à l'analyser qu'à projeter l'avenir ; ils

1. Jan Patocka, *Essais hérétiques*, *op. cit*, p. 145.

sont plutôt des critiques de ce qui va mal que des planificateurs d'un monde meilleur [1] », précise Havel.

Baudelaire, souvenez-vous, entendait relayer le démon suspensif et négatif de Socrate par un démon affirmatif, performatif, créateur. La pensée allemande, avec Hegel et Schelling, réclama de manière parente qu'à la philosophie « négative » – celle des Lumières anglo-françaises – se substitue une philosophie, ou une théosophie, « positive », que l'Allemagne porterait sur les fonts baptismaux. Patocka récuse un tel « dépassement » que les idéologies pratiquent à tort et à travers. Au cœur de l'expérience dissidente il y a l'expérience d'une liberté qui entend se conserver libre. Partant, elle exclut l'orgiaque « tout est permis » que revendiquent les dictatures et s'interdit simultanément le semblable, démocratique cette fois, « tout est permis » de l'embusqué qui suppose les périls abolis. Le souci de sa propre liberté, l'impératif de ne pas la perdre, est à la fois une tâche de tous les instants et un travail sans fin que Patocka nomme « le soin de l'âme ».

Dans ses derniers écrits, Michel Foucault prit une direction parente, mais son « souci de soi » resta trop confiné précisément sur soi pour repérer le non au nihilisme qui fait rebondir Socrate. A la différence de Heidegger, que Michel Foucault respecte trop, Patocka devinait qu'entre Alcibiade, premier-né des nihilistes, et Socrate ne se noue nullement le dialogue amoureux de la pensée la plus sachante et de la vie la

1. Václav Havel, *Essais politiques*, Editions Calmann-Lévy, 1994, p. 218.

plus vivante, mais bien au contraire l'affrontement le plus caustique et le plus impitoyable avec la destruction la plus destructrice.

« Pris à la gorge »

La solidarité des ébranlés n'a rien à voir avec la communauté toujours rêvée, jamais réalisée, de l'ensemble des affligés et des damnés de la Terre. Pour que la solidarité existe et surmonte les inévitables rivalités et disparités, il faut que l'ébranlement, loin d'être simplement subi, soit assumé, intériorisé. Seuls ceux qui ont scruté ses remises en question radicales trouveront en eux-mêmes l'énergie du « revirement singulier » de la conversion dissidente. Face au nihilisme, la « conscience du péril » ne pose pas la question « comment vivre ? » mais « comment survivre ? ».

Le dissident, selon Patocka, s'inscrit dans la filiation des philosophes qui arpentaient l'agora athénienne et inventèrent la libre parole au risque parfois de leur existence. Ne perdons pas de vue « qu'il ne s'agit pas de philosophes-théoriciens au sens moderne, c'est-à-dire de savants ayant accumulé tout un bagage de connaissances et d'astuces, mais d'hommes pris à la gorge par la nécessité vitale de s'expliquer avec la détresse fondamentale de la vie, alors que nous devons agir et que nous ne savons comment le faire, que personne ne nous dégagera de cette responsabilité, et qu'il ne nous est pas licite de nous en dégager nous-mêmes, d'alléger notre tâche [1] ». Vivre face à l'urgence des périls, vivre dans la vérité parce qu'on refuse la vie dans le mensonge, vivre de la liberté sans céder aux sirènes de la servitude, autant de méthodes pour vivre sans mourir idiot, dire non à la destruction et à la dépression.

Si Prague c'est, après Mozart, Jan Patocka et Václav Havel, ma mère fut décidemment plus praguoise que viennoise.

Début 1940, grande salle du Café de la Paix, place de l'Opéra. La « drôle de guerre » va mal finir. Paris reste insouciant, certain de sa prompte victoire contre les « Boches ». L'homme assis en face de Martha est un ami de Rubin tout juste porté disparu. Il ne partage pas les certitudes générales. Il fait pour elle le point sur la situation. Les Français vont perdre la bataille. Ils vont se coucher. La France sera occupée comme la Pologne et la Tchécoslovaquie. Les juifs seront persécutés, *a fortiori* s'ils sont communistes. Le pacte Ribbentrop-Molotov aggrave les périls. Loin de ces sombres présages, la foule élégante autour d'eux couvre leur conversation. Il chuchote vite, en allemand, il a peu de temps devant lui. Il presse la main de Martha pour mieux appuyer ses propos. « Martouchka, tu es seule, Rubin est mort, si quelqu'un des “ Services ” te propose un refuge à Moscou, quels que soient les bienfaits que le “ Centre ” te fera miroiter, Martouchka, je t'en supplie, refuse. » Il s'est levé, a déposé un baiser sur sa joue. Il est parti.

1. Jan Patocka, *Essais hérétiques*, *op. cit.*, p. 232.

1941, Café de la Paix, place de l'Opéra. Grande salle. Martha, la « belle Syrienne », est sur son trente et un. Elle assure parfaitement, dans cet établissement interdit aux juifs et bourré d'officiers allemands. En face d'elle, un inconnu. L'homme vient du « Centre » lui proposer un « rapatriement humanitaire en Union soviétique ». Il en vante les évidents mérites : « Vous êtes communiste et veuve, vous avez trois enfants à charge, jamais vous ne vous en sortirez en France occupée. Le Centre se préoccupe de votre sort, cela fait partie du contrat passé avec votre époux. Chez nous, vous aurez.... » Suit une énumération à faire rougir de bonheur tout émule de la « patrie du socialisme réel ». Martha le remercie de tant de bienveillance. Elle sait qu'elle ne peut décliner l'offre tout de go, il y va de sa vie. Elle apprête, dit-elle, ses bagages et réunit ses enfants. Un second rendez-vous est pris pour le grand départ. Elle fera faux bond.

Entre le premier et le second rendez-vous du Café de la Paix, le monde s'était écroulé, Hitler avait conquis l'Europe, les Allemands campaient dans les rues des villes françaises, Pétain régnait et la police parisienne fera du zèle dans l'application des lois antijuives. Mais voilà, ma Martouchka n'était pas n'importe qui. Dans un accès de bon sens peu croyable, elle avait décidé seule, contre toute apparente sagesse, d'élire avec ses enfants une vie traquée en France occupée.

Ici ou là-bas ? Deux champs de bataille, au choix, pour un seul enjeu, la survie improbable des siens face à des appareils impitoyables et tout-puissants. Si elle accepte l'invitation pour Moscou, elle se retrouve en terre inconnue, sans amis, désarmée. Elle pèse le pour et le contre. La question n'est pas qui préférer d'Hitler ou de Staline, mais comment ne pas se retrouver pieds et poings liés sous la coupe de leurs polices politiques. Ce qu'elle évalue, ce sont les moyens de lutter. Pour essayer de survivre, il faut compter sur ses propres forces. En France, subsistaient des réseaux de connaissances, une possibilité ténue d'existence clandestine. A Moscou, il faudrait plier sans broncher. Martha opte pour la résistance, là où elle demeure possible. Avait-elle deviné l'immanquable réception dans la patrie du prolétariat où tout étranger, tout « camarade » ayant connu l'étranger finissait dans les steppes glacées de Sibérie ? Chapeau. Toujours est-il que son inimaginable option – plutôt se confronter à la Gestapo qu'au NKVD – sauva plusieurs vies, dont la mienne. D'où ce livre.

A distance, vu d'aujourd'hui, le choix de Martha paraît risqué mais raisonnable. Sur le coup, dans l'urgence immédiate, il en allait autrement. Il ne s'agissait pas de départager, à tête reposée, deux voies vers une vie de toute façon aléatoire, il fallait plutôt choisir entre deux morts. L'une debout en combattant ; l'autre abandonnée à la grâce d'un protecteur douteux. La décision de Martha fut prise, sans qu'elle pût se confier à ses « camarades », dans une solitude totale, dont elle n'est jamais sortie. J'aurais aimé lui parler de Malika et Khalida, mes amies algériennes condamnées à mort par les terroristes islamistes et qui ne cédèrent pas, refusant de quitter Alger. Et d'Aline et Annick, Tutsi adolescentes traversant le génocide au Rwanda ; de Nathalia, qui manifestait sur la place Rouge, son bébé dans les bras, contre l'entrée des chars de son pays à Prague ; des dissidentes soviétiques d'hier et russes d'aujourd'hui, de Milana et Rosa, jeunes filles de Grozny, qui affichent leur humanité en pleine terreur. A une époque où la violence armée vise les civils, femmes et enfants d'abord, le choix qu'a fait ma mère n'est plus une exception.

L'événement lui donna raison, et la philosophie aussi, un adage venu d'Aristote dit que « pour avoir vraiment du courage il faut savoir craindre le danger et tenir bon ». *Savoir craindre*, c'est penser. *Tenir*, c'est faire front.

Au revoir

Ma vie n'est pas un roman. Surtout pas. D'ailleurs les plus grands romans sont antiromanesques, leurs personnages s'y affranchissent d'une illusion de s'appartenir, de savoir d'où ils viennent et où ils vont. Guermantes, Venise, Swann, Balbec, nul mieux que Proust n'a su dire et diffuser la magie qui émane des noms de lieux et de personnes. Lesquels « s'emplissent d'une vie non vécue encore, d'une vie intacte et pure ». Et nul n'a plus radicalement décortiqué la vacuité de ces jeux d'ombres, recommandant pour finir de « remplacer toutes les relations mondaines et beaucoup de voyages par la lecture de l'Almanach du Gotha et de l'indicateur des Chemins de fer ». Je traduis au goût du jour : si vous rêvez d'une identité personnelle et sans bavure, feuilletez au fil des magazines spécialisés les reportages photographiques sur les princes de l'écran et les princesses des villes d'eau; si vous sacrifiez au prestige des lieux qui dépaysent et transportent, contentez-vous des catalogues des agences de voyages. Le nom propre – Diana,

Napoléon – est supposé désigner la parfaite adéquation d'un sens et d'une réalité, un nom qui colle à la peau, une peau qui colle à son nom, une incarnation parfaitement adhésive. Je ne tiens pas à déployer un *curriculum vitae* sans trous ni bosses, prédestiné d'un seul tenant, comme si une essence de moi organisait du haut d'un nom propre les sauts et les gambades de mon humble aventure. Après tout, la littérature nous apprend à dédiviniser les noms, à diviser l'unité romanesque et kitsch, à falsifier les cartes d'identité en révélant une vie qui ne tient ni en place ni en dénomination. Plus je me sais surgi d'une époque, d'une famille, d'une ou de plusieurs cultures, plus je me sens le rejeton du hasard. Qu'aurai-je fait d'autre que transformer une rage d'enfant en colère de toute une vie ?

Table

1. Qui suis-je ? 11
2. Où suis-je ? 33
3. Libération 54
4. Bonjour, Révolution ! 83
5. A nous deux, Napoléon ! 104
6. La tentation de Combray 128
7. Baudelaire en postmoderne 154
8. A quoi sert la philosophie ? 172
9. La conscience Hugo 203
10. Mallarmé ou la révocation de la providence ... 237
11. Le sens de l'Europe 263

Au revoir 287

Cet ouvrage a été composé et imprimé par la
SOCIÉTÉ NOUVELLE FIRMIN-DIDOT
Mesnil-sur-l'Estrée
pour le compte des Éditions Plon
76, rue Bonaparte
Paris 6^e
en février 2006

Imprimé en France

Dépôt légal : février 2006
N° d'édition : 14005 – N° d'impression : 77959